dtv

Gregor ist vierzehn und irgendwie anders. Er trägt seltsame Klamotten, hat einen ausgeprägten Ordnungssinn, liebt schrille Muster und kennt alle Wetterberichte des Tages. Im Alltag ist er oft unbeholfen. Doch seinen Mitmenschen begegnet er mit entwaffnender Direktheit und hat die Gabe, ihnen mitten ins Herz zu blicken.
Als Gregors Mutter bei einem Unfall schwer verletzt wird, muss er zu seiner Tante und deren Mann ziehen. Judith und Achim wissen erst mal nicht so recht, was sie mit ihrem seltsamen Neffen anfangen sollen. Doch mit seiner unkonventionellen Art entlockt Gregor selbst dem unfreundlichsten Nachbarn ein Lächeln. Und auf einmal reden alle wieder miteinander, auch Judith und Achim – bis sie eines Tages vor einem scheinbar unlösbaren Problem stehen …

Ulrike Herwig war zehn Jahre lang Deutschlehrerin in London, bevor sie 2001 mit ihrer Familie in die USA zog. Um sich nicht den ganzen Tag über die verrückten amerikanischen Moms wundern zu müssen, zieht sich die Autorin in jeder freien Minute an ihren Schreibtisch zurück. Zuletzt erschien bei dtv ›Oskar an Bord‹.

Ulrike Herwig

Das Leben ist manchmal woanders

Roman

dtv

Ausführliche Informationen über unsere Autoren und Bücher
www.dtv.de

Von Ulrike Herwig
ist bei dtv außerdem erschienen:
Oskar an Bord (21710)

MIX
Papier aus verantwortungsvollen Quellen
FSC® C019821

Ungekürzte Ausgabe 2019

Umschlaggestaltung: Isabella Grill/dtv unter Verwendung eines Fotos von Getty Images/Dave and Les Jacobs
Satz: C.H.Beck.Media.Solutions, Nördlingen
Druck und Bindung: Druckerei C.H.Beck, Nördlingen
Gedruckt auf säurefreiem, chlorfrei gebleichtem Papier
Printed in Germany · ISBN 978-3-423-21775-5

1

»Siehst du die beiden irgendwo?« Judith verrenkte sich den Hals, um im Gewühl auf dem Bahnsteig ihre Schwester Marlene und deren Sohn Gregor zu entdecken.

»Nein.« Achim vollführte eine halbherzige Drehung und sah sich um. »Das kann dauern. Wahrscheinlich hat Marlene jetzt erst gemerkt, dass der Zug seit fünf Minuten nicht mehr fährt. Oder vielleicht waren sie gar nicht drin, sondern sind aus Versehen von München nach Amsterdam gefahren.«

»Achim, jetzt sei nicht so.« Judith musste allerdings insgeheim zugeben, dass er unter Umständen recht hatte. Es wäre zumindest nicht das erste Mal gewesen, dass ihre etwas weltfremde und verquere Schwester den Zug nicht geschafft hatte, weil sie zuerst noch ihr Teebaumöl oder ihren Häkelschal finden musste oder weil sie bis zur letzten Minute an einem Typentest in ihrer Zeitschrift gesessen hatte, um herauszufinden, wer sie in einem früheren Leben war, oder einfach nur weil Gregor sich in letzter Minute noch einmal hatte umziehen müssen, weil ihn die Farbe Ocker aufregte ...

»Da sind sie«, sagte Achim plötzlich.

»Wo?«

»Dahinten. Bei den Fahrplänen.« Er hüstelte demonstrativ. »Nicht zu übersehen.«

Tatsache. Da kam ihre Schwester Marlene in einem wehenden lila Batikgewand, mit Ketten behängt, ein fröhliches Lachen im Gesicht und dunkelrote Doc Martens an den etwas stämmigen Beinen. Daneben ein Junge, fülliger und größer, als Judith ihren Neffen in Erinnerung hatte und mit einer unförmigen Pelzmütze auf dem Kopf, die eine Hälfte seines Gesichtes verdeckte. Gregor, ganz ohne Zweifel. Aber was sollte die Mütze im Sommer? Und was hatte er da an?

»Lächeln«, befahl sie Achim und fing an zu winken. »Gregor! Marlene! Huhu! Hier sind wir!«

Gregor winkte sofort wild zurück und verfehlte haarscharf mit seinem Ellenbogen das Gesicht seiner Mutter, die mit ihm redete.

»Was hat er denn da um Gottes willen an?«, fragte Achim leise.

Einen rot-blau gestreiften peruanischen Poncho, garantiert von Marlene handgefertigt. Zusammen mit der Pelzmütze bot Gregor den Anblick eines lateinamerikanischen Sherpas, der neue Bergpfade erkunden wollte, ein Eindruck, der nur durch sein seltsames hellblaues Köfferchen mit den bunten Aufklebern geschmälert wurde.

»Ist doch egal.« Judith stieß ihren Mann an, damit er sich ein bisschen enthusiastischer zeigte.

»Und diese Mütze«, murmelte Achim, während er ein lahmes Winken andeutete. »Siehst du die?«

Ja, natürlich sah Judith das Ding. Eine russische Schafsfellmütze mit Ohrenklappen. Im Juni.

»Judith!« Marlene breitete die Arme aus. »Das ist aber echt schön, dass wir uns mal wieder sehen, was?«

»Total.« Judith nickte und lächelte ihre Schwester an, wie immer unfähig, Marlenes warmherziger Aufdringlichkeit irgendetwas entgegenzusetzen. Die ging einfach davon aus, dass jeder sich über ihren Besuch freute – über den Besuch von ihnen beiden, wohlgemerkt. Marlene allein hätte man ja noch wohlwollend ertragen können. Gregor hingegen …

»Das war ein ICE, der hat eine Höchstgeschwindigkeit von dreihundert Kilometern pro Stunde«, rief Gregor ihnen jetzt zur Begrüßung zu. »Als er ganz schnell gefahren ist, hab ich in einem Tunnel Gott gesehen. Der hat mich angelächelt!«

Die Köpfe der anderen Reisenden fuhren herum. Zwei junge Frauen kicherten, und Judith war sich sicher, dass sie jemanden »garantiert irgendeine bekloppte Sekte« hatte sagen hören.

»Hallo, Gregor«, begrüßte Achim ihn laut. »Das war bestimmt nur eine Spiegelung im Fenster, die du da gesehen hast.« Er lächelte milde und sah sich Beifall heischend um. *Seht – nur ein kleines Missverständnis und nicht der galoppierende Wahnsinn. Alles bestens.*

Gregor blieb augenblicklich stehen. »Nein, da war ja alles dunkel im Tunnel, da hat sich nichts gespiegelt. Das war Gott.«

»Also Gregor, bitte …«

»Nun lass ihn doch erst mal ankommen«, ging Judith rasch dazwischen. War Marlene etwa extrem religiös geworden oder woher kam das jetzt? »Hallöchen. Du bist aber gewachsen.« Sie ging einen Schritt auf Gregor zu und machte Anstalten, ihn zu umarmen, erinnerte sich aber in letzter Sekunde daran, dass er das hasste, dass er sich dabei wand wie ein Aal und sich gelegentlich sogar mit aller Kraft dagegen wehrte. Knapp vor dem Ziel schwenkte sie um und umarmte ihre Schwester.

»Du siehst bedrückt aus.« Marlene musterte sie prüfend. »Geht es dir gut?«

»Natürlich geht es mir gut.« Judith lachte verlegen.

»Wirklich?«

»Ja!« Gott, Marlene und ihre Esoterikmacke, mit der sie angeblich immer irgendwelche Schwingungen spürte.

»Treibt er dich in den Wahnsinn?«, flüsterte Marlene ihr jetzt ins Ohr und kicherte. »Männer über fünfzig neigen dazu.«

»Nur manchmal«, flüsterte Judith zurück. Ach, es war eigentlich doch schön, Marlene hierzuhaben. Auch wenn Achim schon im Vorfeld ihres spontanen Besuches von Minute zu Minute gereizter durch die Wohnung geprescht war und auch wenn sie Gregor mitbrachte, der jedes Mal Achims ohnehin schon dünnen Geduldsfaden bis aufs Äußerste strapazierte. Und im Grunde ging der Junge auch Judith permanent auf die Nerven, hauptsächlich weil er so unberechenbar war und Marlene so eine Wischiwaschi-Erziehung betrieb. Egal, es waren nur zwei Tage, im Übrigen die einzigen zwei Tage dieses Jahr, in denen sie ihre Schwester sah. Gregor würden sie schon ertragen, vielleicht war er mittlerweile ja ein bisschen normaler geworden, obwohl es ehrlich gesagt nicht den Eindruck machte. Aber die Hoffnung starb bekanntlich zuletzt.

»Auf geht's!«, sagte Judith munter und trat einen Schritt zur Seite, um ihren Mann kurz anzustupsen. Durch diese Bewegung fiel allerdings Gregors Köfferchen um, öffnete sich prompt und gab eine Lawine von wild gemusterten Kleidungsstücken frei. Ein Hemd mit Zebramuster, eins mit bunten Vögeln, grellbunte Shorts, einen dunkelroten Bademantel aus Samt mit weißen Sternen darauf. Achim und sie gingen zeitgleich in die Knie, um alles wieder einzusammeln, während Marlene das Ganze gar nicht mitgekriegt hatte, weil sie gerade mit ihrem Handy ein Foto von dem schräg in die Bahnhofskuppel einfallenden Sonnenlicht schoss.

»Was hast du denn da Schickes mitgebracht, Gregor?«, erkundigte sich Judith, um einen lockeren Ton bemüht. »Ist das jetzt die neueste Mode?« Keine Antwort. Judith sah hoch. Gregor war weg.

»Wo ist denn Gregor?«, fragte sie ihre Schwester.

Augenblicklich ließ Marlene ihr Handy sinken, als ob sie eine unsichtbare Antenne für Gregor-Notfälle hätte. »Gregor?«, brüllte sie so laut, dass die Leute um sie herum erschrocken stehen blieben. »Gregor?«

Keine Antwort. Judith drehte sich hilflos nach Achim um, der ihr einen geradezu triumphierenden *Ich-hab's-doch-gleich-gesagt-Blick* zuwarf und dann aufstand, wobei er sich in dem Bademantel verhedderte und leise fluchte.

»Gregor?«, rief er halblaut in das Menschengewusel. Nichts. Er wurde lauter. »Gregor?!«

»Vielleicht musste er mal auf die Toilette?« Judith spürte die neugierigen Blicke der Umherstehenden, die dieses kleine Spektakel beobachteten. Verdammt, wo war der Junge?

Da entdeckte sie ihn. Er stand keine fünf Meter von ihnen entfernt an einem Kiosk von *Frischis Backwaren* und unterhielt sich mit der Angestellten hinter dem Tresen, die ihn mit einer Mischung aus Verwirrung, Misstrauen und Belustigung betrachtete. »Da ist er.«

Marlene begab sich eilig zu ihm, Judith folgte ihr.

»Wer ist denn Frischi?«, hörte sie ihn fragen.

»Na, das ist nur der Name vom Geschäft«, antwortete die Verkäuferin. »Wie *frisch* eben.«

»Aber so, wie es da steht, denkt man, es ist ein Name.«

»Also …« Die Frau rückte einige Brötchen hin und her und entdeckte dann Marlene. »Kann ich Ihnen helfen?«, fragte sie erleichtert.

»Das geht aber nicht«, schlussfolgerte Gregor unbeirrt weiter. »Also das geht nur, wenn Sie zum Beispiel Ihren eigenen Namen nehmen. Wie heißen Sie denn?«

»Ähm …« Die Verkäuferin lachte unsicher.

»Ich bin die Marlene«, erklärte Marlene herzlich. »Und das ist der Gregor, mein Sohn. Wir sind gerade aus Bayern angekommen.«

Judith schloss kurz die Augen. Gleich würde Marlene der Frau ihre ganze Lebensgeschichte erzählen. So lief das immer.

»Katrin.« Die Verkäuferin hüstelte. »Ich heiße Katrin.«

»Aus?«, forschte Marlene weiter.

»Aus Hameln«, murmelte die Verkäuferin folgsam.

»Da war ich mal auf Klassenfahrt. 1985.« Marlene strahlte die Frau an. »Das war so eine schöne Stadt!«

Judith sah Achim in einiger Entfernung entnervt die Augen verdrehen und »Was ist denn nun?« mit den Lippen formen. Ja, das wusste Judith auch nicht. Marlene und Gregor hatten offenbar keinerlei Eile, den Bahnhof und speziell diesen Kiosk in nächster Zeit zu verlassen.

»Nicht wahr?« Die Verkäuferin namens Katrin freute sich. »Manchmal hab ich noch Heimweh. So oft komme ich da ja nicht mehr hin. Jetzt mit dem Job hier und so.« Sie seufzte.

»Aber dafür haben Sie einen sehr interessanten Job«, meinte Gregor. »Mit so vielen leckeren Sachen.«

Jetzt beschloss Judith, einzugreifen und der armen Frau zu helfen. »Der Achim wartet«, mischte sie sich ein. »Das Ticket für den Parkplatz läuft ab. Sie wissen ja.« Sie lächelte der

Verkäuferin zu, doch die hatte nur Augen für Gregor und Marlene.

»Noch gute Weiterreise«, wünschte sie ihnen. »Es ist so schön, wenn mal jemand ein bisschen mit einem plaudert. Ach, und hier.« Sie griff nach hinten und reichte Gregor eine Brezel. »Die sind fast so gut wie die in Bayern.«

Die drei lachten und Judith kam sich vor wie das fünfte Rad am Wagen.

2

»Sie sehen heute sehr schön aus«, sagte Gregor am nächsten Tag zur Frau an der Kasse des Hallenbades. Die blickte verdutzt auf. Judith fand ja, dass sie genauso genervt und abgewrackt in ihrer Box hockte wie sonst auch – die blondierten Haare vom dunstigen Umfeld gekräuselt, die Wimperntusche klumpig und das Make-up zu braun und zu bröselig. Etwas verlegen sah Judith sich um. Zum Glück hatten die Leute hinter ihnen das nicht mitbekommen. Die Kassiererin wirkte erst leicht verblüfft, doch dann verzog sich ihr Gesicht zu einem erstaunten, winzigen Lächeln, ein Sonnenstrahl an diesem kühlen Sommertag.

»Na, also du …!«, sagte sie. »Das macht dann sechzehn Euro.«

Judith wartete, bis Marlene umständlich das passende Geld aus ihrer bestickten Geldbörse gefischt hatte, weil sie darauf bestanden hatte, für Judith mitzubezahlen, aber immer nur Bargeld benutzte und keine Karten, während Gregor unruhig vor der elektronischen Eingangssperre hin und her trippelte und auf seinen Chip wartete. Das Schwimmbad toste in der Ferne wie eine Gladiatorenarena.

Marlene verschloss nun sorgfältig ihre Geldbörse mit einem seltsamen bunten Bändchen, und Judith wartete immer noch, während Eltern ihre halb trockenen Kleinkinder zur

Eile antrieben und mit nassen Badeanzügen und verdrehten T-Shirts rangen und die Haartrockner an der Wand sich wie Tornados gebärdeten. Judith war von Marlenes Langsamkeit und all dem Lärm entnervt, normalerweise vermied sie es wie die Pest, samstags um diese Tageszeit hier schwimmen zu gehen. Sie kam meistens viel früher am Morgen, wenn der Großteil der Bevölkerung noch schlief und man in Ruhe seine Bahnen ziehen konnte. Aber dazu würde sie heute wahrscheinlich sowieso nicht kommen. Nicht mit der verträumten und schwerfälligen Marlene und dem schrägen Gregor an ihrer Seite, den man trotz seiner vierzehn Jahre ununterbrochen beaufsichtigen musste, weil er irgendwie ... Nun, man konnte das Kind ruhig beim Namen nennen, weil er irgendwie einen Schaden hatte.

»So ein schönes Schwimmbad«, staunte Marlene jetzt und sah durch die Glasscheibe in das wilde nasse Treiben hinein. »Viel schöner als unseres, stimmt's, Gregor?«

Der reagierte nicht, aber Marlene plapperte ungerührt weiter. »Ich freue mich so, dass wir es endlich mal wieder geschafft haben, uns zu sehen, Judith. Wir sehen uns viel zu selten, findest du nicht? Ihr müsst uns auch mal wieder besuchen. Warum ist Achim eigentlich nicht mit zum Schwimmen gekommen?«

Nun, das lag daran, dass sich Achims Freude über den Besuch bislang in Grenzen hielt und ihn keine zehn Pferde an diesem Samstag auch noch mit Marlene und Gregor ins Schwimmbad gebracht hätten. Ein Ort, den er schon unter normalen Umständen nur wie ein Märtyrer in Badehose und mit äußerst gequältem Gesichtsausdruck ertrug. Es war besser, dass er nicht dabei war, dachte Judith. Vor allem angesichts der *Mütze* auf Gregors rundem Kopf, die er auch heute schon den ganzen Vormittag lang mit nicht enden wollender Begeisterung getragen hatte.

»Ach, weißt du, der Achim schwimmt nicht so furchtbar gern«, erwiderte sie. Und das war die Untertreibung des Jahrhunderts.

Wenig später betrat Judith mit Marlene das dampfwarme gekachelte Tollhaus und glaubte ihren Augen nicht zu trauen. Gregor kam in Badehose aus der Umkleidekabine und trug das Ding immer noch auf dem Kopf.

»Ich freu mich schon so sehr aufs Wasser«, sagte er. »Wasser macht mich glücklich, wisst ihr das?«

»Äh ... und die Mütze?« Judith merkte, dass sie bereits die ersten Blicke auf sich zogen.

»Ja, Gregor – die Mütze«, erinnerte ihn Marlene sanft. »Die musst du noch absetzen.«

»Nein.« Gregor hielt störrisch die alberne Mütze fest, damit sie ihm niemand vom Kopf reißen konnte. Und was unternahm Marlene daraufhin? Nichts, wie immer. Sie ließ ihn einfach so herumlaufen. Judith atmete tief durch und klemmte sich ihr Handtuch unter den Arm, während Marlene eine riesige Sporttasche schleppte und aufzählte, was sie alles da drinhatte: Handtücher, das Duschbad, ihre Zeitung, die sie sowieso nicht würde lesen können, und Gregors Kaleidoskop, in das er zur Beruhigung gucken konnte, falls ihn etwas Unerwartetes so aufregte, dass die Gefahr bestand, er könnte das ganze Hallenbad zusammenbrüllen. Hier lachte Marlene.

Nein, dachte Judith, es war definitiv gut, dass Achim nicht dabei war.

Eine Traube junger Mädchen in knappen Bikinis brach bei Gregors Anblick in klirrendes Gelächter aus, aber Marlene schritt stoisch weiter, da war sie offenbar ganz anderes gewohnt. Hinter sich hörte Judith das sorglose Schlurfen von Gregors viel zu großen grünen Badelatschen, die ihm, genau wie die schreckliche Mütze, aus unbegreiflichen Gründen extrem gut gefielen. Ihr Neffe lebte in seliger Unkenntnis darüber, was der Anblick einer Schafsfellmütze auf dem Kopf eines pummeligen Vierzehnjährigen in Badehose in einem Hallenbad Ende Juni bei seinen Mitmenschen auslösen konnte.

»Ihr seid auch schön«, rief Gregor den Mädchen zu, die daraufhin in noch hysterischeres Gelächter ausbrachen, sich wie mit Bauchschmerzen krümmten und aneinander festhielten, damit sie nicht vor lauter Gackern ausrutschten und in den Whirlpool fielen, wo ein älteres Ehepaar vor sich hin brodelte und Gregors Mütze sowie das pubertäre Gekreische mit säuerlicher Miene zur Kenntnis nahm.

»Die freuen sich aber, was?«, meinte Gregor. Er winkte den Mädchen zu.

Judith scannte nervös die Umgebung. Es sah nicht so aus, als ob irgendwelche Bekannten von ihr heute anwesend wären. Marlene hingegen lächelte stolz, sie liebte ihren Sohn natürlich mehr als alles auf der Welt, doch Judith fand, dass ein wenig Konsequenz dieser Liebe keinen Abbruch getan hätte. Am Becken mit dem Strömungskreisel hielten sie an, wo Gregor Gott sei Dank kommentarlos die blöde Mütze abnahm und sich sofort ins Wasser stürzte.

Er begann augenblicklich damit, sich durch das hüfthohe Wasser zu schieben und dabei immer wieder mit der flachen Hand auf die Wellen zu klatschen. Judith hatte keine Ahnung, was daran so schön sein sollte, das hatte er schon immer gern gemacht. Schon als kleines Kind war dieses seltsame Wasserklatschen sein größtes Glück gewesen, laut Marlene wohl ein Quell hypnotischer Beruhigung.

Judith sicherte sich eine Liege und hörte Marlene mit halbem Ohr zu, die ihr von ihrem neuen Therapeuten Sebastian vorschwärmte, ein toller Mann, der ihr geraten hatte, sich nur auf die positiven Dinge im Leben zu konzentrieren.

»Er hat eine unglaublich warme Stimme und kann einfach so intensiv zuhören und ...«

»Ey, kannst du das mal sein lassen?«

Marlene verstummte und sah sich verwirrt um. Judith erfasste die Lage sofort. Gregor war offenbar einem korpulenten jungen Mann und seiner Freundin zu nahe gekommen, die wie Klammeraffen aneinanderhingen und sich am Beckenrand vom sanften Sprudeln einlullen ließen. Gregor reagierte nicht, denn wenn er einmal am Wasserklatschen war, existierte die Welt um ihn herum nicht mehr.

»Mann, so ein Spast«, sagte das Mädchen leise, aber Judith und Marlene hatten es trotzdem gehört.

Judith sah, wie Zorn in ihrer Schwester aufflammte, der Zorn einer Löwenmutter. Das Mädchen zuckte jetzt demonstrativ vor Gregors Spritzern zurück, wohl um ihre stumpfschwarz gefärbten Haare mit den lila Fransen zu schützen, während ihr Freund Gregor wegstieß. Aber Gregor ging nicht weg. Er tauchte einfach unter und flutschte nun wie ein feindliches U-Boot unter den beiden hindurch.

»Jetzt reicht's mir aber!«, rief der junge Mann, das Gesicht wutverzerrt, und verschwand gleichfalls unter Wasser. Marlene, die eben noch so behäbig gewirkt hatte, zögerte keine Sekunde. Sie sprang in das Becken, tauchte unter, griff Gregor am Arm und riss ihn beiseite, bevor dieser Mensch ihrem Sohn etwas antun konnte. Judith musste zugeben, dass ihre Schwester sie beeindruckte. So viel Geistesgegenwart hätte sie ihr gar nicht zugetraut. Gregor ließ sich willenlos mitziehen, er hatte das Ganze schon wieder vergessen. Der Dicke glotzte verständnislos seiner fliehenden Beute hinterher und wurde kurz darauf von dem plötzlich einsetzenden Strömungskreisel wie ein Blatt im Fluss davongerissen.

»Was für ein Heini«, steuerte Judith nun endlich auch etwas bei.

Sie zogen mit Gregor um. Das große Schwimmbecken war überraschenderweise relativ leer und im Nichtschwimmerbereich störte sich niemand an Gregors Wasserklatschen. Nur ein paar alte Damen zogen gemächlich wie dralle Seekühe neben Judith ihre Bahnen und ein paar Kinder tapsten im seichten Wasser herum. Nachdem Judith eine Weile gekrault hatte, ließ sie sich neben Marlene auf der Liege nieder.

»Willst du gar nicht schwimmen?«, erkundigte sie sich.

»Ach, ich sitze gern hier und beobachte alles.« Marlene legte den Kopf in den Nacken. »Das Wasserplätschern tut gut, findest du nicht? Außerdem war ich ja eben schon drin.« Sie deutete auf ihren nassen Badeanzug. »Wie geht es eigentlich Frank?«, wechselte sie urplötzlich das Thema. »Habt ihr mal wieder was von ihm gehört?«

»Also, wir ...« Judith räusperte sich, ihre Finger krallten sich in das Handtuch. Sie setzte erneut an. »Wir ...«

»Lass mal, ist schon klar.« Marlene rückte unvermittelt ein Stück näher an sie heran. Judith hätte sie am liebsten umarmt und ihr Gesicht im nassen Badeanzug ihrer kleinen Schwester vergraben, sie hätte gern ihren Geruch nach irgendeinem Bio-Lavendelöl eingeatmet und ihr das Herz ausgeschüttet, aber es war nicht der richtige Zeitpunkt, auch wenn Judith nicht sagen konnte, wann jemals der richtige Zeitpunkt sein würde. Und sie hatten auch nicht so eine Art Beziehung zueinander. Längst nicht mehr.

»Ich bin ja froh, dass es den Frank gibt«, sagte Marlene. »Da hat der Gregor noch jemanden, wenn wir alle mal nicht mehr sind. Frank wird sich um ihn kümmern, sie sind doch Cousins. Schließlich sind wir eine Familie.«

Frank wäre der Letzte, der sich um Gregor kümmern würde, er kümmerte sich ja nicht mal mehr um seine eigenen Eltern, sie waren ihm ganz offenbar egal geworden, aber das behielt Judith lieber für sich. Es war sowieso schon alles verfahren genug. »Klar«, sagte sie nur.

Vom Eingang der Schwimmhalle her erschallte jetzt lautes Stimmengewirr. Fremdländische Laute gellten beunruhigend durch das träge Provinzschwimmbad, sodass Köpfe herumfuhren und Gespräche verstummten. Judith und Marlene richteten sich neugierig auf. Eine Gruppe von mindestens zwanzig jungen Afrikanern in identischen blauen Badehosen hatte die Halle betreten, begleitet von zwei energisch wirkenden Betreuern. Beim Anblick der großen glitzernden Wasserfläche brachen die jungen Männer in Jubel aus, sie zeigten darauf und fingen an zu hüpfen, zu rangeln und zu lachen. Einer der Betreuer rief etwas auf Englisch, das Judith nicht verstand, und die Afrikaner begaben sich alle ins Becken. Sie quiekten angesichts der kalten Fluten und standen dann im knietiefen Wasser herum wie Bäume nach einer Überschwemmung. Was wurde das jetzt hier?

»Ich hab ihnen gesagt, sie sollen sich am besten an den Einheimischen orientieren«, informierte einer der Betreuer seinen Kollegen, während die beiden an Judith und Marlene vorbeiliefen.

»Gute Idee«, meinte der andere.

Judith wollte ihre Schwester gerade etwas fragen, da hörte sie es, noch bevor sie es sah. Es patschte und klatschte. Zwei der Afrikaner schlugen – inspiriert von Gregor, der sich immer noch wie ein Schiff ohne Hafen seinen Weg durchs Wasser bahnte – mit der flachen Hand aufs Wasser. Die anderen Afrikaner machten es ihren Freunden und Gregor begeistert nach, sie wurden schneller und lauter, Wasser spritzte höher und höher, Juchzen ertönte, und ehe irgendjemand etwas tun konnte, war eine Wasserschlacht im Gange, wie sie das Hallenbad wohl in seiner ganzen Geschichte noch nicht erlebt hatte.

Eine Trillerpfeife schrillte. Das Gesicht des Bademeisters – ein cholerischer Idiot im grasgrünen Sportlook, den Judith nicht ausstehen konnte – verfärbte sich vor Empörung dunkelrot. Er brüllte etwas, das niemand verstand, weil der Lärm jetzt infernalisch anschwoll. Kleine Kinder rissen sich von ihren Eltern los, um mitzuspritzen, und die alten Damen mit Badekappen ergriffen verstört die Flucht aus dem Becken. Marlene grinste Judith an. Judith grinste fast gegen ihren Willen zurück. Endlich war hier mal was los.

Nach einer halben Ewigkeit in der Schwimmhalle wartete Judith schließlich mit Marlene im Vorraum des Bades, bis Gregor sich drinnen fertig angezogen und seine Schnürsenkel hundertmal neu gebunden hatte. Judith sah diskret auf ihre Uhr. Bald machten die Läden zu. Eigentlich hatte sie noch etwas zu essen für heute Abend einkaufen wollen. Sie hatte ja keine Ahnung gehabt, dass ein Hallenbadbesuch mit

Gregor eine derart zähflüssige Angelegenheit sein würde. Normalerweise war sie innerhalb von zwei Stunden zack rein und zack wieder raus.

»Das dauert immer bei Gregor«, sagte Marlene, als hätte sie Judiths Gedanken erraten. »Ich plane die Zeit immer ein. Warum hetzen? Davon gehen die Dinge auch nicht schneller.« Sie ließ sich gemütlich auf einer Bank nieder und blätterte in einer Zeitung. »Willst du dein Horoskop wissen?«

»Nein danke.« Judith ließ ihren Blick schweifen und beobachtete die junge Mutter neben sich, die an ihrem Kind herumnörgelte, weil die Haare der Kleinen noch nass waren und sie ihre Strickjacke im Umkleideraum vergessen hatte.

»Jetzt musst du mit nassen Haaren zum Klavierunterricht«, regte die Mutter sich auf und ratschte mit einer Bürste über den Kopf des Mädchens, das erwartungsgemäß anfing zu jammern. »Und jetzt hol die Jacke, aber flott.« Das Mädchen stapfte wütend zurück, die Mutter seufzte und sah ihm hinterher, die Bürste in der Hand wie eine Waffe.

Marlene hatte die beiden ebenfalls beobachtet und verdrehte die Augen. Judith lächelte zögerlich mit. Im Gegensatz zu dem, was Marlene mit Gregor betrieb, war das hier wenigstens noch Erziehung.

»Bei Gregor kommt man mit Antreiben nicht weit«, fuhr Marlene prompt fort. »Der ist eben anders. Er kann zum Beispiel nicht lügen und sagt immer, was er denkt. Wirklich immer. Ist das nicht irre?«

»Toll«, erwiderte Judith mechanisch. Noch vierzig Minuten, dann würde der Supermarkt schließen. Achim hatte garantiert vergessen, etwas Vegetarisches für Marlene einzukaufen. Oder sollten sie essen gehen? Lieber nicht, nicht mit Gregor im Schlepptau.

»Er kriegt vieles nicht mit, was die Welt für wesentlich hält, aber wenn ihn etwas interessiert, dann brennt er dafür, und zwar mit ganzer Kraft«, tönte Marlenes Stimme zu ihr herüber. »In der Beziehung ist er ganz ungewöhnlich.«

Und wo blieb jetzt das ungewöhnliche Wunderkind? Judith stand ungeduldig auf.

»Geiler Hut«, erklang es da neben ihnen. Zwei Kaugummi kauende Teenies grinsten, als Gregor mit der Mütze auf dem Kopf aus den Umkleideräumen kam, sie ruhte über seinem feuerroten Gesicht wie ein erlegtes Tier. Der eine Teenager sagte noch leise etwas, was Judith nicht verstand, und dann lachten sie beide. Doch Gregor hatte etwas vergessen und verschwand noch einmal in den Tiefen der Umkleidekabinen, und das Mädchen mit den nassen Haaren kam zu seiner Mutter zurück und heulte, weil es seine Jacke nicht finden konnte.

Judith hielt es nicht mehr aus. »Hör mal, ich gehe einfach schon vor«, sagte sie. »Ich will noch schnell was im Supermarkt holen und dann fahren wir zusammen nach Hause.«

»Okay«, stimmte Marlene sofort zu. »Du musst auch nicht auf uns warten. Ich gucke mir mit Gregor noch das Rathaus an. Du weißt doch, er liebt das Glockenspiel.«

Umso besser. Wenn sich Gregor noch das Glockenspiel ansehen wollte, dann hätte sie mindestens eine Stunde länger Zeit – jedenfalls war das vor vier Jahren der Fall gewesen, als Gregor sich einfach nicht vom Anblick der bimmelnden klingelnden Männlein oben am Rathausturm hatte trennen können, selbst lange nachdem sie bereits verstummt waren.

Judith ging hinaus und atmete tief die frische Luft ein, eine Wohltat nach der Suppe in den chlorgeschwängerten Hallen. Es war jetzt ein bisschen wärmer, vielleicht kam der Sommer ja doch noch.

3

Judith hatte in Windeseile griechischen Salat und gefüllte Weinblätter und etwas namens Tabouleh besorgt, das Achim sicher misstrauisch beäugen würde, und war dann nach Hause geeilt, sie hatte schnell noch die Küche vom Frühstück heute Morgen aufgeräumt und war eben im Begriff, die Straße zu betreten, in der Hand die zwei sorgfältig verschnürten Plastiktüten mit dem Restmüll, als sie innehielt. Ach Gott. Zu den Mülltonnen vor ihr schlurfte gerade etwas, das von hinten aussah wie ein Hybrid aus Sumoringer, Tina Turner und Vampir. Es handelte sich um Frau Dürer aus dem ersten Stock, die ihre hundertfünfzig Kilo Leibesgewicht mit einem bodenlangen schwarzen Wallegewand mit Stehkragen verhüllt hatte und deren weißblond gesträhntes Haar sich explosionsartig von ihrem Kopf in alle Himmelsrichtungen ausbreitete. Eine Frisur, die in den albernsten Momenten der Achtziger modern gewesen war und sich seitdem nur noch eisern auf den Köpfen von Rod Stewart und Frau Dürer hielt. Letztere blieb jetzt schnaufend stehen. Sie hatte noch ungefähr zwei Meter zu ihrem Ziel zurückzulegen und war offenbar bereits an die Grenzen ihrer körperlichen Leistungsfähigkeit gestoßen.

Judith wartete lieber ab. Das konnte dauern. Die Dürer hatte den Fitnesslevel eines herzkranken Flusspferds, obwohl sie fast sieben Jahre jünger war als Judith, was sie zufälligerweise ganz genau wusste. Aus dem Internet. Claudia Dürer, ehemalige Leadsängerin der Rockband *Gnadenlos*, die einen vor allem lauten und hämmernden Verschnitt aus Rockmusik und einem anderen Genre produzierten, von dem Judith den Namen vergessen hatte, und dabei in Lederjacken und gestreiften Hosen wie aufgezogen auf der Bühne herumgesprungen waren. Fürchterlich. Aber seltsamerweise nicht ohne Erfolg. Judith hatte sie gesehen, die Fotos von tobenden Fans und von einer strahlenden Claudia Dürer – jung, schlank und cool, das Mikro fast verschlingend oder die Arme hochgerissen wie eine Goldmedaillengewinnerin bei der Olympiade.

Und heute, fünfundzwanzig Jahre später, kämpfte sich der ehemalige Star ächzend zum Weißglascontainer und kippte klirrend etwas hinein, von dem Judith auch ohne hinzusehen wusste, dass es sich um eine Menge leere Wein- und Schnapsflaschen handelte. Die Dürer drehte sich um. Vorn war das Gewand offen und gab den Blick auf ein T-Shirt in Größe XXL, blaue Schlabberhosen und bizarre graue Filzhausschuhe frei, die aussahen, als hätte Frau Dürer ihre Füße einfach in zwei fette Ratten gerammt.

»Tag«, grüßte Judith.

Die Dürer nickte und klappte kurz den Mund auf und zu wie eine Figur aus einem Stummfilm. Zu mehr reichte es an diesem frühen Nachmittag noch nicht. Judith nahm an, dass sie gerade erst aufgestanden war. Einen Moment lang hörte man nur das schwere Atmen von Frau Dürer und aufgeregtes Hupen in der Ferne. Ein Baby weinte irgendwo, ein Telefon klingelte unbarmherzig. Irgendwie wusste Judith nie so richtig, was sie zu Frau Dürer sagen sollte. Schicker Mantel?

Ihre Frisur gefällt mir? Haben Sie abgenommen? Judith entschied sich fürs Wetter.

»Es soll ja heute angeblich die Sonne rauskommen. Aber ...« Sie deutete strafend zum Himmel, der sich bleiern und trostlos über ihnen wölbte wie eine ausrangierte Badewanne. Von Sonne und Sommer keine Spur. Nicht dass Judith unbedingt auf Hitze erpicht war, ganz im Gegenteil. Dann wurde es in ihrer Wohnung nur wieder bullig heiß, die Klamotten klebten wie Plastikfolie am Körper, und sobald man sich auf den Balkon setzte, nebelten einen die Rauchwolken von mindestens vier Grillgelagen in der Nachbarschaft zu.

Frau Dürer winkte schwach ab. »Ach, Sonne. Brauch ich nicht. Brauch gar nichts.« In dieser Geste lag so viel Resignation und so wenig Hoffnung auf irgendetwas, das je wieder das Leben von Frau Dürer auch nur ansatzweise verbessern würde, dass Judith einen Moment lang tiefes Mitleid für dieses schwammige, weiche und unglückliche Wesen vor ihr verspürte. Es war ja auch wirklich völlig egal, ob es regnete, schneite, stürmte, die Sonne schien oder ein Nuklearkrieg ausbrach. Frau Dürer würde bei jedem Wetter in ihrer Wohnung sitzen, einen süßen Weißwein schlürfen, im Laufe des Nachmittags dann zu etwas Stärkerem übergehen und dabei Fernsehshows gucken, in denen Leute ihre Familienverhältnisse vor vierhundert Zuschauern im Studio durch gegenseitiges Anschreien klärten, leicht bekleidete Menschen für Geld irgendwo auf fremden Inseln gegeneinander intrigierten und Insekten verzehrten oder halb verhungerte Teenager sich die Seele aus dem Leib sangen, um fünf Minuten Ruhm zu ergattern.

»Haben Sie Post von Ihrem Sohn aus Australien gekriegt?«

Frau Dürer deutete auf den Packen bunter Kataloge und Werbebroschüren, den Judith auf dem Weg nach unten aus dem Briefkasten gefischt hatte.

Ein kleiner Pfeil sauste bitter und scharf mitten in Judiths Herz. Erstaunlich, was so eine unschuldige Frage an Gefühlen auslösen konnte. Und das schon zum zweiten Mal heute. »Nein, ist fast nur Werbung. Kommt gleich mit in den Müll. Das heißt, das hier hebe ich vielleicht auf.« Sie zog einen Katalog heraus, auf dem zwei distinguierte Männer mit grauen Schläfen in Jagdkleidung auf einer grünen Wiese standen und auf ihre teuren Uhren blickten. »Mein Mann hat bald Geburtstag. Es ist ja immer so schwer, was für die Männer zu finden, nicht wahr?«

Voll ins Fettnäpfchen. Die Bemerkung hatte vertraulich wirken sollen, eine Einladung, dem großen, universellen Klub all der Frauen beizutreten, die immer halb im Scherz über ihre Männer und deren Eigenarten lamentierten, aber Frau Dürer hatte ja gar keinen Mann. Männer waren bei ihr ein Tabuthema, waren Salz in einer unsichtbaren Wunde, wenn Judith sich richtig erinnerte. Da war mal irgendetwas Tragisches gewesen mit so einem Mann und der Dürer, wie hatte er nur gleich geheißen …?

»Meinem Ecki habe ich mal eine E-Gitarre geschenkt«, informierte Frau Dürer sie jetzt ungefragt. »Gibt's auch heute noch gut und billig im Secondhandladen. Da haben wir dann den Saal gerockt. Mensch, das waren Zeiten.«

»Kann ich mir vorstellen«, stimmte Judith rasch zu, wobei sie versuchte, das Bild auszublenden, wie Frau Dürer in ihrem jetzigen Zustand über eine Bühne schlurfte, in grauen Filzpuschen und Morgenmantel, und dabei das Mikro in einer einzigen torkelnden Drehung ummähte. Sie war ja froh darüber, dass Frau Dürer wenigstens in ihrer Erinnerung noch ein bisschen Glück fand. Allerdings fragte sie sich, wie sie die Bemerkung über die Gitarre verstehen sollte – etwa als Geschenkidee für Achim? Eine Sekunde lang stellte Judith sich das Gesicht ihres Mannes vor, wenn er zu seinem achtundfünfzigsten Geburtstag statt gestreifter und einfarbiger Polohemden eine signalrote E-Gitarre auspacken würde, vielleicht sogar noch gebraucht und mit Aufklebern von Kiss oder AC/DC versehen.

»Kommen Sie doch mit Ihrem Mann mal bei mir vorbei an seinem Geburtstag«, schlug Frau Dürer plötzlich vor. »Dann stoßen wir an.«

»Gerne«, kam es automatisch aus Judiths Mund. Absolut niemals. Ein Saufgelage bei Frau Dürer, also, so weit kommt's noch.

»Nicht vergessen«, mahnte Frau Dürer und machte sich dann schlurfend auf ihren mühsamen Heimweg zurück in den ersten Stock.

Judith nutzte die Gelegenheit, um endlich ihre Mülltüten loszuwerden, den Katalog behielt sie tatsächlich, auch wenn sie nicht genau wusste, warum. Wie ein Schatten glitt jemand aus der Haustür. Frau Hoffmann, die mit ihrem Mann im zweiten Stock neben Judith und Achim wohnte. Halbfreundin, Nachbarin, Blumengießerin. Und Erzrivalin.

»Tja«, sagte Frau Hoffmann zur Begrüßung. Sie dehnte das Wort bedeutungsvoll und nickte zur Haustür, hinter der sich Frau Dürer mit großer Anstrengung die Treppe hocharbeitete. »Gestern Nacht war ja wieder was los.«

Judith wusste, dass dies als Einladung zu verstehen war, eine Einladung dazu, Frau Dürer in ihrer Abwesenheit in alle

Einzelteile zu zerlegen, dieses peinliche und tragische Stück Mensch zu durchleuchten, zu belächeln und zu zerfetzen.

»Wenn die besoffen ist, stellt sie immer ihre Musik so laut. Da frag ich mich, was die da drin macht. Tanzen? Die kann sich doch kaum noch bewegen«, fuhr Frau Hoffmann fort, als von Judith keine Reaktion kam, die nur stumm in ihrem Katalog blätterte, als wären die geschniegelten Männer in ihren überteuerten Pullovern und den auf Keltisch getrimmten Schirmmützen das Interessanteste auf der Welt.

»Na ja, Sie hören das ja nicht so«, rechtfertigte Frau Hoffmann sich jetzt selbst vor Judiths Schweigen.

»Nee, ich höre nichts«, erwiderte Judith endlich. Sie registrierte, wie Frau Hoffmanns Blick mit Höchstgeschwindigkeit die Fassade des alten Mietshauses in der Brunnerstraße acht hoch- und wieder heruntersauste und wie er alles in sich aufsaugte – den Balkon der Junescus ganz oben mit den kümmerlichen Tomatenpflanzen und der Wäscheleine, an der ungeniert die Unterwäsche der ganzen Familie flatterte, daneben der leere Balkon und das Fenster mit den gelb verräucherten Gardinen von Herrn Walter, dem griesgrämigen alten Zausel. Im Stockwerk darunter Frau Hoffmanns eigener ordentlicher Balkon, auf dem Herr Hoffmann manchmal sonntags wie ein Geist erschien, nur um gleich wieder zu verschwinden, und ihr mit Spitzengardinchen behängtes Fenster, daneben das Fenster von Judith und Achim und ihr Balkon mit den üppig blühenden Pflanzen, von denen sie wusste, dass Frau Hoffmann neidisch darauf war. Schräg darunter im ersten Stock links das stets mit einem Rollo versiegelte Fenster von Frau Dürer und ihr Balkon, den sie nie betrat, weil er wahrscheinlich unter ihrem Gewicht einstürzen würde, und daneben das mit kindlichen Bildern dekorierte

Fenster und den mit Fahrrädern und allem möglichen Spielzeug vollgestellten Balkon von den Regners, den Nachbarn von Frau Dürer. Und schließlich ganz unten das gardinenlose Fenster der Studenten-WG, hinter dem sich Bücherberge türmten und die Hälfte eines obszön anmutenden Plakats zu sehen war. Oder vielleicht war es auch große Kunst, wer wusste das schon zu sagen? Im Erdgeschoss gab es nur eine einzige Wohnung. Manchmal beneidete Judith die Studenten darum, dass sie keine unmittelbaren Nachbarn hatten. Sie saßen in der warmen Jahreszeit immer auf der kleinen Terrasse vor ihrer Wohnung, sonnten sich und tranken Kaffee und Bier. Stundenlang, als hätten sie alle Zeit der Welt, als wüssten sie nicht, dass mit dem Ende ihres Studiums das wahre Leben wie eine Keule zuschlagen würde.

»Wie man sich nur so gehen lassen kann«, murmelte Frau Hoffmann, die mit dem Thema Dürer offenbar gern noch weitergemacht hätte. Aber Judith schwieg. Die beiden Frauen standen sich gegenüber, und die Luft zwischen ihnen war klebrig und zäh vor Unausgesprochenem. Schließlich rang Judith sich dazu durch, diesmal als Erste die obligatorische Frage zu stellen, denn sie würde ja doch nicht darum herumkommen.

»Wie geht's dem Max?«, erkundigte sie sich mit einem liebenswürdigen Lächeln. So. Bitte.

Frau Hoffmann blühte augenblicklich auf. »Ach, unser Max, der macht uns eine Menge Freude, ich kann es nicht anders sagen. Jetzt hat er gerade wieder einen wichtigen Fall gewonnen, die Leute kommen mittlerweile schon aus anderen Bundesländern zu ihm, weil sein Ruf als Anwalt so gut ist. Der macht sein Ding. Mehr kann man als Mutter nicht verlangen, stimmt's?«

Judith nickte. Gleich kam es.

»Und was macht Ihr Frank?« Frau Hoffmanns Augen verengten sich kurz lauernd.

»Super«, trompetete Judith. »Er hat heute ganz früh am Morgen angerufen. Wegen der Zeitverschiebung, Sie wissen ja.«

Frau Hoffmann lächelte leer. »Zeitverschiebung« klang für sie offenbar wie »Zeitreise« und war für jemanden, der nie weiter als bis an den Gardasee gekommen war, etwas Abstruses, Unwirkliches und irgendwie auch Unnötiges.

»Er hat gerade wieder ein Haus verkauft, diesmal an einen Millionär. Mit Swimmingpool und allem Pipapo«, trumpfte Judith weiter auf. »Für zwei Millionen australische Dollar.«

»Nein«, staunte die Hoffmann. »Und da kriegt er dann immer Prozente?«

»Ja. Also besser hätte er als Anwalt sicher auch nicht verdient.« Kleiner Peitschenhieb.

»Haben Sie denn mal ein paar neuere Fotos? Das interessiert mich doch, wie der beste Freund vom Max jetzt so aussieht. Ich hab ihn ewig nicht mehr gesehen. Der kommt Sie ja nie besuchen, was?« Kleiner Peitschenhieb zurück.

»Oben. Im Computer.« Judith blickte demonstrativ auf ihre Uhr. Sie hätte Frau Hoffmann gern zum Gesundheitszustand ihrer Schwiegermutter befragt, die seit einigen Wochen bei den Hoffmanns lebte, einfach um das überlegene Lächeln aus dem Gesicht ihrer Nachbarin zu wischen. Eine Schlaganfallpatientin zu pflegen brachte nämlich selbst Superwoman Hoffmann an die Grenzen ihrer Belastbarkeit. Doch dann hätte Judith ihr ewig zuhören und vielleicht auch noch Mitleid heucheln müssen, und dazu hatte sie keine Lust.

»Fliegen Sie denn irgendwann mal hin, nach Australien?«, stocherte Frau Hoffmann gnadenlos weiter. Ihr Blick blieb weiterhin misstrauisch, war jetzt aber mit blassgelbem Neid durchsetzt.

»Bald.« Judith lächelte eisern. »Wenn das Wetter besser ist. Jetzt haben die dort ja Winter.«

Ein Rumsen ertönte, helles Kindergelächter schallte durch die Luft, die Haustür wurde mit einem Ruck aufgerissen, und ein schwarzhaariges kleines Mädchen und seine Brüder stürzten heraus und warfen johlend einen Ball, der haarscharf an den beiden Frauen vorbeisauste. Die Kleine krähte: »Hallo, ihr!«, und schenkte ihnen ein breites Lächeln. Sie lächelten beide reflexartig zurück.

Einen Moment lang herrschte ein stilles, friedliches Einvernehmen zwischen den beiden Frauen, die Erinnerung an zwei spielende kleine Jungen vor zwanzig Jahren überstrahlte die süßsaure Freundlichkeit zwischen ihnen. Damals war die Welt noch in Ordnung gewesen. Wo waren die Jahre nur hin? Was war nur geschehen?

»Tja.« Judith blickte noch einmal auf ihre Uhr. »Ich muss dann mal wieder. Wir haben Besuch, meine Schwester aus Bayern ist da, mit ihrem Sohn. Die müssten eigentlich jeden Moment aus der Stadt zurückkommen.«

Sie schlüpfte fort, noch ehe die andere nachhaken konnte, und floh in ihre Wohnung. Still, dunkel und kühl warteten dort ihre Möbel auf sie, in der Luft hing ein leichter Geruch nach Basilikum, weil sie vorhin noch die Basilikumpflanze am Fenster gegossen hatte. Ein Hauch von Italien in der Brunnerstraße, nur der verwaschene Himmel passte nicht dazu. Hatten sie eigentlich in Australien Basilikum? Oder eher andere, exotische Kräuter? Judith legte eine herumliegende Strickjacke von Achim ordentlich zusammen und zupfte die Tischdecke in der Küche gerade, die sowieso schon völlig glatt und reinlich ihr Bestes gab, dann ließ sie sich auf die Eckbank fallen. Ihr Blick streifte das Telefon an der Wand. Kein Lämpchen blinkte am Anrufbeantworter. Es rief ja so gut wie nie jemand bei ihr und Achim an und erst recht nicht aus Australien. Der letzte Anruf aus Melbourne lag schon fast drei Jahre zurück und hatte kaum länger als vier Minuten gedauert.

4

Judith hatte den ganzen Katalog durchgeblättert, kurz bei einem Pullover in einem samtigen Braun innegehalten, dann den Preis und die aufgenähten Lederflicken auf den Ellenbogen entdeckt und die Idee eines Kaufes sofort wieder verworfen. Achim würde den sowieso nicht anziehen, und außerdem würden keine karierten Jacketts der Welt, keine Barbour Jacke und keine Schirmmütze mit dem klangvollen Namen *Donegal* aus ihrem Mann einen englischen Lord machen, der über seine Ländereien schritt und abends am Kamin seinen Jagdhund streichelte und Whisky trank. Achim liebte Ordnung und Überschaubarkeit, ein Kamin hätte ihn wegen der Brandgefahr wohl in einen Dauerzustand der Unruhe versetzt, Hunde jeglicher Art irritierten ihn, und am glücklichsten war er tagsüber in seiner Fahrradwerkstatt oder am Wochenende auf seinen endlos langen Radtouren, auf die Judith gern hätte verzichten können.

Sie sah auf die Uhr. Wo blieben denn nur Marlene und Gregor? Es waren jetzt fast zwei Stunden vergangen, seit sie sich im Schwimmbad getrennt hatten. Standen die etwa immer noch auf dem Marktplatz und betrachteten das Glockenspiel? Das konnte ja wohl kaum sein. Andererseits – überraschen würde es sie nicht. Achim guckte schon eine Weile lang im Fernsehen Fußball und war augenscheinlich nicht unglücklich darüber, noch ein bisschen länger seine Ruhe zu haben. Judith überlegte. Sollte sie Marlene eine SMS schicken?

Das Festnetztelefon klingelte. Judith zuckte zusammen, so ungewöhnlich war das Geräusch in ihrer Wohnung. Wer war das? Etwa die Zahnarztpraxis von Doktor Huber, wo sie drei Vormittage in der Woche an der Rezeption saß? Nein, die würden im Notfall nur versuchen, sie über das Handy zu erreichen, außerdem war die Praxis samstags geschlossen. Oder war das etwa ... Natürlich, das musste Frank sein! Vor Aufregung wurde ihr Hals ganz trocken. Das gab es doch angeblich – man redete von etwas und wenig später traf genau das wirklich ein, als ob man es sozusagen herbeigeredet hätte. Dabei hatte sie Frau Hoffmann vorhin über den Anruf aus Australien nur etwas vorgelogen. Wie spät war es jetzt in Melbourne? Mitternacht. Sie sprang auf und hechtete zum Telefon, ihre Wangen gerötet vor Aufregung. Es mussten außergewöhnliche und gute Nachrichten sein, sonst würde er ja nicht um diese Zeit anrufen.

Es war nicht Australien. Die Enttäuschung schmeckte noch schaler als sonst, vielleicht weil sie eine Viertelsekunde lang tatsächlich völlig irrational an etwas wie eine telepathische Verbindung geglaubt hatte.

Es war nur eine unbekannte lokale Nummer. Das Telefon klingelte und klingelte, penetrant und unnachgiebig.

Judith nahm gereizt ab. »Ja?«

»Spreche ich mit Judith Krause?«, fragte eine Männerstimme.

»Ja?« Judith war sofort auf der Hut. »Wer ist denn da?«

»Mein Name ist Doktor Lindig, ich bin Arzt in der Uniklinik. Ich rufe wegen Marlene Kolb an ... Ihrer Schwester«, fügte er nach einer kleinen Pause hinzu, wahrscheinlich weil Judith nicht reagierte und er offenbar annahm, sie hätte das Gedächtnis einer Amöbe und könnte sich nicht mehr an die Tatsache erinnern, dass sie eine Schwester hatte.

»Worum geht's denn?« Ein ungutes Gefühl stieg in Judith hoch.

»Ihre Schwester hatte einen Unfall. Sie ist auf dem Parkplatz vor dem Hallenbad angefahren worden.«

»O Gott«, rutschte es Judith heraus. »Ist sie okay?«

»Sie ist ...« Der Mann stockte eine Sekunde lang. »Sie hat ein schweres Schädel-Hirn-Trauma. Wir mussten sie in ein künstliches Koma versetzen, damit ... Ach, wissen Sie, können Sie vielleicht herkommen? Sie wohnen doch am Ort, nicht wahr? Dann kann ich Ihnen das alles persönlich erläutern.«

Was ist mit Gregor?, wollte Judith fragen, aber es kam kein Ton aus ihrem Mund, ihre Gedanken überschlugen sich wie Geröll in einer Lawine. Da war Schock und Mitleid – sofort sah sie ihre kleine Schwester Marlene in einem weißen sterilen Krankenhausbett, an piepende Monitore angeschlossen. O Gott. Hatte sie Schmerzen? Judiths Magen krampfte sich zusammen. Nein, der hatte doch eben etwas von Koma gesagt.

»Und da ist ja auch noch Ihr Neffe«, hörte sie den Arzt wie aus weiter Ferne reden. »Ihm ist nichts passiert, der war gar nicht dabei.«

»Gregor«, brachte Judith endlich heraus. Gregor war nichts passiert. Was genau war eigentlich passiert? Immer und immer wieder widerfuhr Marlene irgendetwas Schreckliches, als hätte sie das Unglück zwanzig anderer Leben für sich allein gepachtet. Warum nur? Sie zog Missgeschicke magisch an, es war einfach nicht zu fassen. Oder war es doch ihre eigene Schuld? Hatte sie auf ihr Handy gestarrt, während sie über den Parkplatz lief? Wieso war sie überhaupt über den Parkplatz gelaufen, sie hatte doch gar kein Auto? War sie in Gedanken versunken gewesen oder hatte sie etwas in den Tiefen ihrer selbst gewebten Tasche gesucht?

»Ich … wir kommen gleich«, stammelte sie in den Hörer. »Achim?«, rief sie in die Wohnung hinein. »Achim?« Ihre Stimme klang seltsam brüchig und Achim erschien fast sofort in der Tür. Fußballlärm dröhnte im Hintergrund, das gequälte Raunen der Menge brauste auf, als ein Ball offenbar knapp das Ziel verfehlte.

»Was ist denn?«, fragte er erschrocken.

»Ein Schädel-Hirn-Trauma dritten Grades mit Blutungen im Gehirn.« Doktor Lindig war ein Mann mittleren Alters mit Bauchansatz und teurer Brille. »Wir mussten Ihre Schwester in ein künstliches Koma versetzen, damit sich das Gehirn sozusagen erholen kann.« Er redete weiter von Stress und Druckreduzierung und von Prognosen, die momentan schlicht unmöglich seien, doch seine Worte segelten an Judith vorbei, die Gregor im Blick hatte und sich die ganze Zeit fragte, was wohl in ihm vorging. Er saß kerzengerade auf einem Stuhl im Flur der Intensivstation und blickte regungslos auf ein Stillleben mit Weintrauben an der Wand. Laut Auskunft von Augenzeugen hatten Marlene und Gregor beide das Bad verlassen und standen bereits an der Bushaltestelle, als Marlene plötzlich etwas aus Gregors Tasche gezogen hatte und quer über den Parkplatz zurück zum Bad gerannt war. Dabei war sie gestolpert, nach vorn gehechtet und genau vor ein fahrendes Auto gefallen, das sie frontal am

Kopf erwischt hatte. Warum nur? Was war so wichtig gewesen, dass sie derart in Eile war? Niemand hatte Judith diese Frage bislang beantworten können.

»... wie lange muss sie so bleiben?«, hörte sie jetzt Achims Stimme.

»Das kann niemand voraussagen«, antwortete Doktor Lindig. »Drei Tage, drei Wochen, drei Monate? Sobald sie stabiler ist, werden wir versuchen, sie wieder aus dem Koma herauszuholen. Dann muss man aber vermutlich mit neurologischen Folgeschäden rechnen. Sehstörungen und so weiter.«

»Drei Wochen«, murmelte Achim. »Ich denke, wir sollten jetzt Gregors Vater ausfindig machen, damit er ihn abholt.«

»Auf gar keinen Fall.« Judith setzte sich abrupt gerade hin. »Den kennt Gregor doch gar nicht. Der hat ihn seit seinem dritten Lebensjahr nicht mehr gesehen.«

»Ich ...«, setzte Doktor Lindig an, aber Achim ließ ihn nicht zu Wort kommen.

»Ja, was denn sonst?«, fragte er und sah Judith an. »Du meinst doch nicht etwa ...?«

»Natürlich meine ich das. Gregor ist noch minderjährig und muss bei Verwandten wohnen. Bei seinen nächsten Verwandten. Und das sind wir.«

»Nein, das ist sein Vater«, korrigierte sie Achim. »Aber dieser Loser ist wahrscheinlich unauffindbar, wie immer, wenn es brenzlig wird.«

»Ich ...«, versuchte Doktor Lindig es erneut, aber diesmal ging Judith dazwischen. Was fiel Achim ein? Wie konnte er so herzlos reagieren?

»Achim, natürlich bleibt er hier. Das ist doch gar keine Frage. Seine Mutter liegt hier bei uns im Krankenhaus, da schicken wir den Jungen doch nicht zurück nach Bayern. Wie soll er sie denn da besuchen?«

»Na ...« Achim verstummte. »Aber drei Wochen«, fügte er dann trotzig hinzu. »Drei Wochen!«

»Also, das war nur eine Schätzung.« Endlich gelang es Doktor Lindig, zu Wort zu kommen. »Es können auch vier Wochen sein oder vier Monate.«

»Vier Monate.« Achim sah ihn entsetzt an. »Hörst du das, Judith?«

»Achim, das ist meine Schwester, über die wir hier reden. Sie hat mir heute erst gesagt, dass sie ...« Plötzlich kamen Judith die Tränen, als sie an das Gespräch im Schwimmbad zurückdachte. »Dass sie froh ist, dass wir eine Familie sind. Und wenn wir Gregor nicht mitnehmen, dann muss er in ein Heim oder so.«

»Und da ist er sicher ganz wunderbar aufgehoben.« Achim blieb unnachgiebig. »Ich sage nur – Weihnachten.«

Judith erinnerte sich mit Horror an das unsägliche Weihnachtsfest vor zwei Jahren, als Achim in stundenlanger Arbeit für sie beide eine gefüllte Gans und für Marlene und Gregor dazu noch einen Tofubraten mit Preiselbeersoße zubereitet hatte. Und dann hatten sich die Lamettafäden verheddert, die Gregor mit der Konzentration eines Herzchirurgen aufgehängt hatte, und der Junge war völlig ausgeflippt und in einen regelrechten Kreiselwahn geraten. Er hatte sich um sich selbst gedreht wie ein Hund, der seinen Schwanz jagt, immer wieder und immer wieder, frenetisch, irre, unaufhaltsam. Als Achim dann eingreifen wollte, hatte Gregor markerschütternd laut aufgeschrien. Und das am Heiligabend! Man hatte ihn durch das ganze Haus kreischen gehört und Judith war von allen darauf angesprochen worden. Außer von den Junescus, für die gellendes Schreien offenbar ein alltägliches Geräusch und nicht weiter der Rede wert war.

»Aber er ist doch jetzt älter«, wandte Judith trotzdem ein. Sie wusste selbst nicht, warum sie Gregor verteidigte, denn sie hatte ihren Neffen nie verstanden und die absurd lasche Erziehung – oder besser Nichterziehung – von Marlene sowieso nicht. Doch jetzt ... das war etwas anderes. Marlene brauchte sie, verließ sich auf Judith, weil Judith nämlich jemand war, auf den man sich immer verlassen konnte, und das sollte auch so bleiben.

Achim verzog den Mund und schielte zu Gregor in den Flur hinaus, der jetzt aufgestanden war und angefangen hatte, wie ein Tiger im Käfig von Wand zu Wand zu laufen. Achim gab ein schnaufendes Geräusch von sich und Judith sah ihn stumm an. Seine Haare waren in den letzten Jahren an der Stirn stark zurückgegangen und lichteten sich jetzt auch noch oben auf dem Kopf. Die Glatze lauerte bereits auf eine Gelegenheit, sich dort auszubreiten. Es würde ihn umbringen, dachte Judith. Er war immer so stolz auf seine vollen Haare gewesen. War er deshalb so mürrisch? Oder warum stellte er sich jetzt so an?

»Und was ist überhaupt mit seiner Schule? Er geht doch immer noch in eine Schule oder lernt er etwa irgendwo, Weidenkörbe zu flechten?« Achim klang aufmüpfig.

Doktor Lindig räusperte sich und Judith wurde jetzt langsam wütend. Der Schreck über den Unfall hatte sie betäubt und diese Betäubung ließ langsam nach und brachte den Schmerz wieder an die Oberfläche. Marlene war verdammt noch mal ihre Schwester. Ihre einzige Verwandte. Sie sahen sich zwar nur einmal im Jahr, aber das war immer noch öfter, als sie und Achim etwas von ihrem Sohn Frank zu sehen bekamen.

»Er geht in eine Schule in freier Trägerschaft, so eine Schule mit alternativen Dings...« Judith fiel der Name dieser Hippie-Schule nicht ein, egal. »Und es ist Sommer und bald sind Ferien.« Sie holte tief Luft. »Gregor kann in Franks Zimmer wohnen.«

»Und was ist, wenn Frank uns besuchen kommen will, hm?« Achim spielte seinen letzten Trumpf aus, von dem sie beide wussten, dass er keiner war.

»Ach, Achim«, erwiderte sie leise. »Er...« Sie stockte. »Ich glaube nicht, dass er diesen Sommer kommt.« Oder nächsten. Oder übernächsten.

»Aber es ist doch durchaus möglich«, beharrte Achim tapfer.

»Nein, ist es nicht.« Es war selten, dass sie so direkt über ihren Sohn sprachen. Sie riefen Frank ja nicht mal mehr an, einfach weil sie es aufgegeben hatten. Anfangs war er noch ans Telefon gegangen und sie hatten aneinander vorbeigeredet, später ließ er immer nur den Anrufbeantworter diese Sache erledigen. Judith hinterließ besorgte Nachrichten, was Achim verärgerte, aber das war egal, denn Frank rief ohnehin nur selten zurück. Er meldete sich in immer unregelmäßigeren Abständen, beendete das Gespräch, so rasch es ging, und irgendwann rief er sie überhaupt nicht mehr an. Es tat so schrecklich weh, und die Vorstellung, dass Frank dennoch eines Tages lachend und braun gebrannt mit seinem Koffer vor der Tür stehen würde, war wie eine Medizin, nein, wie eine Droge, die sie beide täglich gierig inhalierten, ohne sich gegenseitig ihre Abhängigkeit einzugestehen.

»Aber vielleicht...«

»Und selbst wenn«, unterbrach sie ihn mit fester Stimme. »Dann finden wir auch eine Lösung. Auf jeden Fall lassen wir Gregor jetzt nicht allein.«

»Bei den meisten Komapatienten dauert es auch nicht so lange«, mischte Doktor Lindig sich ein, sichtbar erleichtert darüber, dass der Familienstreit glimpflich ausgegangen war. »In den meisten Fällen wachen sie schnell wieder auf.«

5

Da donnerten sie wieder alle durch das Treppenhaus, diese gesamte nervende Brut der Junescus, der das Konzept von höflicher Rücksichtnahme und Respekt gegenüber Erwachsenen genauso unbekannt war wie die Mülltrennung und simpelste deutsche Grammatik. Sie veranstalteten einen solchen Lärm, dass man meinen konnte, eine Armee von Kreuzrittern fiele in die Brunnerstraße ein. Diesmal hatten sie noch den Regner-Jungen aus dem ersten Stock mit seinem Hund, diesem fetten kleinen Kläffer, dabei. Eine Art Kreuzung aus Ferkel, Sofakissen und Leberwurst, der ständig mit Leckerlis bestochen und geködert werden musste, damit er wenigstens aufs vierzehnte Wort gehorchte.

Herr Walter lauschte hinter seiner Wohnungstür. Sein Blick streifte kurz den Rollstuhl, der immer noch zusammengeklappt im Flur in der Ecke stand. Zwei Jahre und eine Beerdigung später und diese Trottel von der Krankenkasse hatten immer noch nicht gemerkt, dass er fehlte. Herr Walter würde ihn jedenfalls nicht zurückbringen, wie kam er denn dazu? Wenn die ihn wollten, dann sollten sie ihn gefälligst abholen. Unten krachte jetzt die Haustür, und das exaltierte Treiben verlagerte sich nach draußen auf die Straße. Wie von geheimer Magnetkraft angezogen, folgte er dem Lärm und positionierte sich auf dem Balkon, von wo aus er einen generalstabsmäßigen Überblick über die Straße hatte. Der unmögliche Hund war natürlich wieder mal nicht angeleint und stürzte sich gerade gierig auf eine Pappschachtel vom chinesischen Take-away, in der sich offenbar noch Essensreste befanden und die jemand auf asozialste Weise entsorgt hatte – indem er sie einfach auf die Straße geschmissen hatte. Herr Walter schüttelte den Kopf. Die Welt verkam und er konnte nichts dagegen tun. Doch, das konnte er. Er konnte den Regner-Jungen zur Räson rufen, der verstand ja wenigstens Deutsch.

»He!« Er beugte sich über die Balkonbrüstung. »Lass den Hund nicht diesen Chinesenkram futtern!«

»Wieso denn nicht?«, rief der Junge zurück. »Das ist ein Mops. Der kommt doch aus China!«

Also so was, Herr Walter konnte es nicht fassen. So wurde ihm gedankt. Er versuchte die Gesundheit, ja das Leben dieser unsäglichen Töle zu retten, die ihm doch herzlich egal sein konnte, er opferte seine kostbare Zeit, um der Jugend vernünftige Ratschläge zu erteilen – und das war sein Lohn?

»Werd mal nicht unverschämt«, rief er zurück.

Der Regner-Junge ignorierte ihn komplett, er tuschelte nur etwas zu einem der Junescu-Jungen, von dem Herr Walter sich sicher war, dass es wenig schmeichelhaft für ihn ausfiel. Der Junescu-Junge grinste. Und die kleine Junescu-Göre, die mit den schwarzen Zöpfen und den viel zu langen Hosen, die wiederholte es prompt.

»Asseloch!«, krähte sie. »Asseloch, Asseloch!«

»Ich komm gleich runter und zieh dir die Hammelbeine lang!«, brüllte Herr Walter. Die Kinder quiekten und lachten und rannten weg. Er stand noch einen Moment lang auf dem Balkon, zitternd vor Empörung und von dem diffusen Gefühl, mal wieder verloren zu haben, wie er seit Jahren immer nur verlor, gegen das Leben, gegen den Tod, selbst gegen Kinder. Selbst gegen *Ausländerkinder.*

Still und leer lag die Brunnerstraße unter ihm, sein zerrüttetes Königreich voller Tauben und Pfützen und unmöglich geparkter Autos, keins davon seins.

Jetzt fuhr der silbergraue VW von den Krauses unten vor. Wen brachten die denn da mit? Etwa ihren verschollenen Sohn? Nein, das konnte nicht sein, der war ja viel älter als dieser in eine Art Indianerzelt eingehüllte Knabe da unten. Der Sohn von den Krauses war doch irgendwo in Neuseeland oder in Amerika oder auf irgendeinem dieser Kontinente, wo sie heutzutage alle hinrannten, wenn sie in der Heimat nichts auf die Reihe kriegten. Nur um dann festzustellen, dass das Leben anderswo auch nicht einfacher war. Dabei war der Sohn von den Krauses ein netter Junge gewesen, immer höflich, nicht wie diese Hottentotten heutzutage. Vera hatte dem Jungen sogar manchmal etwas Süßes zugesteckt. Sie hatte sowieso ein viel zu gutes Herz für diese Welt gehabt, und als Dank dafür hatte sie dann so schrecklich leiden müssen.

Jetzt guckte der Junge in dem gestreiften Indianerumhang plötzlich zu ihm hoch. Er sah irgendwie aus, als ob er unter Schock stehen würde und nicht ganz richtig da wäre. Und was hatte der für eine Mütze auf? Grundgütiger.

»In den meisten Fällen wachen sie schnell wieder auf«, rief der Junge ihm zu. Herr Walter zuckte augenblicklich zurück, als hätte ein Schwarm Wespen seinen Balkon schlagartig bevölkert. Dann nickte er, allerdings nur zu Frau Krause, die jetzt ebenfalls heraufblickte mit ihrem immer etwas bekümmerten Gesicht. Doch heute wirkte sie nicht nur bekümmmert, sondern geradezu verstört. Sie deutete einen Gruß an und zog den Jungen mit sich. Was hatte der Knabe da eben Komisches gerufen? Und wie der aussah ... Auf einmal erinnerte sich Herr Walter. Das war doch dieser verrückte Verwandte von denen, der hier vor Jahren mal Zeter und Mordio geschrien hatte. Damals hatte Vera noch gelebt und sie hatte herzlich gelacht, als er ihr von der unerwarteten Brüllorgie bei den sonst so stillen und ordentlichen Krauses berichtet hatte. Sie hatte Kinder immer gemocht und sich im Gegensatz zu ihm nie an ihrem Getrampel im Treppenhaus und ihren hellen lauten Stimmen gestört. Weihnachten war ihr immer zu sentimental gewesen, und dass ausgerechnet während der stillen Weihnachtstage bei Krauses derart die Post abging, hatte ihr gefallen.

Und jetzt gab es seine Vera nicht mehr, und dieser Junge kam wieder zu Besuch, und wenn er wieder brüllte, dann war da niemand, dem Herr Walter davon berichten konnte. Die Ungerechtigkeit seines Lebens nahm ihm eine Sekunde lang den Atem. Es schmerzte so sehr, dass er sich an der Balkonbrüstung festhalten musste. Frau Krause verschwand unten mit dem Jungen in der Haustür, und ihr Mann parkte inzwischen das Auto völlig korrekt und ordentlich, da gab es nichts dran auszusetzen.

Herr Walter atmete tief durch, fröstelte, weil ein kühler Wind wehte, und ging wieder hinein. Dort räumte er die Reste seines Mittagessens weg und blickte dabei immer wieder zum Fernseher. Ein junger Politiker mit einer Frisur, die man früher nicht einmal zu Karnevalszeiten getragen hätte, machte gerade händeringend Versprechungen.

Verrückte Moden kamen und gingen, aber die da oben blieben immer die Gleichen und Herrn Walters Geldbeutel blieb immer leer, da konnten sie ihm erzählen, was sie wollten. Es war deprimierend, was der närrische Politiker da zum Besten gab, und doch brachte er es nicht fertig, den Bildschirm auszuschalten. Wenigstens kamen daraus Stimmen und Farben und Licht. Und sie bewirkten, dass er sich ein bisschen lebendiger fühlte – als wäre er ein Staubkorn, das man nur wahrnehmen konnte, wenn Licht darauf strahlte.

7

Gregor hatte endlich den absonderlichen Poncho ausgezogen, den er seit drei Tagen nonstop, ja sogar nachts getragen hatte, und ihn auf den Boden fallen lassen, wo er jetzt wie der Kokon einer riesigen Motte neben der Pelzmütze lag, von der er sich ebenfalls erst vor wenigen Minuten hatte trennen können. Unter dem Poncho war ein blutrotes Hemd mit psychedelisch grünem Muster zum Vorschein gekommen, und so saß Gregor wie eine riesige exotische Frucht in Judith und Achims hauptsächlich in Weiß und Holz gehaltenem Wohnzimmer und betrachtete ein Fotoalbum. Irgendwo mussten sie ja anfangen, und Judith war der Meinung, dass ein Erinnern an gemeinsame Zusammenkünfte unter Umständen der richtige Schritt war, um die Beziehung zwischen ihnen wieder etwas aufzufrischen. Gregor blieb allerdings seltsam stumm, er musterte bloß die Fotos mit der Intensität eines Kriminalbeamten, der aus verschiedenen Aufnahmen des Tatorts die richtige Schlussfolgerung ziehen will.

»Und hier bist du mit Frank«, eilte Judith ihm zu Hilfe und deutete auf ein Foto, auf dem Frank als Teenager mit einem pummeligen kleinen Gregor am Kaffeetisch saß. Beide blickten gelangweilt in die Kamera. Frank mit wild gestylten Haaren und in einem T-Shirt mit dem Logo irgendeiner Band, Gregor mit zerknautschtem Gesicht vom Mittagsschlaf, die blonden Haare strubbelig und mit einem Batikhemd bekleidet, das Marlene garantiert selbst gefärbt hatte. Das war im Sommer kurz nach Franks Abitur gewesen, erinnerte Judith sich. Er hatte gerade sein unglaublich gutes Abi hingelegt und sich zu einem Jurastudium entschlossen. Vor zehn Jahren – als die Welt noch heil war und in geordneten Bahnen verlief. Als noch alles möglich schien und alles normal war. Na ja, nicht ganz. Gregor war schon damals definitiv nicht ganz normal gewesen. Auf einmal fiel Judith wieder ein, was nach der Aufnahme am Kaffeetisch passiert war: Gregor hatte die Erdbeertorte verweigert, weil sie angeblich glibberig war und wackelte. Sich *bewegte*, so hatte er es ausgedrückt. Achim kam aus einem Haushalt, in dem Kinder erstens nichts zu sagen und zweitens alles kommentarlos zu essen hatten, was auf den Tisch kam. Glibberige Torten und die Meinung von Leuten unter einem Meter Körpergröße existierten in Achims Universum nicht. Deshalb hatte er Gregor ignoriert und ihm einfach ein Stück auf den Teller gelegt. Marlene war Gregor sofort beigesprungen – nein, er musste die doofe Glibbertorte nicht essen, und ja, selbstverständlich durfte er sich seiner Kleidung entledigen und nur in Unterhose am Tisch sitzen, wenn es ihm zu heiß war. Und dann hatte Gregor plötzlich seinen Teller weggestoßen, heißen Kaffee über sich und die Torte gekippt und gebrüllt, und Achim hatte diesen gequält-stoischen Gesichtsausdruck aufgesetzt, den Judith so hasste. Wenn sie sich recht erinnerte, war der Tag mit Geschirrklappern, eisiger Höflichkeit und unausgesprochenen Vorwürfen zu Ende gegangen.

»Frank?« Gregor biss sich nachdenklich auf die Lippe.

»Dein Cousin. Du weißt doch – Frank. Der in Australien ist.«

Gregor nickte, doch in seinem Kopf schien zum Thema Frank nicht viel vorhanden zu sein. Erinnerte er sich etwa gar nicht mehr an ihn? Judith konnte es nicht fassen. Gut, die beiden waren altersmäßig einfach zu weit auseinander, vierzehn Jahre machten eine Menge aus, und hatten sich außerdem nicht häufig gesehen, geschweige denn sich etwas zu sagen gehabt, aber trotzdem – war Blut nicht angeblich immer dicker als Wasser? Oder stand Gregor noch unter Schock wegen des Unfalls? Judith hatte versucht, ihn ein wenig dazu zu befragen, aber er hatte gar nichts gesehen und war nur der aufgeregten Menschenmenge gefolgt, die sich um seine auf dem Boden liegende Mutter versammelte. Erst seine Frage: »Was machst du denn da unten, Mama?«, hatte die Umherstehenden darauf aufmerksam gemacht, dass er zu der verletzten Frau gehörte. Doch jedes Mal wenn Judith Marlene oder das Krankenhaus erwähnte, bekam Gregor einen glasigen Blick, wandte sich ab, zupfte an seiner Kleidung herum oder kratzte sich am Arm.

Verstohlen betrachtete sie ihn von der Seite – seinen irgendwie zu großen Kopf, das runde Gesicht und die blauen Augen, die etwas zu betrachten und gleichzeitig immer noch etwas anderes wahrzunehmen schienen, etwas Verborgenes, Unsichtbares, das nur Gregor erkennen konnte. Sie nahm seine ordentlich geschnittenen blonden Haare wahr, hinten leicht anrasiert, vorn etwas länger, Seitenscheitel. Dann war da das bizarre Hemd, die grellen Farben, auf die er so abfuhr und die in völligem Kontrast zu seinen weichen Wangen und den weichen Händen standen. Alles an Gregor war weich. Als Kind war er richtig zum Knuddeln gewesen, nur dass man ihm ja leider nicht zu nahe kommen durfte.

Gregor blätterte kommentarlos weiter und inspizierte

Foto um Foto. Dann hellte sein Gesicht sich plötzlich auf. »Das war zu Weihnachten«, stellte er fest und tippte auf eines der Bilder. »Da war das Lametta durcheinander.«

»Ja«, stimmte Judith ihm vorsichtig zu. O Gott, würde etwa allein die Erinnerung daran ihn wieder maßlos aufregen?

»Da hab ich ganz laut geschrien.«

»Ja.«

Er lachte so unvermittelt und laut los, dass Judith zusammenzuckte. Seine Nasenflügel bebten, sein Gesicht verzog sich und ein tiefes, bauchiges Lachen kollerte aus ihm heraus. »Mann, da hab ich so laut geschrien!«

»Ja, das hast du.« Gegen ihren Willen musste Judith nun auch lächeln, denn Gregor schien sich gar nicht mehr einzukriegen, jedes Mal wenn er sich halbwegs wieder beruhigt hatte, prustete er von Neuem los.

Achim stand plötzlich im Türrahmen, ein Geschirrtuch in der Hand. »Ist was?«, fragte er alarmiert.

»Gregor erinnert sich nur gerade daran, wie er damals wegen dem Lametta so geschrien hat«, erklärte Judith, was für Gregor ein Anlass war, erneut loszulachen.

»Das war ja auch lustig«, versicherte Judith ihm rasch und nickte Achim unmerklich zu. Der sah sie an, als hätte sie den Verstand verloren.

Was denn?, wollte sie rufen. Das ist doch ein gutes Zeichen. Er lacht über sein merkwürdiges Verhalten damals. Das bedeutet doch, dass er so etwas nicht noch einmal machen würde und dass er außerdem an was anderes denkt als an seine Mutter im Krankenhaus.

»Essen ist fertig.« Achim drehte sich um.

Die Sonne hatte sich auf einen kurzen abendlichen Besuch herausgewagt und tauchte das Zimmer in ein goldenes Licht. Durch das offene Fenster erklangen von irgendwoher Kinderstimmen, wahrscheinlich die Junescu-Kinder, die immer bis zum Dunkelwerden draußen herumrasten. Achim hatte sich redliche Mühe mit dem Abendbrot gegeben und viel mehr aufgetischt, als sie sonst hinstellten. Jungs im Wachstum hatten schließlich immer Hunger, und Gregor sollte es an nichts mangeln. Frank hatte in dem Alter mit dem begnadeten Stoffwechsel eines Heranwachsenden ganze Brotlaibe und Schinken verschlungen. Auf dem Tisch war kaum noch ein freies Plätzchen, es standen seit langer Zeit mal wieder drei Teller und drei Gläser darauf, und wenn Judith die Augen leicht zukniff, sodass sie nur noch Konturen wahrnahm, hätte sie fast glauben können, sie und Achim säßen wieder mit Frank beim Abendbrot. Es gab dunkles Brot und Ciabatta, Tomaten und Mozzarella mit Basilikum aus dem Töpfchen, Schinken und Käse, Gurke, Radieschen und ein Glas Rote Bete für Achim. Judith konnte dem Zeug nichts abgewinnen, sie fand, dass Rote Bete eine ekelerregende Farbe hatte und irgendwie nach Friedhof schmeckte. Gregor fand das offenbar auch, denn er rührte die Rote Bete nicht an. Genau genommen rührte er gar nichts an, sondern starrte nur unglücklich auf den Tisch, die Abendsonne im Haar wie einen Heiligenschein.

Achim schmatzte demonstrativ und genüsslich. »Kostet mal den Schinken, der ist gut.«

Gregor reagierte nicht.

»Bist du doch noch Vegetarier?« Judith kramte in ihrem Gehirn nach irgendwelchen diesbezüglichen Informationen. Gregor und Marlene hatten jahrelang kein Fleisch gegessen, aber zumindest Gregor war letztes Jahr doch wieder reumütig zu den Allesfressern zurückgekehrt, soweit sie sich erinnerte. Oder vielleicht doch nicht?

»Nein.« Gregors Stimme klang seltsam hoch und zu Judiths Erschrecken sah sie eine Träne in seinem linken Auge glitzern.

»Was denn dann, ich ...?«

»Es hat keine Formen!«, platzte es anklagend aus Gregor heraus.

»Formen?« Judith wechselte einen Blick mit Achim, der sein Schinkenbrot gerade in vier exakte Teile zerschnitt und die Augen verdrehte.

»Formen.« Ohne Vorwarnung griff Gregor nach dem großen Brotmesser. Judith rutschte ein kleines verblüfftes Keuchen heraus, aber Gregor hatte offenbar nicht vor, damit auf sie loszugehen, weil »es« keine »Formen« hatte, was immer damit gemeint war, sondern fing an, ein Radieschen zu bearbeiten. Es schnippte sofort weg, segelte quer über den Tisch und landete auf Achims Teller. Der zuckte zurück, als hätte eine feindliche Artillerie das Feuer auf ihn eröffnet.

»Also, hör mal ...«, setzte er an, aber Judith kam ihm zuvor.

»Gregor, was machst du denn da?« Sie nahm dem Jungen das riesige Messer aus der Hand.

»Formen«, jammerte Gregor. »Es muss Formen haben!«

»Was muss Formen haben?«

»Das Essen.«

Einen Moment lang herrschte eine Stille, in der nur Gregors schweres Atmen zu hören war.

Das Essen musste Formen haben ... Judith erinnerte sich mit einem Mal an einen Besuch bei Marlene vor ewigen Zeiten. Sie sah ihre Schwester in deren chaotischer Küche voller selbst getöpferter Gefäße und Trockenblumen stehen und mit einer Engelsgeduld etwas für Gregor zubereiten. Quadratische Schnittchen aus hellem und dunklem Brot, die sie wie ein Schachbrett auf einem Brettchen angeordnet hatte.

»Eckig oder rund?«, fragte Judith und griff nach dem Messer.

»Rund.« Gregor zog geräuschvoll die Nase hoch.

Judith nahm die Gurke, schnitt sie in Scheiben, bedeckte die Gurkenscheiben mit einer runden Tomatenscheibe und legte eine runde Radieschenscheibe obendrauf. Zum Schluss holte sie eine Plätzchenform aus dem Schrank und stach ein rundes Stück Ciabatta aus, bestrich es mit Butter und baute alles zu einem Türmchen zusammen. »So?«

Gregor nickte. Dann nahm er das Türmchen und biss glücklich hinein.

Achim gab ein undefinierbares Geräusch von sich, halb entrüstet, halb belustigt. »Na, da wird es uns in den nächsten Wochen ja nicht langweilig werden.«

»Du sagst es.« Judith griff wieder nach dem Ausstecher und bereitete das nächste Türmchen vor. »Macht die Mama das immer für dich?«, erkundigte sie sich bei Gregor.

»Ja. Immer.«

»Aha. Weißt du was? Ich zeige dir mal, wie du dir deine Schnitten auch selber zurechtschneiden kannst. Wie findest du das?«

Gregor antwortete nicht, und als Judith schon glaubte, er habe sie nicht verstanden oder gehört, spürte sie plötzlich eine leichte Bewegung an ihrer rechten Hand. Ein winziges Streicheln von Gregor.

»Wie geht es Marlene?«, fragte Achim jetzt.

Gregors Hand zuckte sofort zurück, und Judith merkte, wie er sich versteifte.

»Unverändert«, murmelte sie, in der Hoffnung, dass Achim das Thema damit fallen lassen würde.

»Das wird schon wieder.« Achim ließ die Gabel sinken. »Ein Kunde aus dem Laden hat mir heute von einer Bekannten erzählt, die auch im Koma lag und …«

»Achim«, ging Judith warnend dazwischen. Er würde alles noch schlimmer machen, sie konnte es förmlich spüren.

»Was denn?« Er sah sie erstaunt an. »Ich wollte doch nur erzählen, dass diese Bekannte zwei Wochen im Koma lag, zwei, wohlgemerkt, und nicht vier, wie dieser Arzt behauptet hat, und dass sie dann plötzlich wieder aufgewacht ist. Zack – einfach so. Erstaunlich, nicht? Ich denke mal, dass es bei Marlene genauso sein wird und …«

Judith hackte ein Stück Gurke so wild entzwei, dass es knallte. Sie funkelte Achim an. Was erzählte er denn da für einen Mist? Merkte er nicht, dass das Gregor aufwühlte? Und ihm auch noch zu versprechen, dass es nur zwei Wochen sein würden, das war unverantwortlich, selbst wenn er es gut meinte. Wenn Gregor gleich in Tränen ausbrach, dann war das einzig und allein Achims Schuld.

»Was passiert denn eigentlich in einem Koma?«, erkundigte Gregor sich plötzlich.

Sie sahen sich an.

»Nun …« Achim suchte nach Worten und fand keine.

»Kann man da was hören?«, bohrte Gregor weiter. »Oder sehen? Oder fühlen? Was meint ihr?«

»Es könnte sein«, sagte Judith zögerlich, einfach um das Schweigen zu brechen.

»Nein, das weiß keiner so genau«, widersprach Achim sofort.

Woher wollte er das wissen? Hatte er denn jemals im

Koma gelegen? »Ich glaube es aber«, erwiderte sie trotzig. »Das hört man ja immer wieder.«

»Und was macht meine Mama da?« Gregor wirkte nicht im Geringsten deprimiert oder mitgenommen, eher höchst interessiert.

»Na, was wird sie wohl machen«, murmelte Judith. »Sie liegt da und ... also, sie träumt. Sicher träumt sie.«

»Wovon?«, kam es prompt zurück.

Wovon würde Marlene träumen? Judith hatte nicht die geringste Ahnung. Von Gregor? Von diesem Sebastian, ihrem Therapeuten? Von Wasserplätschern? »Von dir«, antwortete sie und lächelte ihren Neffen an.

»Und wovon würdest du träumen?«, wandte Gregor sich an Achim. »Von Judith?«

Ein eisiger kleiner Moment des Schweigens folgte. Ganz bestimmt nicht, dachte Judith. Die Zeiten waren vorbei. »Von Fahrrädern«, antwortete sie laut für ihren Mann und ohne ihn dabei anzusehen.

»Und du, Judith?« Gregor beugte sich interessiert vor.

Von Frank. Sie würde von Frank träumen. Von einem süßen kleinen Jungen und seinem hellen Lachen und wie er die Arme ausbreitete und »Fang mich doch, Käseloch!« rief.

In diesem Moment ging die Klaviermusik unten bei Regners los, wie jeden Abend um 18:00 Uhr. Achim stöhnte wie immer leise auf, und Judith sagte, ebenfalls wie immer: »Dauert doch nicht lange.« Frau Regner übte eben jeden Tag um diese Zeit, die Hausordnung erlaubte es ihr, bis 20:00 Uhr zu spielen, und da konnte man nichts machen. Wenigstens spielte sie gut, auch wenn es irgendwelche undefinierbaren Lieder und Akkorde waren und nichts, was man kannte. Aber sie hätten es weiß Gott schlimmer treffen können, zwei Häuserblocks weiter wohnte zum Beispiel eine Familie, in der beide Kinder Trompete spielen lernten, das musste man sich mal auf der Zunge zergehen lassen. Eine Zumutung war das.

»Das klingt wunderschön.« Gregor lauschte. »Sehr traurig und sehr schön.«

»Ich werd's Frau Regner ausrichten«, brummte Achim, aber Judith konnte sehen, wie sein Mundwinkel belustigt zuckte.

»Gleich morgen, bitte. Wenn du sie im Treppenhaus triffst«, setzte Judith noch eins drauf. »Dann bedankst du dich für die wunderschöne, traurige Musik bei ihr.« Sie grinste Achim an. Er grinste zurück. Sie hatten sich wortlos wieder vertragen, was eine Seltenheit war. Das lag wohl an Gregor, normalerweise hätten sie sich jetzt den ganzen Abend lang nur noch angeschwiegen.

»Die spielt in Moll. Deswegen klingt es so traurig.« Gregor biss erneut in sein Türmchen.

Judith fiel fast die Gabel aus der Hand. »Das hörst du?«

»Ja. Bei einem Mollakkord wird aus einer großen Terz eine kleine. Deshalb klingt es immer so traurig.«

»Hast du denn Musikunterricht?«, erkundigte sich Achim verblüfft. Es war das erste Mal, dass er das Wort direkt an Gregor richtete.

»Ich spiele gern Klavier.« Damit stand Gregor einfach auf und wanderte durch das Zimmer. Bei einer Holzskulptur blieb er stehen. Die hatte Frank in der elften Klasse angefertigt, mit unglaublichem Talent, wie Judith fand. Er hätte auch Bildhauer werden können, aber das hatten sie ihm Gott sei Dank ausreden können, denn davon konnte man ja nicht leben. Seltsamerweise hatte er danach nie wieder etwas geformt oder geschnitzt. Die Skulptur erinnerte an Origami, eine Anhäufung von gefältelten und ineinander übergehenden kleinen Holzstufen, die ohne Anfang und ohne Ende miteinander verbunden waren. Frank hatte ihnen etwas von einem Künstler namens Escher und seinen perspektivischen Unmöglichkeiten erzählt, was weder sie noch Achim verstanden hatten, aber das hatten sie natürlich nicht zugegeben. Judith hatte der Skulptur stolz einen Ehrenplatz auf dem kleinen Schreibsekretär eingeräumt, wo das Ding seither auf interessierte und lobende Betrachter wartete, die allerdings nie eintrafen.

»Bitte, nicht anfassen«, verlangte Achim jetzt automatisch. Einfach weil alles, was Gregor anfasste, auf irgendeine Weise dem Untergang geweiht war und früher oder später kaputtging.

»Warum denn nicht?«, fragte Gregor erstaunt zurück.

»Weil ...« Achim schluckte, sein Adamsapfel hüpfte. »... man das nicht anfassen soll.«

»Aber dafür ist es doch da.« Gregor fasste es natürlich doch an. Behutsam und fasziniert strich er mit dem Finger über die kleinen Stufen.

»Gregor, ich hab gesagt ...«

Judith stieß ihren Mann unter dem Tisch an. Lass ihn doch. Der Junge hat gerade etwas Schlimmes durchgemacht. Und wen störte es denn, ob das Ding von Gregor angefasst wurde oder nicht? Wenigstens guckte er es an. Ansonsten hatte sich ja noch nie jemand dafür interessiert.

»Gregor, hilfst du mit, den Geschirrspüler einzuräumen?« Sie stand auf, stellte die Teller zusammen und griff nach dem Besteck. Gregor folgte ihr in die Küche.

»Hier – pack es da rein, wo es noch reinpasst, der Geschirrspüler ist schon fast voll.«

Gregor tat aber nichts dergleichen, sondern blätterte stattdessen in dem albernen Katalog mit der Landhausmode für den gepflegten Herrn über fünfzig herum, der immer noch in der Küche herumlag. »Das sind keine echten Menschen«, meinte er.

»Ich weiß. Das sind Models.«

»Echte Menschen sehen so nicht aus.«

»Ja, es sind Models, die sind immer besonders zurechtgemacht.«

»Bei einem echten Menschen wären die Schuhe dreckig, wenn er über ein Feld läuft.« Gregor war offenbar nicht willens, das Thema fallen zu lassen. Er betrachtete die *Donegal*-Herren mit tiefster Verachtung.

»Du hast recht.« Judith nahm ihm den Katalog aus der Hand. »Es ist unechter, blöder Mist.« Damit warf sie den Katalog in den Papiermüll.

»Weg damit!«, rief Gregor begeistert. »Weg mit dem Mist.«

Judith schüttelte amüsiert den Kopf und begab sich zurück ins Wohnzimmer, um den Tisch weiter abzuräumen. In der Tür blieb sie stehen. Achim stand vor der Holzskulptur und strich genauso mit dem Finger über die kleinen Furchen, wie Gregor es eben getan hatte. Lautlos glitt sie wieder hinaus, zurück in die Küche. Dort kniete Gregor vor dem Geschirrspüler und räumte gerade alles aus.

»Einräumen sollst du es, Gregor. Einräumen, nicht ausräumen!« Sie betrachtete fassungslos die Landschaft aus schmutzigen Schüsseln, Tellern, Tassen und Besteck, die sich vor ihr auf dem Küchenfußboden ausbreitete. Milch war auf den Boden getropft und vermischte sich mit braunen Kaffeepfützen, eine Fettspur schlängelte sich quer über den Boden, und das riesige Küchenmesser lag in einer dunkelroten Lache, selbstverständlich Rote Bete und kein Blut, wobei trotzdem alles zusammengenommen den Eindruck erweckte, als hätte hier vor wenigen Sekunden ein schweres Verbrechen stattgefunden.

»Ja, das weiß ich doch. Ich räume es ja auch ein. Aber richtig. Nicht so durcheinander. Das darf nicht so durcheinander sein.« Gregor räumte wie zum Beweis als Erstes die Teller wieder ein. Und zwar der Größe nach – erst die runden, dann die eckigen. Am Ärmel seines roten Hemdes klebte Joghurt, seine Hose hatte einen Fettfleck. Judith schloss kurz die Augen. Ganz ruhig bleiben, befahl sie sich, ganz ruhig. Den Fußboden kann man wischen, Gregor kann man duschen. Und Achim sollte das gar nicht erst zu Gesicht bekommen. Sie blieb daher einfach stehen, wo sie war, denn zurück zu Achim wollte sie nicht, und Gregor bei seinem Mammutwerk zu stören schien ihr ebenfalls keine gute Idee zu sein.

Während sie so tatenlos dastand, fiel ihr ein, dass sie heute noch kein einziges Mal den Anrufbeantworter kontrolliert hatte. Sie hatte es völlig vergessen.

8

Adriana Junescu goss die Tomatenpflanzen auf dem Balkon und kniff ein Auge zu, um besser erkennen zu können, was unten auf der Straße abging. Es war ein Jammer mit ihren kurzsichtigen Augen, aber die Brille, die man ihr im Brillenladen aufgeschwatzt hatte, gefiel ihr nicht, damit sah sie aus wie eine Hornisse, und welcher Mann wollte schon zu einem Insekt nach Hause kommen? Außerdem verursachte ihr das Ding Kopfschmerzen. Das Problem waren ja auch nicht ihre Augen, sondern dass ihre Wohnung so weit oben war. Hätten sie eine Wohnung ganz unten gehabt, wäre das Leben einfacher gewesen, und sie hätte viel mehr Zeit auf dem Balkon verbringen und mit den Leuten ein Schwätzchen halten können, so wie früher zu Hause in Lepsu. Noch besser wäre natürlich ein kleines Häuschen gewesen mit Hof und Garten, besonders für die Hühner, aber das konnte ja in diesem Land keiner bezahlen, und einfach selber bauen ließen sie einen so was erst recht nicht, da kamen wieder die tausend deutschen Regeln und Gesetze, die kein Mensch brauchte und verstand. Aber ohne ihre Regeln würden die Deutschen konfus herumlaufen wie eine Herde Schafe ohne Schäferhund.

Sie sah sich um. Auf der staubigen Straße unten war heute leider gar nichts los. Die Brunnerstraße war eine kleine Gasse, weit weg vom lärmenden Verkehr der Hauptstraße weiter oben, und das Haus Nummer acht stammte wie alle Häuser hier aus den ersten Jahrzehnten des zwanzigsten Jahrhunderts. Die Balkons gingen nach vorn raus, was Adriana Junescu persönlich hervorragend fand, denn so bekam man wenigstens mit, was passierte. Die Deutschen wollten natürlich alle lieber einen Balkon nach hinten haben, damit sie ihre Privatsphäre hatten und dann privat und misslaunig in den kümmerlichen Innenhof starren konnten, wo rein gar nichts stattfand. Die begriffen nicht, dass jeder Tag spannend wie ein Krimi sein konnte, man musste es sich nur auf einem Stuhl auf dem Balkon gemütlich machen und geduldig abwarten, was sich das Leben so einfallen ließ. Heute ähnelte es leider eher einem lahmen Vorabendfilm. Gegenüber in dem kleinen Park – na ja, Rechteck zum Gassigehen wohl eher – trottete ein uralter Mann mit einem kleinen Hund herum. Der Spielplatz, der aus einer quietschenden Schaukel und einem grauen und völlig ausgetrockneten Sandkasten bestand, dümpelte vor sich hin. Irgendwann würden sie das garantiert alles abreißen und ein Haus mit Eigentumswohnungen und Tiefgarage dorthin setzen, aber bis dahin bot der Park wenigstens den Blick auf etwas Grünes, auch wenn der Rasen eher einer mottenzerfressenen Wolldecke glich.

Halt, jetzt passierte ja doch etwas. Da unten auf der Straße stand auf einmal wieder dieser Junge herum, der seit Neuestem hier im Haus bei jemandem wohnte. Er erinnerte sie an den Wasserkopf-Poldi damals bei ihr im Dorf. Der hatte auch immer so dagestanden und hin und her geruckt und den anderen Kindern zugeguckt. Wenn man den Wasserkopf-Poldi ärgerte, dann regte er sich furchtbar auf und lief rot an und gab zur Freude aller Kinder zischende Geräusche von sich wie ein gereiztes dickes Reptil.

Einmal war er nackt durchs Dorf gelaufen und hatte irgendwas gebrüllt, das keiner verstand. Zwei Polizisten hatten versucht, ihn einzufangen, aber er war erstaunlich flink gewesen und ihnen immer wieder entwischt, ein herrliches Spektakel. Damals hatte ja noch keiner einen Computer oder gar ein Handy besessen, im Fernsehen gab es nur drei Kanäle, und alles, was das Leben so bot, spielte sich draußen im Freien ab. Erste Liebe, Ehekrach, Streit und Tod, obwohl Adriana Junescu das Glück gehabt hatte, den Tod nur ganz selten als Besucher empfangen zu müssen. Oft schickte er nur eine Warnung, einen Unfall, wie zum Beispiel den vom Poldi. 1987 im Winter wäre der beinahe im See ertrunken, weil er ohne Sinn und Verstand auf dem dünnen Eis herumgetrampelt war. Zwei Männer aus dem Dorf hatten ihn in letzter Sekunde gerettet, aber danach kam er in ein Heim und gezischt hat er nie wieder, nur noch leer vor sich hin gestarrt, das erzählten zumindest die Frauen im Dorf neben anderen tragischen oder pikanten Geschichten.

Ach, wie sie das alles vermisste. Sie träumte oft davon, dass sie eines Tages in einem teuren Auto zurück in ihr Dorf fahren würde – elegant gekleidet und mit eingebildetem Blick, wie ihn die deutschen Frauen so draufhatten, und sollte ihr dann beim Aussteigen aus dem Wagen ein Euro aus der Tasche fallen, würde sie ihn einfach liegen lassen und mit ihren schicken Schuhen darüber hinwegsteigen, jawohl. Und dann würden sie und Radu den staunenden Leuten im Dorf alles über ihre neue Heimat erzählen und anschließend ordentlich feiern. So richtig feiern, drei Tage lang mit Tanz und Spanferkel, wie es sich gehörte, nicht so eine langweilige Herumsitzerei, wie die Deutschen das immer machten. Im Sommer saßen sie ja oft auf ihren Balkons und grillten, aber nie holte mal jemand eine Geige oder ein Akkordeon hervor, und singen konnten die ja sowieso nicht. Nicht wie Onkel Titu damals, der nach einer gewissen Menge Schnaps immer aufstand und wankend verkündete: »Chwerdeuchetwasvorsing.« Dann folgte meist eine tragische Melodie, mit Inbrunst und nur vage passendem Text vorgetragen, eine Melodie, die immer schneller und lauter wurde, bis Onkel Titu dann auch noch anfing zu tanzen und irgendwann entfesselt zur Hochform auflief, während er regelrechte Schneisen in die Menge der Verwandten schlug, die Frauen zwickte, dass sie begeistert quiekten, und schließlich mit blutunterlaufenen Augen entweder umfiel oder schnaufend innehielt, um weiterzutrinken. Am Morgen nach solchen Festen lagen die Männer wie Tote auf dem Boden herum, und Adriana hatte es als Kind stets leise davor gegruselt, an ihnen vorbeizulaufen.

Aber so was Schönes gab es hier ja nicht. Sobald es abends mal auf irgendeinem Balkon lauter zuging, klappte garantiert irgendwo ein Fenster auf und jemand quäkte etwas von der »Hausordnung«. Hausordnung! Wie sie dieses Wort hasste. Alles war Hausordnung – mach dieses nicht, mach jenes nicht, halt alles sauber und sei still. Was durfte man überhaupt? Die Hausordnung befolgen und dabei Hausschuhe tragen – eine genauso blöde deutsche Erfindung. Und wenn man ein wohlverdientes Nickerchen machte, dann klingelte garantiert irgendjemand und wies einen darauf hin, dass es 14:22 Uhr war und man nur noch bis 15:00 Uhr Zeit hatte, die alberne Treppe im Haus zu scheuern. Selbst der alte Walter von nebenan schrubbte klaglos die unselige Treppe, dabei kam so gut wie nie jemand zu ihm hoch. Zu Junescus kamen auch nur Leute, denen der Zustand der Treppe völlig egal war – warum also sich die Mühe machen? Sie würde es nie begreifen.

Hühner zu halten war laut der Hausordnung natürlich auch nicht erlaubt, weshalb sie sich noch irgendetwas einfallen lassen musste, was sie mit ihren Küken machen würde, sobald diese etwas größer waren. Im Moment wuselten sie noch in einer Kiste unter einer Rotlichtlampe herum und unternahmen nur ab und zu Ausflüge ins Wohnzimmer, ganz reizend war das. Radu hatte die Küken von einem Arbeitskollegen bekommen – kostenlos, das musste man sich mal vorstellen, weil die Leute sie sonst getötet hätten. Einfach unfassbar. Das wurden doch mal sechs prächtige Hühner und ein großartiger Hahn, wie konnte man die einfach töten oder gratis unter die Leute schmeißen? Unbegreiflich, diese Deutschen. Na ja, zwei, drei Wochen hatte sie noch Zeit, ehe das hier ernsthaft zum Problem wurde. Eins der frechen kleinen Dinger hatte neulich schon versucht, durchs Zimmer zu flattern, wie putzig!

Nebenan klappte jetzt die Tür, und der alte Walter schlurfte auf seinen Balkon. Er warf ihr einen missmutigen Blick zu und deutete das allerkleinste Nicken an, das man gerade noch als solches erkennen konnte.

»Schöne Tag, Herr Walter!«, rief sie extralaut. »Karten legen?« Sie winkte ihm übermütig mit einem Packen Tarotkarten zu, obwohl sie wusste, dass ihn das wahnsinnig aufregte, denn er hielt sie für Zigeuner, die dauernd irgendwelchen geheimnisvollen Spuk veranstalteten. Was er erst sagen würde, wenn der Hahn morgens von ihrem Balkon zu ihm herüberkrähen würde, das wagte sie sich gar nicht vorzustellen. Sie kicherte vor sich hin. Erwartungsgemäß brummte der alte Walter irgendetwas Entrüstetes und kehrte ihr sofort den Rücken zu. Was machte der da? Auf seinem Balkon stand doch gar nichts außer einem klapprigen alten Stuhl? Aha, der alte Walter starrte ebenfalls zu dem Jungen mit dem runden Kopf hinunter. Wahrscheinlich wartete er darauf, dass etwas Außergewöhnliches passieren würde, etwas, worüber er schimpfen konnte und was laut Hausordnung nicht erlaubt war, denn diese bezog aus unverständlichen Gründen auch die Straße mit ein, aber dort unten standen nur die Kinder und guckten in das Handy von dem Regner-Jungen und lachten laut. Der alte Walter schlurfte enttäuscht in seine Wohnung zurück.

Aus einer Laune heraus zog Adriana Junescu eine Tarotkarte für ihn. Die Karte *Zehn der Münzen*. Das bedeutete Reichtum, Wohlstand und Vermögen. Nicht zu fassen. Hatte der alte Walter etwa doch Geld, obwohl er immer so arm tat? Oder würde er etwas erben? Aber von wem denn, der hatte doch gar niemanden mehr, soweit sie informiert war? Der alte Walter und Reichtum, wie ärgerlich. Sie konzentrierte sich jetzt und formulierte in Gedanken eine Frage für sich selbst. Würde sie irgendwann im Leben ein kleines Häuschen im Grünen haben? Leicht aufgeregt zog sie eine weitere Karte. *Die Herrscherin*. Das stand für Fruchtbarkeit und Natur. Um Gottes willen, etwa noch eine Schwangerschaft? Nein, das konnte nicht sein, nicht mit dreiundvierzig, sie war ja nicht blöd. Oder bedeutete es, dass sie bald ins Gras beißen würde, während der alte Walter in einer Badewanne voller Geld badete? Verärgert klatschte sie die Karten auf den Tisch. Natur und Fruchtbarkeit, wie lachhaft. Nicht in dieser Wohnung. Nicht mit ihren fünf Kindern, von denen Gott sei Dank im Moment nur drei tagsüber zu Hause waren. Jolanta und Julka, ihre beiden großen Mädchen, arbeiteten seit Kurzem in einer Eisdiele in der Stadt. Sie kamen jeden Abend erschöpft, pappsatt und glücklich heim, den süßlichen Vanillegeruch von Speiseeis in den Haaren, den Bauch voller Süßkram und das Handy voller neuer Telefonnummern von Jungs, die wahrscheinlich den ganzen Tag lang wie die Bluthunde vor der Eisdiele herumlungerten, seit ihre zwei hübschen Mädchen dort bedienten. Adriana lächelte stolz.

Dann gab es noch Constantin, ihren Zehnjährigen, den elfjährigen Lucian und die kleine Anca, ihre Jüngste, die jetzt alle drei wie ein Heuschreckenschwarm zur Tür hereinstürmten.

»Der alte Stinkerwalter hat wieder gemeckert«, begrüßte Constantin sie. Er zog eine Fratze in Richtung Tür.

»Lass ihn meckern«, meinte Adriana. »Der kann nicht anders. Dem fehlt eine Frau.« Dem Alten war vor zwei Jahren die Frau weggestorben, aber er hatte ihren Namen immer noch an der Tür. *Vera und Dietrich Walter*. Und auf dem Grabstein seiner Frau, das hatte Radu ihr erzählt, war schon sein eigener Name mitsamt Geburtsdatum eingraviert, es fehlte nur noch sein Sterbedatum. Es war das Verrückteste, was Adriana je gehört hatte. Wussten die Deutschen denn nicht, dass so was Unglück brachte? Wie konnte man denn seinen Grabstein schon vor der Zeit aufstellen? Als könnte man es nicht erwarten, in der kalten Erde zu liegen, dabei kam der Tod doch für alle ohnehin viel zu früh!

»Wozu fehlt ihm denn eine Frau?«, fragte die kleine Anca jetzt. Ihre Brüder grinsten anzüglich, und da entdeckte Adriana plötzlich den Jungen mit dem runden Kopf, der mitten in ihrem Flur stand. Hatten die Kinder den etwa mitgebracht? Oder war er ihnen einfach hinterhergelaufen?

»Wer ist denn das?«, fragte sie Constantin auf Rumänisch.

»Der heißt Gregor und wohnt jetzt hier im Haus. Er schaut uns gern beim Spielen zu.«

Als er seinen Namen hörte, nahm dieser Gregor das wohl als Aufforderung, auch ins Zimmer zu kommen.

»Gute Tag«, begrüßte sie ihn.

»Tag. Das ist eine sehr schöne Decke.« Der Junge namens Gregor deutete auf die gemusterte Decke auf dem Sofa, ein selbst gehäkeltes, zwanzig Jahre altes Unikum von Adrianas Schwester. »Ein sehr schönes Muster hat die.«

Na so was. Der war ja doch nicht wie der Wasserkopf-Poldi. Adriana musterte den Jungen interessiert. Nein, das war er nicht. Aber irgendwie daneben war er trotzdem. Vom Wahnsinn geküsst, wie sie zu Hause sagen würden. Dennoch hatte er freundliche Augen, in deren Tiefe etwas anderes schlummerte als bei den meisten Leuten, und nicht so eine Idioten-Leere wie beim Poldi.

Ein Streit brauste plötzlich kurz und feurig zwischen ihren Söhnen auf, das begehrte Objekt des Gefechtes war eine Packung Butterkekse, die auf dem Tisch lag. Hände fuchtelten und zerrten, die Jungs versuchten, einander die Kekse wegzunehmen, es ratschte, riss und platzte, und die kleine Anca kroch auf dem Boden herum und sammelte unter neidischem Küken-Gepiepse die bröseligen Kekse auf, die wie Gesteinsbrocken bei einem Vulkanausbruch durchs Zimmer geschossen waren. Adriana Junescu schlug mit der Hand auf den Tisch und ließ einen Brüller los. Anca flitzte wieselflink mit ihrer Beute davon, Constantin stopfte sich seinen Anteil in den Mund, damit ihm den keiner mehr wegnehmen konnte, und Lucian hatte verloren und vergrub sich jetzt voller Wut in die Decken und Kissen auf dem Sofa.

Trotz ihrer erziehungsbedingten vorübergehenden Kurzatmigkeit bemerkte Adriana, dass dieser Gregor von alledem überhaupt nichts mitbekam, ja nicht einmal ihre Küken wahrzunehmen schien. Er stand da, als wäre er durch eine Glasscheibe vom Rest des Zimmers getrennt, als ob nichts zu ihm durchdringen würde. Das Einzige, was ihn zu interessieren schien, waren die Tarotkarten draußen auf dem Balkontisch. Was Adriana sehr freute. Sofort ließ sie von ihren Kindern ab und bedeutete ihm, ihr auf den Balkon zu folgen.

»Karten legen?«, fragte sie ihn. Er sah zwar nicht so aus, als ob er sie dafür bezahlen könnte, aber für jemanden wie ihn legte sie die Karten auch schon mal kostenlos, einfach weil es sie selbst interessierte, was das Schicksal für so einen Jungen bereithielt.

Gregor antwortete nicht, sondern schaute fasziniert auf den Tisch.

»Was ist das?«, erkundigte er sich dann und zeigte auf eine Karte, auf der ein glücklicher Mann unter neun Goldkelchen saß.

Es war die *Neun der Kelche*, aber Adriana hatte keine Ahnung, wie sie das diesem Jungen auf Deutsch erklären sollte.

»Bedeutet Sicherheit«, sagte sie nur. »Und jetzt du – Karte ziehen.« Sie mischte die Karten und hielt sie Gregor hin, der vorsichtig eine herauszog. Was hatte er da gewählt? Sie reckte den Hals. Den *König der Schwerter*? Beinahe hätte sie aufgelacht. Der *König der Schwerter* stand für einen klugen, weisen Mann, und das war ja hier wohl kaum der Fall. Was war nur heute mit den Karten los? Egal. »Alles wird gut«, beruhigte sie ihn.

»Auch für meine Mama?«, wollte er plötzlich wissen.

Was war denn mit seiner Mutter? Adriana musterte ihn nachdenklich.

»Sie wird in zwei Wochen aufwachen, stimmt's? Bis dahin träumt sie. Von mir wahrscheinlich.«

Seine Mutter schlief die ganze Zeit? Merkwürdig. Vielleicht Alkoholikerin oder so was? Armer Junge. »Ja. Alles wird gut«, wiederholte sie freundlich und tätschelte diesem Gregor kurz den Arm.

Er zuckte sofort zurück, wollte wohl nicht angefasst werden. Na gut, die Deutschen waren alle nicht besonders kuschelig, außer ihrem ewigen Händeschütteln natürlich, ständig musste man hier jemandem die Hand geben, dabei wusste man ja nie, was die Leute kurz zuvor damit gemacht hatten.

Jetzt griff Gregor nach allen Karten auf einmal. Nein, nein, so geht das nicht, wollte sie ihm erklären, aber ach, es war egal, das verstand der sowieso nicht. Er wollte offenbar nur die Bilder betrachten, und außerdem gab es schon wieder ein Handgemenge unter ihren Kindern im Wohnzimmer. Hatte man denn niemals seine Ruhe? Es war wie im Irrenhaus in dieser kleinen Wohnung, und ausgerechnet jetzt war Radu dauernd auf Montage und sie allein zu Hause. Adriana stieß einen lauten Donnerfluch aus und scheuchte die Kinder samt diesem wunderlichen Knaben wieder aus der Wohnung. Der Platz für Kinder war im Sommer schließlich draußen, am besten natürlich in einem kleinen Gärtchen mit Wiese und Hund und Hühnern, womit sie wieder beim Thema war.

Sobald alle weg waren, wandte sie sich wieder ihren Karten zu. Fehlten da etwa welche? Hatte der Wind ein paar vom Balkon geweht? Sie fing an sie zu zählen.

9

Judith hatte den ganzen Vormittag lang telefoniert. Zuerst mit Doktor Lindig im Krankenhaus, der sie darüber informierte, dass es Marlene immer noch unverändert ging. Außerdem meinte er, dass es eine gute Idee sei, wenn nicht nur Judith, sondern auch Gregor Marlene ab und zu besuchen würde. Judith war sich da nicht so sicher. Was, wenn ihn die ganze Atmosphäre furchtbar aufregte? Sie wurde ja selbst ganz befangen, wenn sie, wie gestern zum Beispiel, vor Marlenes Bett stand, das Piepen der Monitore hörte und in ihr regloses bleiches Gesicht unter dem Kopfverband blickte. Konnte man das Gregor zumuten? Er war so schwer zu durchschauen. Vielleicht wollte er das Ganze lieber verdrängen? Immer wenn sie ihm von Marlene erzählte, fixierte er irgendeinen Punkt im Zimmer. Aber wenn er schlief, umklammerte er den zusammengeknüllten Indianerponcho wie einen sicheren Halt.

Seine anderen Klamotten waren genauso exzentrisch, und neulich hatte er offenbar auch noch in Franks Sachen herumgewühlt und darunter ein blau-rot gestreiftes Hemd gefunden, von dem Judith sich nicht erinnern konnte, dass Frank es je getragen hatte. Es spannte Gregor leicht über dem Bauch, aber das störte ja niemanden. Außer Achim natürlich, der zwar nichts dazu sagte, aber Gregor ununterbrochen wachsam beobachtete, als wäre dieser eine tickende Bombe, die jederzeit durch eine falsche Bemerkung hochgehen könnte.

»Rede doch einfach ganz normal mit Gregor«, hatte Judith ihn nun schon mehrmals aufgefordert.

»Du weißt, dass das ein Widerspruch in sich selbst ist. Man kann nicht ganz normal mit ihm reden.«

»Aber er ist auch nicht dumm oder taubstumm. Es würde ihn freuen, wenn du dich ein bisschen mit ihm beschäftigen würdest.«

Achim gelobte zähneknirschend Besserung, aber viel passierte nicht. Einmal sahen die beiden zusammen fern, eine Reportage über aussterbende Tierarten, und Gregor ruckte und wippte die ganze Zeit vor Konzentration und Aufregung herum und fiel dem Kommentator ins Wort, bis Achim es nicht mehr aushielt und mit einer gemurmelten Entschuldigung aus dem Zimmer flüchtete. Und gestern hatten Judith und er darüber diskutiert, ob es eine gute Idee war, Gregor an den Computer zu lassen oder nicht.

Judith war der Meinung, dass das kein Problem darstellte. »Warum denn nicht?«, sagte sie.

»Ich weiß nicht. Was, wenn er alles Mögliche anklickt und runterlädt und uns sämtliche Viren dieser Welt ins Haus schleppt?«

»Ich dachte, dafür hast du ein Anti-Viren-Programm? Das erzählst du mir doch dauernd.«

»Trotzdem.«

»Trotzdem was? Bei Marlene durfte er das auch.«

»Was er bei Marlene durfte, halte ich nicht für das Maß aller Dinge.«

»Herrgott, nun sei doch nicht so streng.«

Achim hatte brummelnd abgewinkt, was Judith als Sieg wertete, und so hatten sie gestern nach dem Abendessen zu dritt vor dem Computer gehockt, wobei jeder von ihnen etwas anderes im Auge behielt: Gregor starrte gebannt auf den Bildschirm, Achim hingegen voll misstrauischer Vorahnung auf Gregor, bereit, jederzeit einzuschreiten, falls Gregor sich auf die Seiten des BND verirrte oder Haarwuchs- und Potenzmittel abonnierte, und Judith starrte auf Achim, ebenfalls bereit, einzugreifen, falls Achim sinnlose erzieherische Maßnahmen einleitete.

Gregor rief sofort und ohne zu überlegen die Seite mit der Wettervorhersage für Deutschland auf, als wäre das seine tägliche Routine zu Hause. Eine Stunde lang studierte er mit nicht enden wollender Hingabe das Wetter in Kaiserslautern, auf der Zugspitze, in Hongkong, London und in Markkleeberg in Sachsen, er betrachtete ellenlange Tabellen mit den durchschnittlichen Temperaturen und Niederschlagsmengen von Schleswig-Holstein und sah gefühlte siebzehn Mal ein Überschwemmungsvideo aus Hessen an. Es war so sterbenslangweilig, dass Judith schließlich aufstand und sich der Wäsche widmete. Achim dagegen blieb eisern sitzen und ging lediglich kurz raus, um sich ein Bier zu holen. Er traute Gregor nicht über den Weg. So was Affiges.

»Es gibt Nebel und Sonnenschein und verschiedene Arten von Wetter«, hörte sie Gregor erklären, der offenbar annahm, Achim habe sich aus echtem Interesse neben ihn geparkt. »Das ist sehr interessant, Achim. Sehr interessant. Hier regnet es morgen, siehst du?«

Im Spiegel konnte Judith ihren Mann gähnen sehen, aber stur, wie er war, ging er trotzdem nicht weg. Fast schien es, als wartete er darauf, dass Gregor endlich dieses scheinheilige Wettergeplapper einstellen und zu härteren Sachen übergehen würde, aber den Gefallen tat er ihm nicht. Gregor studierte jetzt die Jahresprognose für das Wetter in Nordamerika und die Küstengebiete am Pazifischen Ozean.

»Wenn ein Tsunami kommt, müssen wir zum höchsten Punkt in der Stadt laufen«, instruierte er Achim, der mit glasigem Blick an seiner Bierflasche nuckelte. »Und bei einem Erdbeben muss man Schutz unter etwas suchen, was stabil ist. Zum Beispiel unter einem Esstisch. Oder im Türrahmen. Es gibt aber auch Sandhosen und Tornados und ...«

Achim gab endlich auf, blickte demonstrativ auf seine Uhr und begab sich in sein vollmundig so betiteltes Hobbyzimmer, ein Handwerkerreich voller Schrauben und Muttern und Ersatzteile, das Judith nie betrat. Gewonnen. Sie wandte schnell den Blick ab, damit sie nicht laut auflachte, denn ausgerechnet jetzt suchte Gregor nach etwas Neuem im Internet. Nach Spielkarten, wie es aussah. Tarotkarten? Sie kannte sich nicht damit aus, aber die Dinger schienen noch langweiliger zu sein als Wetterberichte, falls das überhaupt möglich war.

Seit gestern durfte er also an den Computer, was Judith jedoch schon wieder bereute, denn der Junge saß die ganze Zeit wie in Trance vor dem Ding und starrte unentwegt auf den Bildschirm, obwohl draußen jetzt endlich der herrlichste Sommer ausgebrochen war – sonnig und warm, nicht zu schwül, mit einem gelegentlichen kleinen Schauer, der die Welt immer wieder neu erfrischte und in den Straßen den unvergleichlichen Geruch nach Sommerregen auf heißem Asphalt hinterließ.

»Geh doch ein bisschen runter, Gregor«, schlug sie vor. »Deine Freunde sind auch unten.«

Freunde war die Übertreibung des Jahres, denn die drei jüngsten Junescu-Kinder duldeten Gregor einfach nur bei sich, wie man einen Hund duldete, redeten aber nicht groß mit ihm. Trotzdem war Judith ihnen dafür dankbar. Außerdem waren die immer unten, egal welche Jahreszeit und welches Wetter herrschte, und sie vergnügten sich damit, in dem kümmerlichen kleinen Park herumzulungern, mit Stöcken gegen die Mülltonnen zu schlagen oder mit dem Sohn von Frau Regner in sein Handy zu starren, was im Endeffekt auch nichts anderes war, als vor dem Computer im Wohnzimmer zu dösen. Trotzdem, dort unten war wenigstens frische Luft, und es schien Gregor ja auch bei den Kindern zu gefallen, denn er ging ohne zu murren hinunter.

»Aber lauf nicht weg«, schärfte Judith ihm noch ein, wofür sie sich sofort ein bisschen schämte. Er war vierzehn, verdammt noch mal. Er hatte ein Handy mit eingespeicherten Nummern – wenn auch kein Smartphone, das konnte Marlene sich offenbar nicht leisten –, also würde er schon nicht verloren gehen.

Frank war in dem Alter kaum noch zu Hause gewesen, sondern immer unterwegs, beim Training, bei Freunden und am Wochenende auf Partys. Überall, nur nicht bei ihnen, als ob sie aussätzig wären. Und wenn sie dann abends mit den ewig gleichen Handgriffen den Tisch für sich und Achim mit den ewig gleichen Nahrungsmitteln deckte, wenn die Fanfare der Tagesschau durch die Wohnung schallte und jeder Abend gleich ablief, dann wäre Judith am liebsten manchmal auch mit Frank aus der Wohnung geflüchtet.

Durch das offene Fenster war jetzt aufgeregter Lärm von der Straße zu hören. »Guck mich gefälligst an, wenn ich mit dir rede!«, rief eine wütende Männerstimme. »Jetzt sag doch mal einer diesem unterbelichteten Kerl, dass er da weggehen soll!«

Von dumpfer Vorahnung getrieben, stürzte Judith auf den Balkon hinaus. Ach du lieber Himmel. Unten hatte sich ein kleiner Menschenauflauf an der gelben Tonne gebildet, die Gregor wie ein bulliger kleiner Krieger bewachte. Sie entdeckte Herrn Walter in seinen Filzpantoffeln, die wenigen Haare mühsam an den Kopf pomadisiert, wie er mit dem Zeigefinger drohend die Luft zerhackte und auf Gregor einschimpfte. Dahinter die Junescu-Kinder, die sich vor Vergnügen krümmten und ihn nachäfften, und der Junge von Frau Regner, der alles mit seinem Handy filmte. Neben ihnen stand die blonde Frau Regner selbst, die erfolglos versuchte, zu Wort zu kommen, und der Mops von Regners schnüffelte begeistert an der Tonne und gab dabei schnaufende Glücksgeräusche von sich. Außerdem waren noch zwei Passanten stehen geblieben und verfolgten ungeniert das sich entfaltende Spektakel, und der junge Mann aus der WG ganz unten – Lars hieß er wohl, das stand zumindest an der Klingel – trat jetzt ebenfalls dazu. Judith registrierte, dass er neuerdings einen etwas kümmerlich geratenen rötlichen Vollbart trug, und mit seinen wild tätowierten Armen sah er jetzt aus wie ein Wikinger vor dem Angriff auf die Angelsachsen.

»Das geht nicht da rein«, hörte Judith Gregor rufen, seine Stimme hoch wie die eines Mädchens.

»Gregor, was ist denn?«, machte sie sich vom Balkon aus bemerkbar, obwohl sie Frauen unmöglich fand, die ihre ganze Lebensgeschichte vom Balkon hinunterbrüllten.

»Das geht da nicht rein!«, rief Gregor erneut, diesmal mit

einem Schuss Verzweiflung und ohne dass er sie bemerkt zu haben schien. Was zum Teufel war da los?

»Frau Regner?«, rief Judith hilflos, aber ihre Stimme ging in dem einsetzenden Tumult unter, denn jetzt versuchte Herr Walter erneut, zur gelben Tonne vorzudringen. Er schwenkte kampfeslustig eine Tüte, kam aber nicht an die gelbe Tonne heran, weil Gregor den Deckel zupresste. Verdammt noch mal.

Judith schnappte ihren Wohnungsschlüssel und rannte so schnell sie konnte die Treppen hinunter. Dem Walter war es durchaus zuzutrauen, dass er handgreiflich wurde. Unten angekommen, sah sie erleichtert, dass der Student im Wikingerlook Herrn Walter bereits festhielt und beruhigend auf ihn einredete. Gregor keuchte, zwei Krähen hatten sich zu ihm gesellt und wurden von dem Mops begeistert angebellt.

»Was ist denn nur los?« Judith versuchte, ihrer Stimme einen autoritären Klang zu geben.

»De... de... der Mann ...« Gregor war völlig aufgelöst und fing plötzlich an, wie ferngesteuert hin und her zu rucken, eine Vorstufe zu seinem unaufhörlichen Kreiseln.

»Herr Walter?«, fragte sie scharf.

»Der ist doch total bekloppt«, schimpfte der Walter. »Lässt mich nicht durch mit meinem Verpackungsmüll. Der hat sie doch nicht mehr alle.« Er schwenkte die Tüte wie einen Morgenstern über den Köpfen der Leute.

»Ey, Alter«, japste einer der Junescu-Jungen. »Krieg dich wieder ein.«

»Die Alu ... Alu ...« Gregor verhaspelte sich.

»Die Alufolie«, kam Frau Regner Gregor zu Hilfe. »Die soll nicht in die gelbe Tonne, das meint er.«

»So ein Blödsinn!«, rief Herr Walter aufgebracht. »Natürlich kommt die da rein, und zwar schon seit Jahren.«

»Ja, natürlich, entschuldigen Sie bitte«, versicherte Judith ihm hastig. »Mein Neffe kommt aus Bayern. Vielleicht ist das da anders. Nicht wahr, Gregor?« Sie arbeitete sich zu ihm vor und warf dem Studenten einen dankbaren Blick zu. »Entschuldigung«, sagte sie erneut, an niemand Bestimmtes gerichtet. »Das ist halt alles anders in Bayern.« Sie strich Gregor beruhigend über den Arm. Ob sie ihn an die Hand nehmen und wegführen konnte? Würde das gut gehen?

»Bayern«, stieß Herr Walter aus. Er legte seine ganze Verachtung in dieses Wort, als wäre Bayern ein exotischer Kulturkreis am anderen Ende der Welt, wo die Leute rückwärtsliefen, die Sonne abends aufging und Zweijährige für den reibungslosen Ablauf der Mülltrennung verantwortlich waren.

»Alufolie kommt da nicht rein«, widersprach Gregor beharrlich, aber seine Stimme wurde leiser, sein Rucken langsamer, und sein Blick wirkte auf einmal abwesend. Judith wagte einen Vorstoß und griff nach Gregors schlaffer Hand. Der Junge ließ es willenlos geschehen und so zog sie ihn ein Stück zur Seite, weg von der unsäglichen gelben Tonne.

Sofort bahnte Herr Walter sich triumphierend seinen Weg, leerte seine Tüte betont gründlich aus, schüttelte sie ewig, um auch das letzte Fitzelchen Alufolie gründlich zu entsorgen, und sah sich Beifall heischend um. Als keiner etwas sagte, stach er ein letztes Mal mit dem Zeigefinger in die Luft. »Wir sind hier nicht in Bayern«, informierte er alle Zuschauer. »Das wäre ja noch schöner.«

»Entschuldigung«, quetschte Judith etwa zum hundertsten Mal heraus. Warum ging der nicht endlich weg? Sie fing

Frau Regners Blick auf. Die verdrehte die Augen in Richtung des Alten. Ein Lächeln huschte zwischen den beiden Frauen hin und her.

Gemeinsam sahen sie Herrn Walter nach, der mit gebeugtem Rücken und krumm wie ein Komma zurück zum Haus schlurfte. Hinten hatte seine Weste ein Loch, aber das würde er wohl nie merken. Außerdem entwickelte er allmählich eine Art Buckel, ob von der dauernden Missmutigkeit oder seiner generell schlechten Haltung war schwer zu sagen. Der Glöckner der Brunnerstraße – fast tat er Judith leid. Die Auseinandersetzung an der Mülltonne war garantiert heute sein einziger Kontakt zu anderen Leuten gewesen. Die Passanten gingen weiter, und der Wikingerstudent klopfte Gregor kurz auf die Schulter, ohne zu wissen, was er damit auslösen konnte. »Alles klar, Kumpel?«

Zu Judiths Erstaunen wehrte Gregor ihn nicht ab.

»Die Alufolie kommt da aber nicht rein.« Gregor fixierte die gelbe Tonne. »Der Mann weiß gar nichts. Der ist behämmert.«

Der Sohn von Frau Regner lachte.

»Na ja – wo er recht hat, hat er recht«, stimmte Frau Regner Gregor zu. »Und wenn es nun mal in Bayern so ist …?«

Judith hatte nicht die geringste Ahnung, welche Müllzustände in Bayern tatsächlich herrschten. »Das ist die Frau Regner, die unter uns wohnt«, lenkte sie das Gespräch in neutrale Bahnen, damit Gregor endlich auf andere Gedanken kam und nicht noch in die gelbe Tonne kletterte, um die Alufolie wieder herauszuholen. »Die immer Klavier spielt. Das hat dir doch so gefallen.«

»Die Musik ist sehr schön«, lobte Gregor auch prompt und Judith atmete auf.

»Danke. Da bist du aber der Einzige, der das findet.« Frau Regner lächelte höflich.

»Das stimmt nicht«, mischte ihr Sohn sich ein. »Dem Benedikt hat es auch gefallen.«

»Ach, das ist Ihr Freund, nicht wahr?« Judith hatte den jungen Mann schon mehrmals im Haus getroffen. Ihr Typ war der ja nicht, so ein alternativer Schlaffi mit Augenringen, der aus seinem Bart wie aus einer Brombeerhecke hervorlugte und irgendwie auch nie zu arbeiten schien, jedenfalls kreuzte er zu allen möglichen Tageszeiten hier auf.

»Der Benedikt ist Geschichte«, wies Frau Regner ihren Sohn zurecht, während eine leichte Röte ihren Hals hinaufkroch.

Ach Gott. Judith sollte jetzt wohl lieber gehen.

»Der hatte guten Musikgeschmack, war aber ein riesen Arschloch«, teilte ihr Sohn jetzt allen mit.

»Jonas!«, fauchte seine Mutter ihn an. Sie wurde noch röter.

»Das hast du doch selbst gesagt, Mama.«

Betretenes Schweigen breitete sich aus.

Judith entschied sich für ein neutrales Lächeln. »So, wir gehen dann mal wieder hoch, ich hab noch zu tun.« Sie setzte sich in Bewegung, aber Gregor blieb stehen.

»Mein Vater ist auch ein Arschloch.«

»Asseloch«, wiederholte die kleine Junescu-Tochter begeistert. »Alle Asseloche. Alle!«

»Also, ich glaube ...«, setzte Judith an, aber weiter kam sie nicht, denn Frau Regner prustete los.

10

Wenn jemand Doris Hoffmann vor dreißig Jahren vorausgesagt hätte, wie ihr Leben mit achtundfünfzig aussehen würde, hätte sie wahrscheinlich entsetzt ihren Rucksack geschnappt und wäre doch mit ihrer Freundin Regina nach Indien gereist. Dann hätte sie zwar mittlerweile eine Haut wie eine alte Aktentasche und würde selbst geknüpfte Ketten an Touristen verkaufen, aber das wäre nicht so schlimm, denn vom lebenslänglichen Kiffen wäre ihr Gehirn in eine Art selige Umnebelung geraten und sie hätte das alles nicht so richtig mitbekommen. Auf jeden Fall würde sie nicht zwischen Halbtagsjob, Einkaufen und Haushalt hin und her hetzen und ansonsten jede freie Minute damit verbringen, eine alte Frau zu füttern und zu pflegen, die sie nie hatte leiden können, nämlich ihre Schwiegermutter. Die stille, nur mühsam unter Kontrolle gehaltene Abneigung beruhte im Übrigen auf Gegenseitigkeit.

Ein Irrsinn war das alles. Ihr Mann Jochen war zu schwach, um sich gegen seine dominante Mutter durchzusetzen, die ihn selbst im Rollstuhl noch wie eine lateinamerikanische Diktatorin im Ruhestand herumkommandierte und einfach verlangt hatte, dass sie zur Pflege hier einzog. Jochen hatte ohne zu mucksen zugestimmt, aber ihn betraf es ja auch nicht, denn er war ständig auf Geschäftsreisen, und so blieb alles an Doris Hoffmann hängen. Die Fahrten zur Reha, zur Physiotherapie, zur Ergotherapie, das Füttern, die Körperpflege, das Fenster auf, das Fenster zu, die Wolldecke auf die Knie, das Kissen hinter den Rücken, den Fernseher an, den Fernseher aus. Es war ein quälender ewiger Kreislauf, und manchmal, wenn sie morgens im Bett an all die Pflichten dachte, die an diesem Tag wieder auf sie warteten, überkam sie eine derart ohnmächtige Müdigkeit, dass sie sich selbst wie gelähmt fühlte. Sogar tagsüber, wenn sie manchmal erschöpft innehielt, zog ihr eine bleierne Schwere die Augen zu, sodass sie jedes Mal von dem brennenden Wunsch erfasst wurde, die Augen einfach nie wieder aufzumachen.

Jetzt zwang sie sich zur Ruhe und schraubte ihre Stimme in eine aufgesetzt fröhliche Tonlage.

»Hier, Elvira, ich hab dir Kartoffelbrei und Lachs gemacht, das magst du doch.« Sie winkte der alten Frau mit dem Löffel zu wie einem Kleinkind.

Ihre Schwiegermutter schaute sie missmutig an. »Ich möchte das selbst essen.« Es klang ein bisschen genuschelt und undeutlich, wie alles, was sie sagte. Der Schlaganfall vor ein paar Monaten hatte ihre gesamte rechte Seite gelähmt, und die linke funktionierte nur noch unkoordiniert.

Wortlos reichte ihr Frau Hoffmann den Löffel. *Dann probier es doch. Du schaffst es ja eh nicht.* Und in der Tat war der Versuch ihrer Schwiegermutter, sich mit der linken Hand Essen in den schiefen Mund zu befördern, katastrophal. Es gelang ihr nicht einmal, den Kartoffelbrei auf den Löffel zu schaufeln, er rutschte wieder und wieder davon, während die Schwiegermutter den Brei immer hektischer mit ihrem Löffel quer über den Teller verfolgte. Ein wütender Laut des

Unwillens entfuhr ihr und sie ließ den Löffel fallen. »Ich sterbe sowieso bald.«

»Sag nicht so was. Das wird schon wieder. Du musst dich nur ein bisschen anstrengen.«

»Ich strenge mich ja an. Du weißt gar nicht, wie das ist.«

Die Luft zwischen ihnen lud sich immer mehr auf, schon der kleinste Funke würde ein Gewitter auslösen, einen zwischen den Zähnen herausgepressten Streit, irgendetwas würde herunterfallen und am Ende würde eine von ihnen heulen. Manchmal heulten sie am Ende auch beide.

Die alte Frau schielte gereizt unter ihren strähnigen Haaren hervor, die nutzlose rechte Hand lag welk auf ihrem Schoß, die linke strengte sich so an, dass die Adern auf ihrer Stirn hervortraten. Dann zuckte sie unkontrolliert und fegte den Teller samt Kartoffelbrei und klein geschnittenem Lachs vom Tisch.

Frau Hoffmann sog scharf die Luft ein und würgte ihre aufkommende Aggression hinunter. War das ihre Bestimmung? Dass sie hier von ihrem eigenen Leben im Zeitlupentempo zerstückelt und zermalmt wurde?

»Du könntest mich auch mal wieder in unsere Laube fahren bei der Hitze«, sagte die alte Frau plötzlich weinerlich. »Da ist es immer so schön ruhig und grün.«

Was? Wie um alles in der Welt kam sie gerade jetzt darauf? Beinahe hätte Frau Hoffmann aufgelacht. Die Laube! Nach der Laube verlangte es die Gnädigste also. Dieses schrottige Häuschen am Stadtrand mit den leeren Karnickel- und Hühnerställen, den überwucherten Beeten, den Bäumen, die schwer und tief hingen und die seit Jahren keiner mehr verschnitten hatte.

»Da gibt es nichts mehr zum Erholen, Elvira«, antwortete

sie, während sie routiniert den Teller und die Essensreste vom Boden aufhob. »Die Laube und den Garten können Jochen und ich nicht auch noch versorgen. Wann denn?« Sie machte eine resignierte Handbewegung, die das alles hier – das Wohnzimmer, die Schwiegermutter, die Schnabeltasse und den Kartoffelbrei mit einschloss. »Du solltest die Laube und das Grundstück endlich verkaufen.«

»Niemals«, kam es wie aus der Pistole geschossen.

Es war nicht der beste Augenblick, aber irgendwann musste Frau Hoffmann es ihrer Schwiegermutter ja mitteilen, und außerdem hatte sie langsam die Faxen dicke mit dieser idiotischen Laube.

»Sieh mal, der Jochen hat eine Verkaufsanzeige ins Internet gestellt, mit Fotos von der Laube und allem. Er hat es auch ausgedruckt, sogar auf Fotopapier.« Sie fischte ein kartoniertes Blatt aus einem Umschlag. Retuschierte Fotos, die aus einem günstigen Winkel aufgenommen worden waren, präsentierten die Laube als ein idyllisches rotes Holzhaus, in dem nur noch die Kinder aus Bullerbü zum Familienglück fehlten. Eine clever formulierte Beschreibung pries das von Brennnesseln zugewachsene Grundstück als Paradies im Grünen an. Dass die Laube modrig roch, die Sonne wegen der Nordlage nur ein paar Stunden am Tag auf die armselige Parzelle fiel und das Klohäuschen daneben noch aus dem letzten Weltkrieg stammte, wurde selbstverständlich verschwiegen. Stattdessen gab es den diskreten Vorschlag, dass man das »Grundstück auch anderweitig nutzen« könne. Also plattmachen, abreißen, was Neues hinbauen.

»Das könnt ihr doch nicht machen«, empörte sich die alte Frau. »Das Grundstück wird nicht verkauft! Da kann man doch wieder was anbauen. Obst und Gemüse, der Kirschbaum dort hat immer ganz viele Früchte getragen. Das Grundstück hat schon meinen Eltern gehört, der Großvater vom Jochen hat dort die herrlichsten Stachelbeeren geerntet. Ein großes Gewächshaus hatten wir da immer und im Sommer war es wunderbar kühl.«

»Ich weiß.«

»Wenn ihr die Laube nicht nutzt, dann quartieren sich heimlich die Flüchtlinge dort ein, das stand in der Zeitung.«

Blödsinn. Und selbst wenn – wen juckte das? »Elvira, auch Flüchtlinge haben keine Lust, in einer Holzhütte ohne Strom zu hocken und ins Unkraut zu starren.«

Die Schwiegermutter blieb stur. »Wenn ihr das Grundstück mit der Laube nicht wollt, dann überlasst es doch wenigstens dem Max. Dann kann der später mal mit seinen Kindern hin.«

Mit welchen Kindern denn? Max hatte ja noch nicht mal eine Freundin. Er arbeitete und arbeitete und gewann einen Fall nach dem anderen, aber leider blieb ihm da keine Zeit für die Liebe und für potenzielle Enkelkinder schon gar nicht. Eine Sekunde lang sah Frau Hoffmann ihren Sohn vor sich, wie er im teuren Anzug durch die kniehohen Brennnesseln watete, sich mit einer Machete den Weg zur Laube bahnte und dabei »Gibt's hier ein vernünftiges WLAN?« rief. Absurd. Ihr Mund verzog sich.

»Da brauchst du gar nicht zu lachen.« Die Schwiegermutter sah sie tadelnd an und sofort heizte sich die Atmosphäre im Zimmer wieder auf. Die Luft war zum Schneiden, es roch nach Essen und Franzbranntwein, nach viel zu süßen Lilien, die längst verblüht waren und mittlerweile das Wasser in der Vase in eine schlammfarbene, übelriechende Brühe verwandelt hatten. Es musste dringend einmal gelüftet werden,

Frau Hoffmann hatte das Gefühl, dass sie sonst gleich ersticken würde.

Es klingelte.

Froh über die Unterbrechung ging sie zur Tür, korrigierte ihren Gesichtsausdruck rasch von entnervt zu höflich-interessiert und öffnete. Draußen stand der Neffe von Krauses, dieser merkwürdige Junge, der irgendeine Störung hatte und einem nie in die Augen schaute. Seit sie ihn vor ein paar Jahren zum letzten Mal gesehen hatte, war er ziemlich gewachsen, und zwar in alle Richtungen. Er hatte mindestens zwanzig Pfund zugelegt und trug ein viel zu enges blau-rot gestreiftes Hemd, in dem er wie ein Harlekin kurz vor dem Platzen wirkte. Wie hieß der gleich noch mal?

»Gernot«, begrüßte sie ihn freundlich. »Was kann ich für dich tun?«

»Ich heiße doch Gregor.« Der Junge lachte in sich hinein, als hätte sie einen besonders knackigen Witz gerissen. »Gernot ist ein voll blöder Name.«

Also, so was. »Ach ja, Gregor, natürlich. Was kann ich für dich tun, *Gregor*?«

»Ich bringe das hier.« Er reichte ihr etwas, ein Paket von einem Onlineshop, irgendein Teil, das Jochen bestellt hatte. »Das hat der Briefträger bei uns abgegeben.«

»Ach so, danke.«

Er sah sie gespannt an, schien auf etwas zu warten. Wollte er Geld für diesen kleinen Botendienst? Warum guckte der so?

»Was ist denn drin?«, fragte er endlich und deutete auf das Paket.

»Also … ich …« Sie lachte verblüfft. »Ich wollte das jetzt eigentlich nicht öffnen.«

»Warum denn nicht? Wollen Sie nicht wissen, was da drin ist?«

»Das ist für meinen Mann.«

»Ist es was für mich, Doris?«, schallte die Stimme ihrer Schwiegermutter aus den Tiefen der Wohnung.

»Nein, es ist für den Mann von ihr«, rief Gregor zurück, bevor Frau Hoffmann überhaupt zu Wort kommen konnte. »Wir wissen aber nicht, was drin ist.«

»Doris?« Die Schwiegermutter klang verwirrt. »Wer ist denn da?«

»Nicht der Gernot«, rief Gregor, den das unheimlich zu erheitern schien.

»Doris? Was …?« Etwas klapperte, dann knallte es, gefolgt von einem Schmerzensschrei.

»Entschuldigung.« Frau Hoffmann rannte zurück ins Wohnzimmer, wo die Schwiegermutter beim Versuch, an ihre Krücken zu kommen, von der Couch gerutscht war.

»Elvira, was machst du denn da?«

»Ach, Doris, das ist alles so schrecklich. Aua, ich glaube, ich habe mich geprellt.«

»Du bist krank, du kannst nicht alleine aufstehen, das weißt du doch. Du musst sitzen oder noch besser liegen.«

»Meine Mutter liegt auch«, sagte da eine Stimme hinter ihnen. Frau Hoffmann fuhr herum. Dieser Gregor war ihr einfach gefolgt und stand jetzt mitten im Wohnzimmer.

»Sie liegt den ganzen Tag lang im Bett. In einem Koma, weil sie einen Unfall auf dem Parkplatz hatte. In einem Koma macht man gar nichts. Man träumt nur. Von Fahrrädern oder Menschen. Man merkt auch nichts. Ob es kalt ist zum Beispiel. Oder wie das Wetter ist. Es regnet ja heute, aber das merkt sie nicht, weil sie im Koma liegt. Es könnte auch einen Tsunami geben und sie würde es nicht merken.«

Frau Hoffmann und ihre Schwiegermutter starrten den Jungen an wie eine Erscheinung.

»In der Tat«, gelang es Frau Hoffmann endlich zu sagen. Elvira hatte vor lauter Verblüffung aufgehört zu jammern.

»Hatten Sie auch einen Unfall?«, erkundigte sich Gregor bei der Schwiegermutter. Dann lief er durch das Zimmer und betrachtete hemmungslos alle Fotos, die Basketballtrophäen aus Max' Schulzeit, den Mark-Rothko-Druck an der Wand und das gute Porzellan hinter Glas. »Hier riecht es komisch.«

Frau Hoffmann schluckte. »Danke für das Paket«, sagte sie laut. »Du kannst jetzt wieder gehen.«

»Ich hatte einen Schlaganfall«, meldete sich die Schwiegermutter mit einem Mal.

Frau Hoffmann bezweifelte, dass der Junge irgendetwas mit dieser Information anfangen konnte, doch er drehte sich interessiert um. »So was hatte der Opa von meinem Freund in Bayern auch vor drei Jahren. Da war gerade alles überschwemmt und das Wasser ging bis an die Häuser ran. Es waren zwölf Zentimeter mehr als 1990.«

»War seine rechte Seite auch gelähmt? Ich kann ja nur noch die linke Hand benutzen und auch die nicht besonders gut. Es ist schrecklich.«

»Ich glaube. Der hatte so ein schiefes Gesicht.« Gregor machte es vor.

»Und wie geht es ihm jetzt?«, erkundigte sich die Schwiegermutter gespannt. Sie schien völlig vergessen zu haben, dass sie noch auf dem Teppich saß.

»Nicht gut. Der ist tot. Wegen dem Schlaganfall, logisch.«

Gregor wandte sich interessiert einem Foto zu, das auf der Anrichte stand. »Ist das der Frank?« Er deutete auf das Bild, auf dem Frank und Max zu sehen waren, als Zehnjährige in kurzen Hosen, jeder mit einem Eis in der Hand und dem sorglosen Lachen von zwei Kindern an einem sonnigen Ferientag. Ein Bild aus einem anderen Leben. Aus einem anderen Universum.

»Ja, das ist der Frank mit dem Max.« Frau Hoffmann schob ihre Hände unter die Achseln der alten Frau und stellte sich so hin, dass sie sie auf die Couch hochhieven konnte, ohne sich dabei den Rücken auszurenken.

Plötzlich stand Gregor neben ihr. »Der Frank kommt uns bald besuchen.«

»Ach, tatsächlich?« Das waren doch mal interessante Informationen. Dann stimmte es wohl, was Judith Krause immer erzählte? So richtig glaubte ihr Frau Hoffmann nämlich nicht, irgendetwas schien mit Frank passiert zu sein, irgendwas verschwiegen die ihr, aber ihr konnte man nichts vormachen. Wenn der Frank tatsächlich so ein toller Makler und so unendlich reich war, wie seine Mutter immer behauptete, warum kam er dann nie seine Eltern besuchen, hm? Ihr Max hatte leider auch keinen Kontakt mehr zu ihm, obwohl sie ihn schon mehrmals angestachelt hatte, etwas über Frank in Erfahrung zu bringen, im Internet oder so.

»Wann kommt er denn?« Sie ließ die Schwiegermutter einen Moment lang los. Elviras Lebensmut war nach dem niederschmetternden Schicksal von dem unbekannten Opa des Freundes von diesem Gregor auf den Nullpunkt gesunken, sie stierte trübe vor sich hin und ihr linker kleiner Finger berührte das Blatt mit den Laubenfotos, das bei dem Sturz ebenfalls auf den Teppich gesegelt war.

»Soll die Oma da hoch?«, fragte Gregor zurück, und noch ehe Frau Hoffmann ihm antworten konnte, hatte er die Schwiegermutter auf die Couch gewuchtet. Die stieß überrascht einen heiseren kleinen Schrei aus und atmete schnappend.

»Bald kommt der Frank«, fuhr Gregor fort. »Sehr bald. In Australien ist aber jetzt Winter. Da ist das Wetter verkehrt herum.«

»Das erlebe ich sowieso nicht mehr«, ließ sich jetzt Elvira vernehmen, die ihre Stimme wiedergefunden hatte. »Ich sterbe bald. Mit mir geht es zu Ende.«

»Wann denn?«, erkundigte Gregor sich interessiert.

»Das weiß man doch nicht, wann man stirbt.« Die Schwiegermutter klang leicht verstimmt.

»Da merkt man komplett gar nichts mehr, wenn man tot ist«, stellte Gregor fest. »Da ist alles weg. Bei einem Koma merkt man auch nichts, obwohl man da noch lebt. Vielleicht fallen Sie auch in ein Koma. Das wäre ja erst mal besser.«

»Ich will aber nicht in ein Koma fallen«, wehrte sich die Schwiegermutter.

»Ist aber besser als sterben.« Gregor griff nach dem strunzhässlichen bunten Plastikfächer, der seit einer Venedigreise vor sieben Jahren ein sinnloses Dasein auf dem Regal fristete, und fächerte sich Luft zu.

Eine Weile lang sagte niemand etwas, dann seufzte Elvira demonstrativ. »Jedenfalls sterbe ich in absehbarer Zeit.«

»Aber heute nicht. Heute leben Sie ja noch.«

Sie sah verdutzt auf, lauschte Gregors letzten Worten nach und schien sie in Gedanken in ihrem Kopf hin und her zu wälzen. »Ja, das ist wahr«, sagte sie dann.

Frau Hoffmann lachte in sich hinein.

Gregor hob das Blatt mit den Fotos auf. »Das hier ist ein sehr schönes Haus. Sehr schöne Farbe. Da könnte man wohnen, wenn es ein Erdbeben gibt, denn es ist aus Holz und biegsam und man wird nicht von Steinen erschlagen und es gibt auch keine Hochhäuser in der Nähe.«

»Das ist meine Laube, mein Junge. Da haben wir früher immer unsere Sommer verbracht. Wir hatten Kaninchen und Hühner und Erdbeeren, Himbeeren, Stachelbeeren, Kirschen, Äpfel und jede Menge Gemüse. So viel Obst hatten wir, das konnten wir gar nicht alles essen, wir haben das dann immer eingeweckt.« Die Schwiegermutter hatte jetzt ein Glänzen in den Augen, wie immer wenn sie auf die Vergangenheit zu sprechen kam.

Frau Hoffmann stand auf, denn sie konnte das alles nicht mehr hören, und wenn sie nur an die zahllosen Gläser mit gelblich-bräunlichem Eingemachtem dachte, die schon seit Jahrzehnten mit ihrem mumifizierten Inhalt unten im Keller vor sich hin dämmerten und nicht weggeworfen werden durften, dann wurde ihr regelrecht schlecht. »Ich hol uns mal was zu trinken.«

Als sie schließlich mit dem Apfelsaft zurückkam, fand sie Elvira und Gregor in angeregtem Gespräch über die glorreiche Vergangenheit der Laube vor. Gregor lauschte den Ausschweifungen der alten Frau über Sommer, in denen es noch richtig heiß, die Gesundheit noch gut, eine Erdbeere noch richtig süß, ein Kind noch höflich, das Gras noch viel grüner und der Mond noch heller gewesen waren. Nur gelegentlich verlangte Gregor nach Zwischeninformationen, über die Niederschlagsmenge im Jahr 1956 zum Beispiel, die die Schwiegermutter aber nicht liefern konnte.

Frau Hoffmann hatte tatsächlich Zeit, in Ruhe die Küche

aufzuräumen, ohne ständig von spitzen Befehlen und Klagelauten unterbrochen zu werden. Als Gregor nach einer Stunde ging, saß die alte Frau erschöpft, aber glücklich auf ihrem Platz. »So ein netter Junge«, meinte sie benommen.

»Ja.« Frau Hoffmann entsorgte die Blumen und öffnete endlich das Fenster. Wo war jetzt das Blatt mit der Info über die Laube? Sie hatte beschlossen, das Ding wegzupacken, bis Jochen von seiner Dienstreise wiederkam. Sollte der das seiner Mutter doch beibringen. Das Papier lag allerdings weder auf noch unter dem Tisch, auch nicht auf der Couch oder dem Fußboden. Seltsam. Hatte die Schwiegermutter es versteckt?

Gedämpfte Musik erklang von unten, wenn man das überhaupt als Musik bezeichnen konnte, so schrilles, rockiges Zeug. Das besoffene Nilpferd unter ihnen, Frau Dürer, leitete damit seinen Abend ein, und es würde im Verlauf der nächsten Stunden immer lauter werden und irgendwann dann mitsingen.

»Jetzt geht das wieder los«, sagte Frau Hoffmann zu Elvira.

Die stöhnte. »Dass ihr euch das gefallen lasst. Das muss man doch mal melden.«

Frau Hoffmann antwortete nicht. Die Exzesse von Frau Dürer waren das einzige Thema, über das sie mit der Schwiegermutter einer Meinung war und richtig schön genüsslich ablästern konnte. Wenn sie durch ein Verbot erreichte, dass Frau Dürer keinen Mucks mehr von sich gab, was blieb ihr dann noch?

11

Warum hatten sie nur früher immer geglaubt, dass das Leben mit Gregor schwierig wäre? Gerade jetzt hob der Junge sogar unten auf der Straße die nassen Zeitungen und Werbeprospekte auf, die herbeigeweht und anschließend von einem kurzen Schauer in lasche, feuchte Lappen verwandelt worden waren. Das fiel sonst niemandem im Haus ein, anderen Kindern nicht und den Erwachsenen schon gar nicht. Judith verspürte einen gewissen Stolz. Seht her – der aufmerksame junge Mann da unten, das ist mein Neffe, hätte sie am liebsten aus dem Fenster gerufen.

Marlene hatte Gregor seltsam, aber voller Liebe erzogen, das konnte man nicht anders sagen. Zum ersten Mal in ihrem Leben hatte Judith in den letzten Tagen darüber nachgedacht, wie sie eigentlich damit umgegangen wäre, wenn das Schicksal ihr ein Kind wie Gregor beschert hätte. Ein Kind, das anders war als andere, das sich in keine bekannten Muster pressen ließ und keinen Regeln folgte. Wäre sie mit dem Tuscheln und Kopfschütteln und Grinsen der Leute auch so unbekümmert umgegangen wie Marlene? Tief in ihrem Innersten wusste sie die beschämende Antwort darauf. Und Achim? Hätte er ein Kind wie Gregor ertragen, ohne an ihm herumzumäkeln und es dauernd zu erziehen, oder hätte er das Handtuch geschmissen und wäre schon längst abgehauen wie Gregors Vater? Nein, Achim war ein verantwortungsvoller Mann, der nicht vor seinen Pflichten davonrannte, das hatte sie ja so sehr an ihm beeindruckt, als sie ihn kennenlernte. Nur *wie* er dann mit seinen Pflichten umging, das stand auf einem anderen Blatt, und erst im Laufe der Jahre hatte Judith begriffen, dass Achim seinem cholerischen Vater, den er eigentlich verachtete, viel mehr ähnelte, als ihm bewusst war.

Frank hingegen war das völlige Gegenteil von seinem Vater. Er diskutierte nicht, er wählte den Weg des geringsten Widerstands. Konkret bedeutete das, dass er einfach verschwand. Sie konnte bis heute nicht verstehen, was ihn dazu bewogen hatte, sich ausgerechnet in Australien niederzulassen, am anderen Ende der Welt. Warum nicht in Frankreich oder Spanien oder Italien? Das waren doch auch schöne Länder. Wollte Frank etwa sichergehen, dass ihm seine Eltern auf keinen Fall zu nahe kamen, mit den sieben Weltmeeren als Barriere zwischen sich und ihnen? Nein, der Gedanke tat zu sehr weh. Und überhaupt – mit Frank war doch immer alles so harmonisch gewesen, es gab kein Anschreien und erst recht keine Schläge. Es gab nur gewisse Erwartungen an Frank, was seine Lebensplanung anging. Ein Kind war ja wie eine Art Zinskonto, in das man einzahlte, weil man sich in absehbarer Zukunft etwas davon erhoffte. Das war doch bei den meisten Eltern so. Außer vielleicht bei Marlene. Und trotzdem – irgendwann war ein Riss zwischen ihnen und Frank entstanden, erst klein und fein wie ein winziger rostiger Kratzer im Familienlack, der dann immer größer wurde, sich ausbreitete und alles infizierte, ohne dass Judith sagen konnte, wieso.

Wenn es Marlene wieder besser ging, würde Judith ihr

endlich ihr Herz ausschütten, das nahm sie sich fest vor. Marlene würde nicht über sie urteilen. Marlene würde zuhören und nicken und ihr irgendeinen Tee kochen, der angeblich half. *Falls* es ihr wieder besser ging. Jetzt lag sie schon zwei Wochen im Koma, und jedes Mal wenn Judith Doktor Lindig zu einer präzisen Aussage oder Prognose drängelte, schüttelte er nur den Kopf und gab vage Auskünfte. Abwarten. Beobachten. Eventuell das künstliche Koma beenden und darauf hoffen, dass Marlene das Bewusstsein wiedererlangte. Achim hatte seine »In zwei Wochen ist alles gut«-Theorie nicht wieder aufgegriffen und war sogar ein paar Mal mit ins Krankenhaus gekommen, wo er unschlüssig und feierlich an Marlenes Bett stand und nicht wusste, was er sagen sollte.

Heute Nachmittag würde Judith Marlene wieder besuchen und Gregor mitnehmen. Meistens saß er nur stumm auf einem Stuhl und sah an seiner Mutter vorbei, aber Judith gab die Hoffnung nicht auf. Vielleicht würde er heute etwas sagen. Vielleicht konnte Marlene ihn ja doch hören, auch wenn Achim nicht daran glaubte.

Sie hob den Wäschekorb hoch, sie hatten jetzt viel mehr zu waschen als sonst, aber das machte ihr nichts aus, ganz im Gegenteil. Doch gerade als sie den Wäscheständer auf den Balkon schieben wollte, fing es wieder an zu regnen. So ein Mist. Also dann hinunter zum Trockner im Gemeinschaftskeller. Der war zwar meistens kaputt, aber angeblich ging er seit gestern wieder, weil Herr Walter, der den Trockner als persönliche Herausforderung ansah, ihn wieder repariert hatte.

Als sie unten im Treppenhaus an der Haustür vorbeiging, fielen ihr zwei Dinge gleichzeitig auf. Gregor befand sich nicht mehr vorn auf der Straße, und unten aus dem Keller, genau dort, wo der Trockner sich befand, ertönte ein Poltern und Rumpeln, das Quietschen einer gepeinigten Maschine, gefolgt von einem wütenden Rattern, das in einem Röcheln erstarb. Was zum Geier ...! Ein ungutes Gefühl beschlich sie, und sie eilte in den Keller. Vor dem Trockner, der nicht an seinem Platz stand, sondern wie ein ungezogenes Kind in die Mitte des Raumes gehopst war, stand Gregor und kratzte sich am Kopf. Auf dem Boden breitete sich eine Wasserpfütze aus und im Trockner lag Wäsche.

»Was machst du denn hier?« Sie trat näher. Hatte er selbst etwas gewaschen? Seinen Poncho vielleicht? Der Inhalt des Trockners schimmerte bunt durch das Bullauge in der Tür. Aber wann denn? Das hätte sie doch gemerkt. »Gregor?«

»Das hat aufgehört. Einfach so.« Er zeigte anklagend auf die Maschine.

»Einfach so?« Sie warf einen kurzen Blick auf das Gerät und trat noch näher. Das ungute Gefühl wucherte jetzt in ihr und legte sich schwer auf ihre Brust. Was war da drin? Was um alles in der Welt hatte er denn da getrocknet?

Hinter ihnen schob sich jemand ächzend durch die Tür. Frau Dürer in einem spektakulären Outfit – schwarze Leggings und schwarze eng anliegende Tunika, eingerahmt von einer flatternden roten Strickjacke. Eine Aufmachung, die Judith irgendwie an Superwoman erinnerte. Frau Dürer wuchtete einen Korb voller schwarzer Laken in den Raum. Bettbezüge? Vorhänge? Grabtücher?

»Ist das Ding etwa schon wieder kaputt?«, erkundigte sie sich in einem Ton, der ihren extremen Verdruss über die umsonst herabgestiegene Treppe zum Ausdruck brachte.

»Sieht so aus«, antwortete Judith stockend. Sie hatte jetzt

erkannt, was sich da im Trockner befand. Das durfte doch nicht wahr sein. »Gregor?« Sie versuchte, seinen Blick einzufangen, aber er wich ihr aus. Er ahnte es, er *wusste* es. Er *wusste*, dass das hier seine Schuld war. »Hast du das da reingetan?«

»Das war nass«, verteidigte er sich.

»Was ist denn drin?« Frau Dürer walzte neugierig näher und brachte einen Schwall Haarspray und eine dezente Alkoholfahne mit sich. Sie zog überrascht die Augenbrauen hoch. »Sind das Zeitschriften?«

»Die waren nass.« Gregors Stimme trug bereits dieses kleine, von Ungerechtigkeit entfachte Zittern in sich, ein erstes Signal dafür, dass die Dinge möglicherweise bald mörderisch aus dem Ruder laufen würden. »Die waren ganz nass.«

»Wollte der Junge Zeitungen da drin trocknen?« Frau Dürer schien weder schockiert noch überrascht. Eher nachdenklich, als ob sie sich fragte, warum sie noch nie auf die fantastische Idee gekommen war, grundsätzlich alles, was nass war, in den Trockner zu stopfen.

Judith spürte einen Luftzug hinter sich, hörte ein leises Knurren und ein demonstratives Hüsteln. Ihr schwante nichts Gutes.

»Was hat denn hier so geknallt?«, fragte da auch schon Herr Walter hinter ihr.

Nicht schon wieder der. Nicht schon wieder dieser Pseudoblockwart, der eine Radaranlage in seinem Kopf zu haben schien, die ihm sofort piepend signalisierte, wenn irgendwo im Haus etwas geschah, das nicht seinem Ordnungssinn entsprach.

»Der Trockner ist wieder kaputt«, erklärte Judith ihm

munter und wie nebenher. »Aber gleich geht er wieder, wir kriegen das schon hin.« *Und jetzt verzieh dich.*

»Den hab ich doch gestern erst repariert.« Herr Walter nahm Witterung auf, der zermalmte, breiige Inhalt des Trockners zog ihn geradezu hypnotisch an, wie eine Raubkatze schlich er sich näher.

Judith schloss ergeben die Augen. Da kam es bereits.

»Was ist denn da drin?«

»Die waren nass«, erklärte Gregor zum dritten Mal, aber das ging unter, weil Herr Walter in diesem Moment die Bullaugentür mit einem rabiaten Ruck öffnete und der Zeitungsbrei wie heiße Lava herausquoll und sich über Herrn Walters Filzpantoffel ergoss. Fassungslos starrte der alte Mann auf das geöffnete Maul des Trockners, der mit einem klatschenden Geräusch auch noch den letzten Zeitungsrest erbrach und dann verstummte.

»Ach du Scheiße«, kommentierte Frau Dürer. »Mensch, Junge, das war aber echt eine blöde Idee.«

Herr Walter drehte sich langsam zu Gregor um. »Du warst das?«, fragte er gefährlich leise. »Du hast die Zeitungen da reingestopft?«

»Ach, das kann man doch wieder sauber machen.« Judith ging rasch dazwischen, schaufelte die restlichen Klumpen mit den Händen aus der Maschine, aber die verdammten Zeitungsfetzen waren einfach überall. Einige trockene Reste fingen sofort an herumzuflattern, sobald sie der dumpfen Enge des Trockners entkommen waren, und huschten nun kreuzfidel über den Waschküchenboden.

Judith schaltete den Trockner wieder ein, um zu demonstrieren, dass alles bestens war, doch das blöde Ding jaulte nur auf und bockte. Das Teil war tatsächlich total kaputt und, wie es aussah, jenseits jeglicher Rettungsmaßnahmen.

»Ja, bist du denn völlig verrückt geworden?«, entlud sich Herrn Walters ganze Wut über die Missachtung seiner Arbeit, über die Idiotie der Jugend, über einfach alles und den Zustand dieses Trockners und der Welt auf Gregor. »Man stopft doch da keine Zeitungen rein! Und schau mich gefälligst an, wenn ich mit dir rede!« Er machte einen wütenden Schritt auf Gregor zu, und da ging es los. Gregor fing an zu schreien, so laut wie damals zu Weihnachten, nein – noch lauter, er stieß klagende, heulende Töne aus, nur unterbrochen von kurzem Luftholen und drehte sich dazu im Kreis wie ein manischer Tanzbär.

»Gregor!« Judith versuchte, ihn zu stoppen, aber er nahm sie nicht mehr wahr, und seine Kreiselbewegungen verteilten den Papierbrei schmatzend und effizient über den ganzen Boden.

Frau Dürer steuerte ein verwirrtes »Ist doch gut. Junge, nun beruhige dich doch!« bei und streckte eine schwammige Hand nach Gregor aus, die sie aber gleich wieder unsicher zurückzog.

Herrn Walters Kopf verfärbte sich jetzt zu einem ungesunden Violett. »Der ist doch gestört! Den können Sie doch nicht frei herumlaufen lassen. Ins Heim gehört der!«

»Das haben Sie überhaupt nicht zu entscheiden und der Gregor kann sie auch nicht auf Befehl anschauen«, kanzelte Judith ihn ab, denn jetzt reichte es ihr. »Er kann es einfach nicht, geht denn das nicht in Ihren Kopf rein? Und das Ganze ist doch nicht so schlimm, das können Sie doch wieder reparieren.«

»Ach, ich kann das wieder reparieren?« Herr Walter

lachte höhnisch. »Ja, bin ich hier der Hausmeister oder was?«

»Na ja, schon irgendwie«, antwortete Frau Dürer leicht erstaunt.

»Ach ja? Und wer bezahlt mich dafür?«, schnappte Herr Walter.

»Das ist doch Ihr Hobby«, sagte Frau Dürer achselzuckend.

Herr Walter explodierte jetzt fast. »Und Ihr Hobby ist sauf…«

»Ja, dann melden wir es eben dem Vermieter«, ging Judith schnell dazwischen. Ihr war es endlich gelungen, Gregor anzuhalten. Sie umfasste seine Schultern und flüsterte beruhigende Laute in seine Haare hinein. Der ganze Junge bebte.

»Also, wenn ich mal was dazu sagen darf«, äußerte sich Frau Dürer ungerührt, »dann war diese Krücke von Trockner schon lange im Arsch. Ist doch wahr. Wenn Sie ihn nicht dauernd repariert hätten, Herr Walter, dann hätte der Vermieter schon längst einen neuen anschaffen müssen. Das Teil hier stammt doch noch aus der Zeit vor meinem ersten Hit.« Sie versetzte dem Trockner einen kleinen Tritt.

Da sackte Herr Walter plötzlich in sich zusammen, sein Blick irrte durch den kahlen Kellerraum, dem Zufluchtsort seiner einsamen Tage, wo stets etwas auf ihn gewartet hatte, nämlich ein kaputter Trockner, den er unter Schimpfen und Nörgeln immer wieder triumphierend gerettet hatte, nur um jetzt von dieser grotesken dicken Person gesagt zu bekommen, dass das unerwünscht gewesen war. Er atmete schwer.

»Musst dich nicht ärgern, Junge«, wandte Frau Dürer sich an Gregor. »Zeitungen in den Trockner zu stecken ist zwar die blödeste Idee, die man nur haben kann, aber wir waren alle mal jung und haben Dummheiten gemacht.« Sie hielt kurz inne, wohl um sich an ihre eigenen jugendlichen Entgleisungen zu erinnern, und winkte dann ab. »Schwamm drüber. Komm mich mal besuchen, junger Mann. Dann stoßen wir mit einem Schnäpschen an. – Sie auch.« Das galt Judith. Die grinste verkrampft, und von diesem Lächeln ermutigt, wandte Frau Dürer sich schließlich sogar an Herrn Walter: »Und Sie auch. Ich bin ja nicht so.«

Der alte Walter gab ein Geräusch von sich, das unzweifelhaft erkennen ließ, was er von einem gemütlichen Gelage in Frau Dürers Höhle hielt und wie sehr er generell an ihrer Zurechnungsfähigkeit zweifelte.

Aber Gregor hob den Kopf. »Ja, das mach ich«, antwortete er und zog die Nase hoch.

Diesmal setzte Gregor sich nicht auf den Stuhl in Marlenes Zimmer, sondern wanderte neugierig umher. Judith machte sich bereits auf alle möglichen Fragen zu den ganzen Geräten um Marlene herum gefasst, aber Gregor schwieg, zog Fäden aus seinem Poncho und schob die Pelzmütze auf seinem Kopf hin und her. Judith betrachtete ihre Schwester, ihr spitzes weißes Gesicht, das Auf und Ab ihrer Brust beim Atmen. Sie sah sie so lange an, bis sie glaubte, Marlenes Lider flackern zu sehen. War das ein gutes Zeichen?

»Marlene?« Sie griff rasch nach der Hand ihrer Schwester. Nichts. Nur eine Illusion. Gregor machte sie ganz verrückt, wie er da durch das Zimmer streunte, und sie versuchte, ihn auszublenden, indem sie einfach anfing, mit Marlene zu reden. *Zu* Marlene zu reden.

»Heute war vielleicht was los«, sagte sie. »Gregor hat …« Sie schluckte. Das musste jetzt alles sorglos und lustig klingen, falls Marlene sie tatsächlich hörte. »Er hat unser ganzes dröges Haus aufgemischt. Erinnerst du dich noch an Herrn Walter, den alten Mann von oben, der immer so misslaunig ist? Also, jedenfalls war ich gerade unten beim Trockner und dann kam auch noch die Dürer, du weißt doch, unser hauseigener Expromi, und wollte ...« Sie stockte und wusste irgendwie nicht mehr weiter.

»Und in dem Trockner waren die nassen Zeitungen«, fiel Gregor auf einmal mit ein. »Die sind da drin rumgesaust, das sah total schön aus. Wie ein Film. Da hättest du auch gelacht, Mama.«

Judith verharrte ganz still, damit keine unbedachte Bewegung ihn wieder verstummen ließ.

»Und dann hat es geknallt und der Trockner war futsch. Und dann kam der Stinkewalter und hat gemeckert. Da hab ich ein bisschen geschrien.«

Er senkte den Kopf.

Ein bisschen ... Judith wagte kaum zu atmen.

»Aber es war nicht so schlimm, denn die dicke Frau Dürer hat uns alle auf einen Schnaps eingeladen. Mich auch. Aber der Stinkewalter wollte nicht.« Gregor prustete auf einmal los und Judiths Gesicht verzog sich zu einem Lächeln.

»Und der Trockner hat so geschmatzt.« Gregor machte es vor und lachte immer mehr, es war schrecklich ansteckend und jetzt kicherte Judith ebenfalls. Dann blickte sie zu Marlene hinunter und hätte bei ihrem Leben schwören können, dass ihre Schwester auf einmal etwas entspannter aussah, obwohl sie noch ganz genauso dalag wie zuvor. Gregor schmatzte und lachte und jemand klopfte an die Glasscheibe. Das leicht erstaunte Gesicht einer Krankenschwester sah zu ihnen herein. Sie steckte den Kopf durch die Tür. »Äh, Frau Krause?«

»Ja?«, Judith sprang hastig auf.

»Hier ist noch was von Ihrer Schwester. Das hat erst heute einer vom Rettungsteam gebracht, es ist irgendwie verschüttgegangen in der ganzen Aufregung. Das hatte sie in der Hand, als der Unfall passiert ist.« Sie reichte Judith ein zusammengelegtes Kleidungsstück. Was war denn das? Judith faltete es auseinander. Es war eine Strickjacke. Eine Mädchenstrickjacke, weiß mit rotem Muster. Wieso hatte Marlene so etwas in der Hand gehabt? Das gehörte doch weder ihr noch Gregor?

»Gregor?«, wandte sie sich an ihren Neffen. »Was ist denn das hier? Kennst du das?«

»Das hat mir gefallen. Das Muster ist wie ein Puzzle, siehst du? Da passt eins zum anderen.«

Judith starrte ihn an. Irgendwo in ihrem Gedächtnis setzte sich ein kleines Rädchen in Bewegung. Im Schwimmbad, kurz bevor sie sich von Marlene getrennt hatte. Da war doch was mit einem Mädchen gewesen, das seine Strickjacke nicht finden konnte ...

»Hast du die Strickjacke aus dem Hallenbad mitgenommen?«

Gregor nickte leicht betreten. »Die Mama hat gemeckert, weil ich das manchmal mache. Und dann ...«

»... dann wollte sie die Jacke zurückbringen«, vollendete Judith leise den Satz für ihn.

Das war der Grund, warum Marlene über den Parkplatz gerannt war.

Zu Hause machte Judith sich einen Tee und zog sich in die Küche zurück, um die Sache mit der Strickjacke erst einmal zu verdauen. Gregor hatte sich sofort still in sein Zimmer verdrückt, wobei Judith inständig hoffte, dass er nicht begriffen hatte, dass die geklaute Strickjacke mit dem Unfall seiner Mutter zusammenhing. Achim war in gereizter Laune, aber ausnahmsweise hatte es nichts mit Gregor zu tun, sondern mit der Tatsache, dass er das Schlauchventil für sein Rennrad aus den dreißiger Jahren nicht finden konnte, das er erst letzte Woche auf eBay ersteigert hatte. Er restaurierte das Rad schon seit Monaten in einem immerwährenden Jahrhundertprojekt. Was genau er mit dem Rad vorhatte, wenn es jemals fertig werden sollte, war Judith ein Rätsel, und sie vermutete, dass er es selbst nicht wusste. Der Weg war das Ziel. Und nun war das Schlauchventil in den Tiefen seines Hobbyzimmers verschwunden und hatte Achim den ganzen Abend verdorben.

Sollte sie ihm die Sache mit der Strickjacke erzählen? Die Nachricht, dass Gregor klaute, würde Achims Tag nicht unbedingt verbessern. Lieber nicht. Es änderte sowieso nichts an den Tatsachen. Der Tee schmeckte bitter, sie schob ihn weg und goss sich stattdessen ein Glas Wein ein.

»Willst du auch eins?«, fragte sie Achim, als er in die Küche kam.

»Später, danke. Wie war es bei Marlene?«

»Gut. Gregor hat ihr was Lustiges erzählt. Er hat zum ersten Mal richtig mit ihr geredet.« Sie sah Achim an. »Er hat … ich glaube, er hat sie aufgemuntert.«

Achim schwieg und dafür war sie ihm dankbar.

»Hat der Arzt was gesagt?«, fragte er nach einer Weile.

Sie schüttelte den Kopf. »Achim«, sagte sie dann. »Was machen wir eigentlich, wenn sie … wenn sie …« Sie konnte es nicht aussprechen. Er verstand sie ja auch so.

»Sie wird wieder gesund«, erklärte er entschlossen. »An etwas anderes denken wir nicht mal.«

»Okay. Ich werde es versuchen. Hast du dein Ventil gefunden?«, lenkte Judith schnell ab.

»Nein. Das kleine Scheißding ist spurlos verschwunden. Aber ich werde es schon noch finden.« Und damit ging er wieder.

Judith nippte an ihrem Wein, überflog die Tageszeitung und blieb an der Seite mit den Horoskopen hängen. *Große Veränderungen warten auf Sie.* Aber sicher doch. Das Horoskop hinkte eindeutig den Ereignissen hinterher. Ihre Gedanken wanderten wieder zu Marlene und wie sie im Schwimmbad in aller Gemütsruhe ihr Horoskop studiert hatte. Eigentlich beneidenswert, diese Ruhe und innere Ausgeglichenheit. Da ertönte plötzlich ein spitzer Aufschrei. War das Gregor? Nein, es klang eher nach Achim. Sie sprang auf und stürzte hinaus, der Stimme nach, die aus Achims Hobbyzimmer kam. Sie drückte die Tür auf, die nur angelehnt war.

Achim stand mitten im Raum, beide Hände vor den Mund gepresst, sein Blick fassungslos. Um ihn herum breitete sich ein Meer aus Schrauben, Muttern, Tretlagerschlüsseln, Reinigungsbürsten, Reifenhebern, Gabelschlüsseln, Schraubenziehern und tausend anderen Utensilien auf dem Fußboden aus. An einigen Stellen ragten Fahrradspeichen wie frisch ausgegrabene Knochen eines prähistorischen Skeletts in die Luft. Sämtliche Schubladen und Schranktüren standen offen, aus einem quollen Kohlezeichnungen und Aquarelle, die Judith als ihre eigenen erkannte und von denen sie gar nicht gewusst hatte, dass sie noch existierten. Es waren Zeugnisse einer anderen Judith aus einer Zeit vor gefühlten tausend Jahren, als sie zur Entspannung noch zu Pinsel und Stift gegriffen hatte und nicht nur Filme und Serien im Fernsehen konsumierte. In der Ecke neben den Zeichnungen kniete Gregor auf dem Boden und hielt etwas hoch.

»Hier ist es, Achim«, sagte er stolz. »Ich hab es für dich gefunden.«

Es war das winzig kleine Schlauchventil.

12

Claudia Dürer schielte nach der Uhr. Gleich zwölf Uhr Mittag. Da durfte man wohl ein Glas Wein zum Essen trinken, oder etwa nicht? Das machten kultivierte Leute doch so. Die füllten ihr Glas zwar nicht unbedingt mit Lambrusco aus dem Ein-Liter-Container oder einer Bag-In-Box, wie das heute lächerlicherweise hieß, aber das war ihr egal. Das Zeug schmeckte gar nicht so übel. Sie goss sich ein großzügiges Glas ein und ließ die Rollos noch ein bisschen herunter, damit die Sonne nicht so penetrant in ihr Zimmer flutete, um ihr aggressiv mitzuteilen, dass es Sommer war und man sich gefälligst draußen aufhalten sollte. Radfahrend, wandernd, schwimmend, joggend vielleicht noch. Sie grunzte belustigt bei der Vorstellung, in engen Yogahosen und mit bunten Turnschuhen an den Füßen und Kopfhörern im Ohr draußen herumzujagen, schweißtriefend und keuchend. Das würde ihr nicht im Traum einfallen. Außerdem hieß das jetzt nicht mehr *joggen*, sondern *laufen.* »Ich gehe jetzt *laufen*«, sagten sie dauernd im Fernsehen. Was für ein alberner Satz! Die Studenten, die unter ihr wohnten, die gingen auch joggen, sorry, *laufen*, stürzten in einem Affenzahn los und kamen ein oder zwei Stunden später ausgepowert zurück, federnd und schlank und jung. Beneidenswert. Obwohl – eigentlich war Frau Dürer dankbar, dass dieser Fitnesswahn in ihrer Jugend noch nicht jedem das Hirn verblödet hatte. Damals konnte man noch in aller Ruhe den Sonntag verschlafen und kräftig rauchen und dazu ganz normalen Kaffee trinken, ohne vorher mit laut zischenden Dampfmaschinen aus Edelstahl herumzufuhrwerken und Milch aufzuschäumen.

Sie seufzte, schob die schweren Schenkel hin und her, um sich auf der Couch neu zurechtzurücken, griff nach ihrer Gabel und stocherte in dem Fertiggericht herum, das in der Mikrowelle jegliche Ähnlichkeit mit dem appetitlichen Abbild auf der Packung verloren hatte und dessen undefinierbares Stück Fleisch sich wie ein schrumpeliger ausgeglühter Planet in der Plastikschale krümmte. Was aß sie hier eigentlich? Sie konnte sich gar nicht mehr erinnern. Aber das war auch völlig egal. Um selber zu kochen, hätte sie die ganzen Zutaten kaufen und stundenlang in der Küche stehen müssen, und das Ganze nur für eine Person, das war den Aufwand einfach nicht wert. Ja, wenn sie verheiratet wäre … Wenn Ecki noch bei ihr wäre, dann sähe die Sache natürlich anders aus. Wahrscheinlich sähe *sie selbst* dann auch völlig anders aus, aber diesen Gedanken erstickte sie gleich wieder im Keim. Der schwarze Bildschirm des Fernsehers lieferte ihr trotzdem ungefragt ihr Spiegelbild, auch wenn es verzerrt und undeutlich war. An welchem Punkt in den letzten fünfzehn, zwanzig Jahren hatten sich eigentlich diese Hamsterbäckchen so häuslich in ihrem Gesicht eingenistet? Wann hatte sich das Doppelkinn heimtückisch herangeschlichen, wann diese komischen Furchen zu beiden Seiten der Nase? Ab wann hatte alles, was sie anzog, furchtbar ausgesehen und ab wann hatte sie es vermieden, sich nackt im Spiegel anzuschauen? Sie wusste es nicht.

Doch, natürlich wusste sie es. Seit Ecki sie abserviert hatte und seit dem nachfolgenden abrupten Ende ihrer Karriere. Seit sie seinen Heiratsantrag belächelt und abgelehnt hatte, um sich dann später anders zu besinnen, das heißt, genau genommen nach einem Jahr, als es um sie herum immer trostloser wurde, die Band auseinanderging und plötzlich neue Sternchen am Musikhimmel strahlten. Da wollte man sie nicht mal mehr als Solosängerin buchen und eine besonders fiese Klatschzeitung bezeichnete sie als »C-Promi, der die Zeichen der Zeit nicht erkennt«.

Ecki und sie gehörten einfach zusammen, schon seit dem ersten spontanen Song zu zweit im *Mephisto,* diesem kleinen Klub, den es mittlerweile nicht mehr gab. Sie hatten zueinandergefunden wie zwei Brieftauben auf dem Weg nach Hause, sie waren unzertrennlich und hatten zusammen Musikgeschichte geschrieben, verdammt noch mal. Natürlich waren sie auch privat ein Paar gewesen – nur eben nicht ständig.

Und deshalb war es nicht fair, dass Ecki, als sie ihn schließlich doch heiraten wollte, ihr nur mitteilte, er sei inzwischen mit jemand anderem liiert.

Das war gegen alle Spielregeln, und er wusste es, denn allen Naturgesetzen nach hätten sie beide auf die ein oder andere Weise für den Rest ihres Lebens zusammenbleiben müssen. Es war ein Schlag ins Gesicht. Ecki und eine andere. Angeblich *was Ernstes.* Eine fremde Frau, die ihm wichtig genug war, dass er Claudia, die Seelenverwandte und Liebe seines Lebens, dafür einfach fallen ließ.

Nach all den Jahren bohrte der Schmerz immer noch in ihr wie ein entzündeter Zahn und konnte nur mit Wein betäubt werden. Das Glas war leider schon leer, aber zum Mittagessen waren ja zwei Gläser erlaubt, das machten die Geschäftsleute schließlich auch nicht anders. Sie goss sich erneut ein und schaltete den Fernseher an. Richter Alexander Hold, die Küchenschlacht, die Shopping-Queen. Ein Scheiß nach dem anderen. Da guckte sie sich doch lieber noch mal ihre Konzert-Mitschnitte von 1994 an. Ächzend wuchtete sie sich hoch, zog dabei aus Versehen den Ärmel durch die hellbraune Soße ihres kümmerlichen Essens, schlurfte zu dem Stapel DVDs in der Ecke, die sie von den alten Videokassetten hatte aufnehmen lassen, und legte ihren Favoriten ein. Das und noch ein Schluck Wein, und schon tauchte sie ab in die Vergangenheit. Damals sah sie umwerfend aus, tausend Menschen jubelten ihr zu, sangen mit, wollten mehr – wollten *sie*. Die Kamera hatte auch ein paar Mal eingefangen, wie sie mit Ecki Blicke tauschte, wie sie sich wortlos verstanden, wie sie den Saal rockten, wie …

Es klingelte. Erst nahm sie es gar nicht richtig wahr, doch wer immer da an der Tür war, klingelte hartnäckig und immer hartnäckiger. Verwirrt hielt sie die DVD an. Wer war das? Es kam doch nie jemand zu ihr. Wahrscheinlich der Briefträger, dieser Vollidiot, der irgendwie spitzgekriegt hatte, dass sie immer zu Hause war, und seitdem sämtliche Pakete bei ihr abzuladen versuchte. Vergiss es, Schätzchen. Sie lauschte, ob diese Nervensäge endlich wegging, aber er klingelte stur weiter. Ärgerlich schraubte sie sich hoch und stapfte zur Tür. Durch das kleine Guckloch konnte sie sehen, wer draußen stand. Es war Gregor von den Krauses, dieser arme verrückte Junge. Ach Gottchen. Sie öffnete die Tür.

»Na, du?«, begrüßte sie ihn. »Was gibt's?«

»Sie haben gesagt, ich soll mal zu Ihnen kommen«, erwiderte Gregor.

Ach ja, das hatte sie. Wie man so was eben so dahinsagte,

man rechnete ja nicht damit, dass tatsächlich jemand vorbeikam. Aber nun stand der hier vor ihrer Tür.

»Tja. Dann komm rein.«

Gregor trat ohne zu zögern in ihren Flur, er hatte irgendetwas mit seinen Haaren gemacht, die waren nass oder mit Gel eingeschmiert, und er trug ein ulkiges Hemd aus glänzendem Stoff, das mit kleinen exotischen Vögeln bedruckt war. »Ist das jetzt modern oder arbeitest du in einem Tierladen?« Sie deutete auf sein Hemd.

Gregor verzog keine Miene. »Nein, das ist mein bestes.«

Sein Blick flatterte davon, schwirrte unstet durch ihren Flur und blieb an den Fotos an der Wand hängen. »Weil Sie ja eine berühmte Sängerin sind, hat meine Tante gesagt.«

Sie verstand plötzlich. Seine Haare, das Hemd – der hatte sich schick gemacht. Um *sie* zu besuchen. Mitleid quoll in ihr hoch. Mit ihm und auch mit sich selbst.

»Wer ist das da?« Gregor deutete auf ein Foto.

Sie lachte ungläubig. »Na, das bin ich mit meiner Band *Gnadenlos*. Bei unserem Konzert in Erlangen. Das war ausverkauft.«

»Das sind Sie? Die sieht aber ganz anders aus.«

»Das ist ja auch schon über fünfundzwanzig Jahre her.«

»Da waren Sie noch sehr schön. Jetzt nicht mehr so richtig.«

Frau Dürer schluckte. »Willst du 'nen Wein?«, lenkte sie ab.

»Nein danke, ich trinke nicht.« Gregor spazierte ins Wohnzimmer hinein.

Er trank nicht. Na gut, dann eben nicht. Sie folgte ihm und ließ sich zurück auf das Sofa fallen. »Ich gucke gerade ein Konzert von damals an. Willst du mitgucken?«

Gregor nickte stumm, und so verfolgten sie eine Weile

lang die glanzvollsten Momente in Claudia Dürers Leben im Fernseher, dabei leerte sie einen guten Teil der Lambrusco-Box, und dann machte sie eine Pause, denn sonst blieb ja nichts mehr für heute Abend übrig, und holte ein paar Kartoffelchips.

»Wer ist denn der Mann da?«, erkundigte Gregor sich, als sie zurückkam, und zeigte auf das gefrorene Bildschirmbild, wo Ecki gerade einen seiner sagenhaften Luftsprünge mit Gitarre hinlegte, Bernd am Keyboard beschwingt in die Tasten haute und Karlo aufs Schlagzeug drosch.

»Welcher?«

»Der mit der schön gemusterten Jacke.«

Frau Dürer lachte hell auf. Eckis altes Jackett mit dem Schlangenmuster, dieses hysterische Teil. Ob die Jacke wohl in Eckis heutigem Leben noch existierte?

»Das ist der Ecki. Das war damals mein Freund und Bandpartner. Wir wollten heiraten, aber dann hat er mich für eine andere verlassen.« Sie winkte ab, weil die Erinnerung daran ihr sofort wieder die Laune verdarb. »Da kann man nichts machen.«

»Sie hätten ja einen der anderen Männer heiraten können«, stellte Gregor fest und deutete auf den Schlagzeuger.

»Um Gottes willen. Karlo war der totale Choleriker. Und Schürzenjäger.«

Gregor sah sie leer an. Das Wort kannte er offenbar nicht.

»Und Bernd war schwul«, kam sie seiner nächsten Frage schnell zuvor, während sie auf den Keyboarder deutete.

»Die hatten beide auch nicht so schöne Jacken wie Ecki«, stimmte Gregor ihr zu.

»Na, du bist mir einer.« Frau Dürer lachte erneut. Der Junge war ja putzig. Dann fiel ihr etwas ein. »Willst du mal ein paar Fotos sehen? Der Ecki hatte damals jede Menge rasiermesserscharfe Outfits.«

Wie elektrisiert sprang sie auf und begab sich zu ihrem Schrank. Wo war gleich noch mal das Album? Ach da. Sie zog das schwere Fotoalbum heraus, dessen Bilder zur Hälfte lose darin lagen, weil sie irgendwann einmal aufgehört hatte, alles akribisch einzukleben. Weil sie damals nämlich keine Zeit mehr gehabt hatte, weil es Wichtigeres gab und der Ruhm sie eingeholt und mitgerissen hatte, nur um sie ein paar Jahre später auf dem Standstreifen des Lebens mit einem Motorschaden allein zurückzulassen.

Sie ging zurück zum Sofa und klappte das Album auf. »Hier. Siehst du? Da hat er sich als Ziggy Stardust verkleidet. Das war noch ganz am Anfang, Ecki hatte was für Glamrock übrig.« Sie lächelte versonnen bei der Erinnerung. Gregor betrachtete aufmerksam Bild für Bild, bei den exzentrischsten Outfits verweilte sein Blick etwas länger, und manchmal öffnete er leicht den Mund und gab ein zustimmendes kleines Geräusch von sich.

Frau Dürer verspürte plötzlich eine Welle der Zuneigung für diesen Jungen, der so dick und weich wie sie selber war, von der Welt geschubst und verlacht und voller Interesse für ihre Vergangenheit, um die sich heutzutage keine Sau mehr kümmerte. Das musste man feiern.

»Willst du nicht doch 'nen Drink?«, fragte sie und goss sich noch ein großzügiges Glas ein.

»Nein, ich bin ja noch nicht erwachsen.« Gregor schüttelte den Kopf.

Frau Dürer winkte ab. »Erwachsen. Das hat nichts zu sagen. Die meisten Leute sind überhaupt nicht erwachsen, die tun nur so. Man wird eigentlich nie erwachsen, man wird nur alt.«

»Das ist doch gut.«

»Was ist gut?«

»Dass man alt wird.«

»Was soll denn daran gut sein?« Sie schnaufte verächtlich. »Alles geht den Bach runter. Gesundheit, Aussehen, Erfolg.«

»Aber wenn man nicht alt wird, stirbt man jung. Das ist noch schlimmer.«

»Na, also …« Sie schwenkte verwirrt ihr Glas in der Hand. Was sollte man darauf antworten?

Gregor hielt jetzt ihr Lieblingsfoto in der Hand – Ecki in einer weiß-blau gestreiften engen Hose, eine Lederweste über dem muskulösen nackten Oberkörper, ein Goatie wie Springsteen und eine Sonnenbrille wie Bono. Aus der Zuschauermenge streckten sich Hände und Arme nach ihm aus. Weibliche Hände. Aber Ecki nahm die gar nicht wahr, er sah nur zu ihr, wie sie gerade die Haare nach hinten schmiss und einen ihrer lauten, rockigen Schreie ausstieß. Das Foto hatte die besten fünf Sekunden ihres ganzen Lebens festgehalten.

»Haben Sie die Hose noch?«, drang Gregors Stimme wie von weit her zu ihr.

»Was?«

»Diese schöne gestreifte Hose, haben Sie die noch?«

»Nein, natürlich nicht. Wenn überhaupt, dann hat sie Ecki.«

»Wo wohnt der denn?«

Wollte Gregor sich etwa auf den Weg machen und die »schöne« gestreifte Hose von Ecki einfordern? Beinahe hätte sie laut aufgelacht. Aber nur beinahe. Die Fotos nahmen sie mehr mit, als sie es für möglich gehalten hätte. Noch ein Schlückchen, um den Erinnerungsschmerz zu betäuben.

»Ich hab keine Ahnung. Ich hab ihn nie wieder gesehen.« Nicht, dass sie nicht alles versucht hätte. Aber Ecki war wie vom Erdboden verschwunden. Er stand nicht im Telefonbuch und war nirgends im Internet zu finden, höchstens mit den alten Bandsachen.

»Ach so.« Gregor stand auf.

»Willst du schon gehen?«, fragte sie bestürzt. Es war doch gerade so schön.

»Kann ich mal Klavier spielen?«, fragte er zurück.

Sie zog die Schultern hoch. »Klar. Warum nicht? Aber wenn du zu laut spielst, dann meckern die beiden alten Scharteken über mir, die Hoffmann und ihre Mutter. Obwohl, die meckern ja immer und über alles, ist eigentlich auch egal.«

»Die haben ein schweres Leben«, meinte Gregor. »Deswegen sind sie so unglücklich.«

Schweres Leben? Die Schnippdistel Hoffmann und ihre demente Schwiegermutter? Die wussten doch nicht mal, wie man schweres Leben buchstabierte. Wenn hier jemand im Haus ein schweres Leben hatte, dann wohl sie, Claudia Dürer.

Gregor klappte den Klavierdeckel hoch und setzte sich hin.

»Ist ein bisschen verstimmt«, sagte sie, aber das nahm er gar nicht mehr wahr, denn er spielte plötzlich so ungestüm los, wie sie es noch nie erlebt hatte. Was spielte der da?

»Du bist ja richtig gut«, stellte sie verblüfft fest, aber Gregor sah nicht hoch. Er konzentrierte sich auf seine Finger und die Tasten, es perlte und klimperte hoch und runter, rasend schnell, sie wusste nicht, was es war, doch es kam ihr irgendwie bekannt vor. Dann fiel es ihr ein. Das war doch das Präludium in C-Dur von Bach. Aber in doppelter Geschwindigkeit gespielt. Im null Komma nichts war die rasante Vorstellung zu Ende.

»Also, toll, aber das geht eigentlich langsamer, das …«, setzte sie an, doch da spielte Gregor bereits das nächste Stück, wieder eins von Bach und wieder rasend schnell. Frau Dürer lehnte sich zurück. Na gut, dann sollte er eben machen. Kurios, was der konnte, das traute man ihm gar nicht zu. So einen aufregenden Tag hatte sie schon lange nicht mehr erlebt. Klopfte es jetzt von oben an die Decke?

»Spiel ruhig lauter«, rief sie Gregor zu. Die Lambrusco-Box war schon verdächtig leicht, aber das machte nichts. Man musste die Feste feiern, wie sie fielen. Feinen italienischen Wein und dazu Musik von Bach – besser hatten es die vornehmen Leute doch auch nicht.

Als Gregor wenig später wieder ging, fühlte Frau Dürer sich angenehm benebelt und beschwingt. »Komm bald mal wieder«, rief sie ihm hinterher. »Dann schauen wir uns das Video noch mal an. Ich hab auch noch andere.«

So was. Leicht verwirrt sah sie sich in ihrem plötzlich wieder so stillen Wohnzimmer um. Das nächste Mal würden sie vierhändig spielen. Warum war ihr das nicht gleich eingefallen? Vielleicht konnten sie sogar zusammen singen. Sie hob ein paar Fotos auf, die auf den Boden gefallen waren, und schob sie zurück in das Album. Wo war jetzt das Bild von Ecki in seiner gestreiften Hose? Wahrscheinlich unter die Couch gerutscht. Ach, das war ihr zu mühsam, auf den Knien herumzukriechen und unter der Couch zu suchen. Sie ließ lieber die DVD weiterlaufen, da konnte sie Ecki live sehen. Herrlich war das Konzert damals gewesen. Sie füllte ihr Glas erneut und steckte sich eine Zigarette an.

13

Lars hatte jetzt schon zum zweiten Mal den Hinterreifen an seinem Fahrrad aufgepumpt, doch innerhalb weniger Minuten verkümmerte der Schlauch wieder zu einer schlaffen Hülle. Na toll. Irgendwo war ein Loch, genau wie er es vermutet hatte. Also war Reifenflicken angesagt, man hatte ja sonst nichts zu tun. Obwohl das natürlich immer noch angenehmer war, als sich für diese lästigen Prüfungen in Makroökonomie und Statistik vorzubereiten.

In den letzten Tagen hatte er es regelrecht vermieden, seinem Schreibtisch zu nahe zu kommen, der unter Papier- und Bücherbergen zu ächzen und ihn stumm um Erlösung anzuflehen schien, während das einsame Auge seines aufgeklappten Laptops ihn hinterlistig überall in der Wohnung verfolgte. Lars hasste das alles. Warum nur hatte er sich für einen Mist wie Wirtschaftswissenschaften entschieden? Die peinliche Antwort auf diese Frage lauerte tief in seinem völlig überschätzten Selbstbewusstsein: weil er sich, seit er sechzehn war, immer wieder in seinen schönsten Fantasien vorstellte, wie er in einem Anzug von Hugo Boss und mit wichtiger Miene zum Flugsteig schritt, das Business-Ticket lässig in der Hand, in der anderen sein Smartphone, mit dem er seinen Geschäftspartner knapp über die gelungenen Verhandlungen mit Goldmann Sachs informierte: »Wir haben den Deal eingetütet, John. Sitze gleich im Flieger nach New York.« Kurzes Zwinkern an die überirdisch schöne Stewardess, die verheißungsvoll zurücklächelte und ihn nicht ignorierte wie den verschwitzten Rucksacktrampel in der Economy-Schlange. *Deswegen* wollte er Wirtschaft studieren. Und weil Frauen wie Laura sich nur von solchen Männern beeindrucken ließen.

Nur dass die Realität wie immer Lichtjahre von seinen Träumen entfernt war. In der deprimierenden Wirklichkeit quälte er sich durch unverständliche Seminare, die von grauen Langweilern mit monotonen Stimmen abgehalten wurden, ohne dass es sichtbare Spuren in seinem Gedächtnis hinterließ, er whatsappte sich durch noch drögere Vorlesungen, die er nur besuchte, weil er Laura dann ungestört beobachten konnte, und er registrierte fasziniert und leicht angewidert, wie seine Kommilitonen kluge Sätze zum Thema Markt und Regulierung von sich gaben. Zumindest nahm er an, dass es kluge Sätze waren, denn sie erschlossen sich ihm leider nie. Und außerdem war es eine niederschmetternde Tatsache, dass er einfach viel zu gutmütig für einen schneidigen und skrupellosen Geschäftsmann war. Oder zu dämlich, wie immer man es nahm. Er lieh Freunden Geld und forderte es nie zurück, weil sie ihm irgendwie leidtaten, denn wenn sie im Besitz von Geld gewesen wären, dann hätten sie ihn wohl gar nicht erst angepumpt. Er zerfloss vor Mitleid, wenn Laura ihm mit traurigem Augenaufschlag beichtete, dass sie ihren Teil der Miete auch in diesem Monat erst etwas später würde zahlen können, und drängte sie auch nicht, wenn das »etwas später« irgendwie nie eintraf. Er war ja total glücklich, dass sie bei ihm wohnte.

Er konnte nicht verhandeln, er konnte nicht mit Geld umgehen, und wenn sie im Seminar als Übung eine fiktive Firma gründen mussten, dann überlegte er sich als Erstes das Thema für die jährliche Sommerparty der Belegschaft. Er würde in der freien Wirtschaft keine drei Monate überleben, und das wusste er. Aber leider fiel ihm keine Alternative ein. Dummerweise musste er demnächst auch noch ein Praktikum machen und er hatte immer noch nichts gefunden. Er scheiterte schon am Bewerbungsschreiben, weil ihm beim besten Willen nichts auf die Frage einfiel, warum eine Firma denn unbedingt *ihn* einstellen sollte. Ja, warum sollte sie auch? Es gab absolut nichts, was er zu ihrem Erfolg beisteuern konnte, es sei denn, sie suchten jemanden, der die Weihnachtsfeier organisieren würde, das Wichteln übernahm und sich als Nikolaus verkleidete.

Er löste den Schlauch vom Reifen. Wo war das blöde Loch? Vielleicht fand er es, ohne erst einen Wassertest machen zu müssen.

»Mein Onkel Achim hat ein Rennrad von früher, das baut er wieder zusammen, dafür hab ich neulich das Schlauchventil gefunden. Da war er zwar erst mal sauer, aber dann hat er sich gefreut.«

Lars sah hoch. Neben ihm stand der ulkige Junge, der seine Ferien offenbar bei den Krauses verbrachte. Und der neulich so einen Aufruhr bei den Mülltonnen verursacht hatte. Gregor?

»Gut zu hören«, antwortete Lars. Was hatte der ihm da gerade mitgeteilt? Der hatte irgendeine Behinderung. Durfte man überhaupt noch Behinderung sagen? Oder hieß das jetzt »eine Veranlagung innerhalb des erweiterten Spektrums der Normalität«? Ganz normal sah er jedenfalls nicht aus. Der Kopf war eindeutig zu groß, der Blick unstet, das

Lächeln irgendwie abwesend. Er trug ein Samthemd mit exzentrischem Zebramuster, das man eher auf dem Laufsteg in Mailand oder bei einem Zirkusdirektor erwartete als in der Brunnerstraße. Außerdem hatte er eine enorm große Ledertasche quer über den Oberkörper geschnallt, als ob er gleich die Post austragen wollte. Und dann diese Pelzmütze ... Der Hammer.

»Brauchst du auch ein Schlauchventil?« Gregor beugte sich interessiert nach vorn. »Ich kann es für dich suchen.«

»Nee, ich hab eins.« Lars hielt das Ventil hoch. »Ich muss nur den Schlauch flicken. Also, erst mal das Loch finden.«

»Mein Onkel Achim hat ganz viele Fahrradteile und Werkzeuge und andere Sachen, er hat 2765 verschiedene Schrauben.«

»Nicht zu fassen.«

»Und er hat extra ein Zimmer dafür.«

»Na, glückliche Schrauben, sag ich da mal.« Die Macken anderer Leute waren doch immer wieder ein Quell der Belustigung. »Ich hab nur ein ganz normales Zimmer. Genau dort.« Er nickte zu seinem Fenster im Erdgeschoss.

»Wer wohnt da noch?«, erkundigte sich Gregor. »Deine Eltern?«

Um Gottes willen. »Nee, nur ich und die schöne Laura.« Er zwinkerte dem Jungen zu, so von Mann zu Mann.

»Wie schön ist die?«

Lars lachte auf. Dieser Gregor wollte offenbar alles ganz genau wissen. »Na, schön halt. Lange dunkle Haare, braune Augen, tolle Figur. Nettes Lächeln. Du hast sie doch bestimmt schon mal im Haus getroffen.«

»Nein. Ist sie auch innen schön?«

»Also, ich hab noch kein Röntgenbild von ihr gesehen.« Lars sah sich amüsiert nach Zeugen für seine Schlagfertigkeit um, aber da war niemand. Nur dieser seltsame Junge, der ihn still und geduldig ansah. Der Witz war voll verpufft.

»Ja, natürlich ist sie auch innen schön«, schob er leicht verspätet und etwas lahm hinterher.

»Woran merkst du das?«

»Weil ... weil ...« Herrgott, was redete er hier eigentlich mit diesem ... diesem ...

Ein schrilles Plärren ertönte von gegenüber, dort wo der kleine Park war, also, dieses viereckige Stück Rasen mit Trampelpfad, einem Spielplatz wie aus dem Horrorfilm und einer einsamen vergammelten Bank, die unter einem ebenso vergammelten Kastanienbaum vor sich hin rostete.

»Asseloch!«, schrie eine Kinderstimme. Dann erklang Lachen, und es war ein Kinderfahrrad zu sehen, das von einem winzigen Mädchen gelenkt über den Fußweg taumelte.

»Das dort sind meine Freunde«, erklärte Gregor stolz. »Die kommen aus Rumänien. Die haben sogar Hühner in ihrem Wohnzimmer.«

Die zahllosen Gören von oben waren seine Freunde? Die von den Rumänen, über die sich die ganzen Spießer hier im Haus dauernd das Maul zerrissen? Und welche Hühner meinte er? Das konnte doch nicht stimmen. Wahrscheinlich mischten sich in Gregors Kopf die Realität und irgendwas anderes wild durcheinander.

»Sind die nicht ein bisschen zu jung für dich?« Lars runzelte die Stirn. Das Mädchen auf dem Rad war doch höchstens vier oder fünf, allerdings kannte er sich da nicht so genau aus. Und Gregor war mindestens ... »Wie alt bist du eigentlich?«, fragte er.

»Ich bin vierzehn. Das macht aber nichts, dass die jünger sind. Und wie alt bist du?«

»Zweiundzwanzig«, erwiderte Lars leicht verblüfft.

»Na, siehst du, es macht ja auch nichts, dass du älter bist als ich.«

Welch seltsame Logik. Lars musste grinsen. »Ich bin übrigens Lars.«

Gregor war also schon vierzehn. Dabei wirkte er viel jünger. Also nicht äußerlich, da hätte man ihn auch für achtzehn halten können, aber von seiner Art her ... Na gut, warum das Kind nicht beim Namen nennen – Gregor war geistig behindert, was auch immer es genau war, und deshalb wirkte er eben kindlich.

»Constantin ist zehn, Lucian ist elf und Anca ist fünf. Und dann gibt es noch Jolanta und Julka, die sind Zwillinge und schon siebzehn. Die arbeiten in den Sommerferien im Eiscafé«, informierte Gregor ihn weiter.

Lars hatte sich noch nie über Alter, Namen und Geschlecht der Junescu-Sippe auch nur den leisesten Gedanken gemacht. Die existierten einfach und polterten und kreischten durchs Haus. Sie störten ihn nicht, interessierten ihn aber auch nicht.

»Worüber redest du denn mit denen?« Gegen seinen Willen faszinierte ihn die Angelegenheit nun doch irgendwie. Es interessierte ihn einfach, wie Menschen tickten, mehr jedenfalls als Makroökonomie.

»Wir haben alle das gleiche Hobby.«

»Was denn?«

»Fußball.«

»Ach so. Und wo spielt ihr?«

»Nirgends.«

Lars ließ beinahe den Schlauch fallen. Nirgends? »Ihr spielt gar nicht?«

»Nein. Fußball ist nur unser Hobby. Meine Freunde sammeln auch solche Bilder wie ich, die haben aber nicht so viele.«

Bilder? Wahrscheinlich meinte er diese Fußballsammelbildchen. Lars betrachtete Gregor einen Moment lang unauffällig. Natürlich spielte der nicht Fußball in einer Mannschaft – wo auch? Und schon gar nicht mit jüngeren Kindern in einem Team, wenn er selbst die Statur eines Riesen hatte. Eines sanften Riesen. Es war schwer vorstellbar, dass Gregor jemals wieselflink rannte und rasante Beinarbeit hinlegte oder knallharte Schüsse ins Tor feuerte. Wahrscheinlich würde er gar nicht merken, wenn ihm jemand den Ball wegschnappte.

»Ich hab auch drei von den Bildchen. Hummels und noch zwei andere. Wollt ihr die haben? Kannst du deinen Freunden geben.«

Gregors Gesicht hellte auf. »Oh, toll. Da freuen die sich.«

»Komm mal mit.« Lars wischte sich die Hände an der Hose ab. Das Rad ohne Reifen würde ja in den fünf Minuten seiner Abwesenheit hoffentlich niemand klauen. »Ich hol sie.«

Eigentlich war er davon ausgegangen, dass Gregor vor der Tür warten würde, doch als Lars kurz abgelenkt war, während er sich einen Weg an den Kästen mit den leeren Wasserflaschen vorbeibahnen musste, schlüpfte Gregor schon hinter ihm in den Flur und folgte ihm in die Küche. Hier sah es chaotisch aus, Geschirr stapelte sich in der Spüle, eine Schachtel mit einer halben Pizza wartete demütig auf ihre weitere Verwendung. Auf dem Küchentisch standen noch die Reste des Frühstücks und daneben lagen ein paar Fachbücher, die Lars schon mehrmals voller guter Absicht von seinem Arbeitszimmer zur Küche und wieder zurück getragen und in die er aber doch nie hineingesehen hatte.

»Sorry«, murmelte er, obwohl Gregor wahrscheinlich der Letzte war, der sich am Anblick einer Studentenküche störte. Ja, der guckte nicht mal hin, sondern fixierte wie gebannt irgendwas am Fenster.

»Euer Thermometer ist kaputt«, informierte Gregor ihn. »Es sind heute dreiundzwanzig Grad, aber das zeigt nur zehn an. Das stimmt nicht.«

»Tatsache.« Lars hatte in seiner ganzen Zeit hier noch nie auf das Thermometer geschaut, ein hässliches Ding, das noch von den Vormietern stammte. Er zog eine Schublade auf und wühlte darin herum. Hier hatte er doch neulich diese Bildchen hineingestopft, weil Lauras kleiner Neffe so was sammelte, aber der hatte schließlich eine ganze Armee von netten Verwandten um sich, die ihm jeden Wunsch von den Augen ablasen, wenn man Laura so erzählen hörte. Die kleinen Rumänen freuten sich wahrscheinlich noch viel mehr darüber. Ach, hier waren sie. Er reichte Gregor die Bilder.

»Danke, danke, danke.« Gregor betrachtete die Karten verzückt. »Sehr schön.« Dann griff er plötzlich nach dem Buch »BWL für Dummies«, auf dessen Cover ein Abakus mit bunten Kugeln abgebildet war. »So was habe ich auch zu Hause. Das mit den Kugeln. Das ist zum Rechnen.«

»Aha. Ich brauche das fürs Studium. Also, das Buch.« Lars lachte albern, aber Gregor hatte wieder nichts gemerkt.

»Was studierst du denn?«

»Wirtschaftswissenschaften.«

Gregor hatte genau denselben Gesichtsausdruck drauf, wie Lars ihn wahrscheinlich selbst zur Schau stellte, wenn er in einer Vorlesung saß. Der zeigte absolute und unüberbietbare Ahnungslosigkeit.

»Also, Business. Was man studiert, damit man mal jemand wird, der Entscheidungen über ein Unternehmen treffen kann.«

Gregor verzog keine Miene.

Lars beschloss, ihm das zu verdeutlichen. »Okay – schau her.« Er griff nach einem Stift. Es musste doch möglich sein, Gregor in einfachen Worten zu vermitteln, was BWL war. »Das ist deine Fabrik, Schokoladenfabrik oder so.« Er malte einen Kasten. »Und hier ist die Produktion, also die Werkhalle.« Neuer Kasten. »Und hier sitzt die Leitung.« Kasten weiter oben, er kam jetzt richtig in Fahrt. »Und hier wird das Material, also der Kakao, angeliefert.« Eine rührend hässliche kleine Eisenbahn, Striche und Pfeile. »Und dann brauchst du die Maschinen, die aus den Zutaten die Schokolade machen, und Menschen, um die Maschinen zu bedienen.« Eine Art dickliches Strichmännchen an einer klobigen Maschine. »Und die anderen Menschen, die denen an den Maschinen sagen, wie sie das machen sollen und … und …« Er verhaspelte sich immer mehr, und unter seinen Händen entstand ein bizarres, vollkommen sinnloses Geflecht aus Pfeilen und Kästchen, aus denen noch kleinere Kästchen plumpsten, die die fertige Schokolade symbolisierten.

Gregor sah ihm mit offenem Mund zu und kapierte offensichtlich keine einzige Silbe. Lars legte den Stift weg. Wie sollte Gregor diesen Kram verstehen, Lars verstand ihn ja selbst nicht.

»Ehrlich gesagt, hasse ich BWL«, hörte er sich selbst sagen. »Ich studiere das jetzt schon drei Semester lang, aber es interessiert mich kein bisschen, es ist der langweiligste Scheißkram der Welt.«

Gregor lachte begeistert auf.

»Was willst du denn mal werden?«, fragte Lars ihn. Ach, *shit,* was für ein blöde Frage. Die Berufschancen für jemanden wie Gregor waren sicher total begrenzt, und was er *wollte* spielte da wahrscheinlich absolut keine Rolle.

»Also, ich will lieber Menschen helfen, als sie auszubeuten«, redete er daher schnell weiter, noch bevor Gregor antworten konnte. In dem Moment, wo er es selbst aussprach, wurde ihm auf einmal klar, was er doch instinktiv schon immer gewusst hatte. »Menschen zu helfen ist ultimativ viel befriedigender, als ihnen das Geld aus der Tasche zu ziehen. Eigentlich, wenn ich es mir recht überlege, wollte ich schon immer gern Menschen helfen. Aber so was wie Medizin studieren, das kam nie infrage. Dafür bin ich nicht geeignet.«

»Warum nicht?« Es war die erste Frage, mit der Gregor diesen Monolog unterbrach.

»Weil ich …« Lars stockte kurz. »Weil ich dazu zu blöd bin«, erklärte er sachlich.

»Du bist nicht blöd.« Gregor schüttelte den Kopf.

»Okay – nicht blöd, aber auch nicht gut genug. Deshalb hab ich BWL gewählt. Aber das …« Lars suchte nach Worten. »Ich strenge mich da so an und komme einfach nicht voran.«

»Dann musst du dich mal woanders anstrengen. Dann kommst du vielleicht besser voran.«

Woanders anstrengen. Lars ließ das eben Gesagte in seinem Kopf nachhallen. Genau das war ja der Punkt, treffender hätte er es auch nicht formulieren können. Der war nicht dumm, der Gregor. Woanders anstrengen – aber wo?

»Meine Mama muss sich anstrengen, dass sie wieder aufwacht.«

Aufwacht? Was hatte der gerade gesagt? »Wieso?«

»Sie liegt in einem Koma.«

O verdammt. »Du, das tut mir echt leid.« Lars streckte die Hand aus, zog sie aber gleich wieder zurück. »Total leid.«

»Warst du schon mal in einem Koma?«

»Ich? Nein, natürlich nicht. Warum?«

»Weil ich gern wissen würde, was man da träumt.«

»Na, kommt sicher drauf an, ich meine …« Lars stotterte hilflos irgendetwas, von dem er selbst nicht wusste, was es bedeuten sollte. Mist, wie konnte er diesen seltsamen Jungen nur aufmuntern? Manche hatten echt die Arschkarte gezogen. Dagegen war ja sein BWL ein Kindergeburtstag.

»Hey, willst du mal meinen Trick sehen?«, fiel ihm endlich etwas ein. »Guck mal.« Er holte einen Fünfeuroschein aus dem Geldbeutel und stellte ihn unter eine volle Flasche Wasser. »Wie kriegst du den Schein da raus, ohne die Flasche anzufassen oder umzuschmeißen?«

Gregor betrachtete die Flasche. »Wie geht das?«, fragte er gespannt.

»Du rollst ihn«, flüsterte Lars verschwörerisch. »Schau.« Er rollte den Geldschein vorsichtig auf und zog ihn dabei Stück für Stück unter der Flasche hervor. »Tada!«

»Cool. Du bist echt gut mit Tricks.« Gregor sah ihn bewundernd an. »Ich dagegen bin gut mit Wetter. Das kann ich sehr gut.«

»Gut mit Wetter?« Was meinte er damit?

»Ja, und ich kann auch gut in die Zukunft sehen.«

»Du kannst was?« Lars gab ein belustigtes Schnauben von sich.

»Mit Karten. Das hab ich von Frau Junescu und im Internet gelernt.« Gregor wühlte in seiner klobigen Umhängetasche herum. »Pass auf. Du musst dir eine Frage überlegen, was du gern wissen willst von der Zukunft, und dann wählst du eine Karte.« Er hielt Lars ein paar altertümlich anmutende Karten mit seltsamen Bildchen hin.

»Okay.« Lars lachte unsicher. »Öhm, was genau für eine Frage?«

»Vielleicht über Laura?«

Puh, der hatte sich das gemerkt, na gut, dann eben die schöne Laura. »Okay – wird sie mich irgendwann lieben?« Lars lachte etwas zu laut, um das eben Gesagte gleich wieder abzuschwächen, aber er verspürte trotzdem eine kribbelige kleine Nervosität. Wie lächerlich.

»Und jetzt ziehen.«

Lars griff wahllos nach einer Karte und Gregor drehte sie um. »Das ist das Rad des Schicksals. Das bedeutet Neuanfang.«

»Mit Laura?« Wieder das überlaute Lachen. Gut, dass ihn gerade niemand beobachtete.

»Nein, das steht da nicht.«

Ein Schlüssel drehte sich draußen an der Tür im Schloss und eine Sekunde später stand Laura im Flur. Sie war schöner denn je in ihrem dunkelblauen kurzen Sommerkleid, mit der leicht gebräunten Haut und den glänzenden Haaren, die sie mit einem bunten Band zurückgebunden hatte.

»Hey, Laura.« Er ließ augenblicklich die dämliche Karte fallen. »Schön, dass du zurück bist. Das hier ist Gregor, von den Krauses oben.«

Laura streifte Gregor, der sie fröhlich anlächelte, mit einem gleichgültigen Blick, stutzte kurz, als sie die Pelzmütze sah, und gluckste. »Will der irgendwie nach Alaska auswandern oder so?«

Wieso redete sie von Gregor, als wäre er gar nicht anwesend oder taub? Das ärgerte Lars ein bisschen.

Sie begab sich zum Kühlschrank, holte eine Flasche Wasser heraus und trank einen Schluck. »Hier drin schimmelt übrigens was«, informierte sie Lars.

»Ja, ich weiß, ich mach nachher gleich sauber und dann kauf ich ein.« Er stellte rasch das Frühstücksgeschirr zusammen. »Du, ich wollte heute was für uns kochen, wenn du Lust hast. Ich kann exzellente Rigatoni machen, wie beim Italiener ...«

»Nee, lass mal, ich bin heute eh nicht da.«

Ach. Schon wieder nicht. Sie war kaum noch hier. »Wo gehst du denn hin?«, rutschte es ihm gegen seinen Willen heraus. Scheiße, er benahm sich wie ein eifersüchtiger Ehemann.

»Weg.« Sie musterte ihn kühl. Ein Hauch von Genervtheit huschte über ihr Gesicht. »Ich muss mich kurz frisch machen.« Sie ging zu ihrem Zimmer, und er folgte ihr, ohne recht zu wissen, warum. Dabei redete er hastig weiter.

»Oh, natürlich, klar. Kein Problem. Ich mach trotzdem sauber, ich hatte nur noch keine Zeit.«

Die Tür klappte und Laura verschwand in ihrem Zimmer.

So schön, so nah und doch so unerreichbar. Was machte er nur falsch? War es sein Bart? Fand sie den hässlich? Es hatte ewig gedauert, ihn so lang wachsen zu lassen. Er hatte so sehr darauf gehofft, dass mit Lauras Einzug in die WG ein neues Kapitel in seinem Leben beginnen würde. Und am

Anfang, als Jannis hier noch ein Zimmer hatte, war auch alles okay gewesen. Doch dann war Jannis vor zwei Monaten ausgezogen und Lars hatte die Suche nach einem neuen Mitbewohner immer weiter hinausgeschoben, denn er wollte niemand anderes in der Wohnung haben. Er wollte mit Laura hier wohnen – mit ihr zusammen kochen, lachen, im Sommer auf der Terrasse sitzen bis tief in die Nacht, im Winter alte Krimis im Fernsehen angucken, während Laura sich an ihn kuschelte. Aber nichts davon war eingetreten. Stattdessen wurde sie immer kühler und zurückhaltender und fragte ständig, ob ihre Freundin Jana mit einziehen könne.

Er drehte sich um, er musste jetzt Gregor loswerden, vielleicht konnte er dann noch mal allein und in Ruhe mit Laura darüber reden, was eigentlich los war. Aber wo war der Junge hin?

»Gregor?«

Er fand ihn in seinem Zimmer, wo Gregor interessiert ein Familienfoto betrachtete. Die Hochzeit seiner Schwester im letzten Jahr. Sie hatten Lars das Foto geschickt, auf dem alle Verwandten wie die Orgelpfeifen unter einem Baum standen, wohl in der Vermutung, dass er es sich einrahmen würde, was er selbstverständlich nicht getan hatte. Seitdem lag das Foto hier herum.

»Den Mann da kenne ich.« Gregor deutete auf das Foto.

»Du kennst meinen Onkel? Das kann nicht sein.«

»Doch. Er heißt Ecki. Ich hab sogar ein Foto von ihm, schau.« Gregor holte etwas aus den Tiefen seiner monströsen Tasche.

Lars betrachtete das Foto und stieß einen überraschten Pfiff aus. Tatsache. Das war Onkel Eckhardt in jungen Jahren in einem komplett lächerlichen Outfit. Wie um alles in der Welt kam Gregor zu diesem Foto?

»Der war mal in einer Band mit Frau Dürer«, erklärte Gregor schnell.

Frau Dürer? Der verpeilte Koloss aus der Wohnung über ihm? *What the fuck* ... »Blödsinn.«

»Doch. Frau Dürer hat früher gesungen. Da sah sie noch sehr schön aus.«

»Frau Dürer« und »schön« passte ja wohl überhaupt nicht zusammen. Aber dann erinnerte sich Lars. Irgendwas war da mal mit einer Band gewesen. Onkel Eckhardt war das mittlerweile peinlich, als wäre es eine Tripperinfektion, die er sich als junger Mann eingefangen hatte. Deshalb durfte es nie erwähnt werden, und wenn die Oma nach zwei Gläsern Rhabarberwein zu erzählen anfing, dass Eckhardt mal »Schlagersänger« gewesen sei, wurde sie zischelnd zum Verstummen gebracht. Mit der Dürer in einer Band? Konnte das sein? *Oh my god.*

»Er wollte Frau Dürer sogar mal heiraten, aber später dann nicht mehr. Weißt du, wo er jetzt wohnt?«

»Na, zwanzig Minuten von hier. In der Kantstraße vierzig«, rutschte es ihm raus. Nicht, dass er seinen Onkel jemals sah. Außer derselben Spezies anzugehören, hatten sie nichts gemeinsam.

»Hat er die Hose noch?«

»Was?«

»Die Hose von dem Bild hier.« Gregor tippte auf das absurde gestreifte Kleidungsstück, in das Onkel Eckhardt seinen jugendlichen Körper in einem offensichtlichen Anfall von Wahnsinn gezwängt hatte.

»Ich habe nicht die leiseste Ahnung.«

»Was macht der jetzt so? Meinst du, er würde gern seine Zukunft wissen?« Gregor wedelte mit den Tarotkarten. Da stand plötzlich Laura in der Tür, die Haare offen, ein großes Badetuch um den Körper geschlungen. Sie sah unheimlich sexy aus. Und unheimlich sauer.

»Lars, hast du mein Shampoo umgekippt? Es ist alles ausgelaufen.«

»O Mist, ja, heute früh, aus Versehen. Sorry. Ich kauf dir ein neues.«

»Laura, möchtest du deine Zukunft wissen?«, mischte Gregor sich eifrig ein. »Du musst nur eine Karte ziehen und ich …«

»Nein danke«, unterbrach sie ihn gelangweilt. »Mir reicht die Gegenwart.« Sie warf Lars einen verächtlichen Blick zu. *Was hast du dir denn da für einen Spinner ins Haus geholt?*

Lars spürte, wie sich ein Gefühl in ihm regte, das er im Zusammenhang mit Laura nie für möglich gehalten hätte: Verärgerung. Warum hatte sie Gregor eben so abgekanzelt? Musste das sein? Gregor hatte echt schon genug in seinem jungen Leben zu schleppen. Sah sie denn nicht, dass er ein … besonderer Fall war? Sonst lächelte sie doch auch immer alle liebreizend an. Zumindest alle männlichen Wesen.

Laura ging ohne ein weiteres Wort ins Bad, kurz darauf rauschte die Dusche.

Gregor schaute verwirrt auf seine Karten und ruckte ein bisschen hin und her. »Die ist gar nicht schön«, sagte er dann. »Die ist gemein.«

Lars räusperte sich. »Du, geh mal jetzt lieber. Ich hab noch zu tun.« Ihm fiel wieder das Fahrrad ein, er hatte es völlig vergessen. »Du hast ja jetzt deine Sammelkarten, nicht?«

Gregor nickte. »Kann ich das auch haben?«, fragte er und

zeigte auf die dämliche Business-Skizze der Schokoladenfabrik auf dem Küchentisch.

Lars zuckte mit den Schultern. »Von mir aus. Auf der anderen Seite ist ein Artikel, den ich noch brauche. Aber den kann ich mir noch mal ausdrucken.«

»Danke.« Gregor nahm das Blatt und lief mit gesenktem Kopf zur Tür. »Tschüss, Lars. Das war sehr schön bei dir. Du bist nett.«

»Tschüss.« Mit einem leisen Schuldgefühl schloss Lars die Tür hinter ihm. Onkel Eckhardt und die Dürer? Nee, oder? Das musste er erst mal verdauen.

14

Judith hatte noch nie jemanden so konzentriert und gleichzeitig so gelöst arbeiten sehen wie Gregor, wenn er malte. Frank war als Kind eher vom Typ Schlendrian gewesen, der es bei solchen Tätigkeiten nie besonders genau nahm und großzügig mit dem Stift über den Rand sauste, auch wenn in seinen verwischten Kohlezeichnungen manchmal tatsächlich ein Gesicht zu erkennen war, exakt und naturgetreu und wie nebenher aufs Blatt gekritzelt. Sie fragte sich kurz, ob er bei seiner Arbeit als Barkeeper in Australien auch so großzügig und schludrig zu Werke ging und doppelte Wodkas eingoss, wo nur einer verlangt wurde?

Achim arbeitete hochkonzentriert, wenn er an einem Fahrrad herumbastelte, aber seine Konzentration hatte immer etwas Kämpferisches, wobei er sich vor Anstrengung auf die Lippe biss, kleine Flüche ausstieß oder unsinnigerweise die winzigen Schrauben tadelte, die auf den Boden flutschten. Gregors Konzentration hingegen stammte aus einer völlig anderen Dimension. Sie löste ihn von der Welt um ihn herum, als ob für ihn nichts anderes mehr existierte als dieses Mandala, das er behutsam, fast zärtlich und mit der Präzision eines Nuklearwissenschaftlers ausmalte.

Gestern hatte Judith ihre ganzen Zeichnungen und Malsachen sortiert, die bei Gregors Suchorgie nach dem Schlauchventil aus ihrem Verlies befreit worden waren. Seit Jahren hatte sie den ganzen Kram nicht mehr angesehen und nun entblätterten sich ihre frühen Zeichnungen plötzlich wieder vor ihr. Ein paar Skizzen und Bilder von Frank waren auch dabei. Er hat wirklich Talent gehabt, dachte sie erstaunt. Aber nachdem damals klar war, dass er Jura studieren würde, hatte er die Zeichnerei und alle anderen künstlerischen Ambitionen aufgegeben. Ob er jetzt wieder zeichnete? Die Gäste in seiner Bar skizzierte? Sie hatte überhaupt keine Vorstellungen von seinem Leben und seinem Job in Australien. Vor zwei Jahren hatte sie einmal die Webseite der Bar im Internet aufgerufen. Sie sah Fotos von lachenden jungen Gästen auf einem Deck im Freien, die Gläser mit Bier oder exotischen Cocktails vor sich stehen hatten, sie sah Fotos von Männern, die Billard spielten oder mit kleinen Pfeilen nach einem Dartboard warfen. Ein Foto zeigte bunte Flaschen, die aufgereiht wie zur Militärparade nebeneinander im Regal standen, ein anderes einen Teller mit einem riesigen Steak, auf dem sich rosa Krustentiere mit ihren langen Fühlern türmten und zwei Hummerbeine kreuzten – was wohl appetitlich sein sollte, bei ihr aber nur leichten Ekel auslöste und vor allem die Frage, wer um alles in der Welt so viel essen sollte. Sie studierte die Öffnungszeiten der Bar und die Karte für die Snacks und erfuhr, dass in dem Lokal jedes Jahr am Heiligabend eine Beachparty stattfand, bei der in den Sonnenuntergang getanzt werden konnte. Das dazugehörige Foto zeigte Mädchen in Bikinis, die sich auf Liegestühlen räkelten, einen Cocktail in der Hand und eine Weihnachtsmütze auf dem Kopf.

In einem dieser Liegestühle saß also Frank jedes Jahr, wenn sie und Achim den von Jahr zu Jahr kleiner werdenden

Weihnachtsbaum aufstellten, der Form halber ein paar Weihnachtslieder auflegten, das Raclette anheizten und sich gegenseitig Dinge schenkten, die nur noch selten einen Überraschungsruf auslösten.

Strandparty am Heiligabend, vielleicht noch mit einer aufgespießten Garnele in der Hand ... Das war alles so verwirrend und unverständlich. Sehnte Frank sich denn überhaupt nicht nach zu Hause? Vor fünf Jahren oder so, als wenigstens noch regelmäßig eine E-Mail von ihm hereinflatterte, hatte Frank mal eine Freundin erwähnt. *Mel und ich kommen vielleicht demnächst mal nach Europa, Mel will total gern die Alte Welt sehen.* War Mel jemand, den er mochte? Oder gar liebte? Zumindest nahm Judith an, dass es sich um ein Mädchen handelte, ganz sicher war sie sich allerdings nicht. Es gab ja zum Beispiel auch Mel Gibson. Solche Überlegungen erwähnte sie Achim gegenüber aber lieber nicht, der bei dieser Nachricht sowieso völlig durcheinandergeraten war. »Die Alte Welt sehen?«, hatte er sie verwirrt gefragt.

»Das alte Europa eben«, hatte sie erklärt, aber vielleicht meinte Frank damit ja seine Eltern? Verkörperten Achim und sie etwa das Alte, Staubige, Starre, das man wie ein Museum besuchte? Wenig später traf ein Foto per E-Mail ein, auf dem man Frank an einem Tisch sitzen sehen konnte. Braun gebrannt, lachend, mit viel längeren Haaren als je zuvor. Er hob auf dem Bild sein Glas und neben ihm saß eine junge Asiatin mit Zopf, die ihm zuprostete. War das Mel? Judith ging davon aus, sie suchte nach Zeichen der Zuneigung zwischen den beiden, suchte sogar heimlich Mels nur halb sichtbare Figur nach Hinweisen auf ein mögliches Enkelkind ab, doch sie fand nichts, außer einem ziemlich großzügig gefüllten Cocktailglas in Mels Hand. Keine glühende Liebe und kein halbasiatisches Baby. Danach erwähnte Frank Mel sowieso nie wieder und irgendwann erwähnte er gar nichts mehr, weil ihm Achims ständige Fragerei, was er denn nun vorhabe und wann er denn zurückkommen werde, um sein Studium doch noch zu beenden, offenbar auf die Nerven ging. Funkstille.

»Was malst du denn da?«, fragte Gregor plötzlich. Judith sah überrascht hoch und dann auf das Blatt vor sich. Gedankenverloren hatte sie etwas darauf skizziert, ohne es selbst zu merken. Gregor. Sie hatte seinen Kopf gezeichnet und seinen konzentrierten Blick dabei perfekt eingefangen.

»Das bin ja ich«, staunte er. »Du kannst aber gut malen, Judith.«

»Ach was«, wehrte sie verlegen ab. »Das war nur früher mein Hobby.«

»Und jetzt nicht mehr? Warum denn nicht?«

»Weil ... na ... Weil ich keine Zeit mehr habe.«

»Schade.«

Das mit der Zeit stimmte nicht. Eigentlich hatte sie heute mehr Zeit denn je. Aber eine andere Antwort war ihr auf die Schnelle nicht eingefallen, denn sie wusste schlicht und einfach nicht, warum sie nicht mehr malte. Irgendwann hatte sie das einfach eingestellt, genauso wie das Aufbleiben bis nach Mitternacht, das Tanzengehen, die langen Haare und die spontanen Küsse auf Achims Mund. Sie hatte sich immer eingeredet, dass bestimmte Dinge sich eben veränderten, wenn man älter wurde, dass einige Sachen wichtiger wurden und andere an Bedeutung verloren. Aber warum hatte sie eigentlich gerade ihre Lust am Malen auf dem Altar des Älterwerdens geopfert? Es war ihr auf einmal unbegreiflich.

»Fertig.« Gregor legte den Stift weg und eine Weile lang

betrachteten sie beide ehrfurchtsvoll sein vollendetes Mandala, das wie ein Glasfenster im Regensburger Dom in Azurblau, Zinnoberrot und Goldgelb leuchtete.

»Sehr schön«, urteilte Gregor schließlich zufrieden. »Und jetzt würde ich gern schwimmen gehen.«

»Super Idee, Gregor. Das Freibad ist gar nicht weit von hier.« Es waren mindestens siebenundzwanzig Grad draußen.

»Nein, nicht ins Freibad. In das Hallenbad von neulich. Wo wir mit der Mama waren.«

Sollten sie das wirklich tun? Würde ihm das nicht den ganzen schrecklichen Tag wieder ins Gedächtnis rufen?

»Wieso möchtest du das?«, erkundigte sie sich vorsichtig.

»Da war es so schön. So gemütlich.« Gregor formte eine Art Haube über seinem Kopf. »Wie eine Glocke. Das gefällt mir.«

»Aber dort ist es doch so dunstig und warm. Im Sommer ist es viel schöner, im Freien zu schwimmen.«

»Nein, da ist die Luft so endlos weit. Da fliegen alle Gedanken weg. Im Hallenbad bleiben sie drin. Da kann ich mir dann vorstellen, dass die Mama neben mir schwimmt.«

Judith schluckte. Gestern hatte Doktor Lindig mit seinem Team das künstliche Koma beendet, und nun warteten sie darauf, dass Marlene aufwachte. Der anfänglichen Euphorie war aber mittlerweile ein betretenes Schweigen gefolgt, denn sie war bisher noch nicht aufgewacht. Und obwohl Doktor Lindig Judith versichert hatte, dass so was manchmal Tage oder gar Wochen dauere, war ein beklemmendes Gefühl in ihr zurückgeblieben.

»Natürlich«, flüsterte sie deshalb jetzt. »Natürlich gehen wir ins Hallenbad.« Da war es heute bestimmt total leer und sie konnte ausgiebig ein paar Bahnen schwimmen. »Ich weiß aber nicht, ob der Achim diesmal mitkommt. Es ist ja schon nachmittags. Normalerweise gehen wir vormittags schwimmen.«

»Nachmittags kann man aber auch sehr gut schwimmen«, widersprach Gregor. »Auch ohne den Achim.«

Warum eigentlich nicht? Was würde sie denn sonst an diesem heißen Samstagnachmittag machen? Aufräumen, vielleicht etwas zum Grillen vorbereiten und vor allem vor Frau Hoffmann in Deckung gehen, die ihr heute schon eine Dreiviertelstunde lang im Treppenhaus ihr Leid geklagt hatte. Die Frau sah völlig fertig aus, Schatten unter den Augen, die sonst so makellose Kurzhaarfrisur strähnig, hektische rote Flecken im Gesicht. Sie musste ihre Schwiegermutter bei jeder Mahlzeit füttern, hatte sie erzählt. Und außerdem verlangte die alte Frau wohl, dass die Hoffmanns sich auch noch um irgendeine Bruchlaube kümmerten, ein bizarres Familienerbstück, das nicht verkauft werden durfte. Judith fragte sich, warum Frau Hoffmann sich von ihrer Schwiegermutter nur so unter Druck setzen ließ. Sie hatte die alte Frau selbst einmal kurz durch die geöffnete Tür gesehen, wie sie wie eine traurige Fledermaus in ihrem Rollstuhl hockte. Von der ging doch nichts Gefährliches aus? Aber wahrscheinlich steckte da ein ganzes Leben voller Machtkämpfe dahinter. Ein Problem, das Judith Gott sei Dank nicht hatte.

»Okay.« Sie stand auf. »Ich packe unsere Sachen.« Sie sammelte die herumliegenden Blätter zusammen.

»Das nicht«, sagte Gregor und zog zwei Blätter wieder heraus. »Das ist die schöne Laube von Frau Hoffmanns Oma.«

»Schwiegermutter«, verbesserte Judith automatisch. Sie

betrachtete die Fotos auf dem Blatt. Das war also die ominöse Laube? Ziemlich heruntergekommen das Ding. »Und woher hast du das?«

»Na, von Frau Hoffmann natürlich.« Gregor sah sie erstaunt an.

Okay. Judith betrachtete das andere Blatt. Eine eher wirre Skizze von irgendeiner Fabrik, wie es aussah. Auf der Rückseite ein ausgedruckter Artikel über Studienabbrecher. *Warum Studienabbruch oft auf Umwegen zum Erfolg führt.* »Und das hier?«

»Das hat Lars mir geschenkt, das ist eine Schokoladenfabrik, die er gemalt hat.«

»Aha.« Judith ersparte sich die Frage, was Gregor damit vorhatte. Lars besaß definitiv kein künstlerisches Talent, das stand schon mal fest. Den Artikel hingegen, den würde sie gern mal lesen. Sie beschloss, sich zu merken, wo Gregor das Blatt hinlegte.

Achim lag rücklings in seinem Hobbyzimmer auf dem Fußboden, etwas Längliches und Metallisches im Mund, das Fahrrad vor sich aufgebockt.

»Gregor und ich wollen schwimmen gehen«, informierte Judith ihn.

»Schetzscht?«, fragte Achim beunruhigt. Er nahm das Ding aus dem Mund, was immer es auch war.

»Ja, jetzt.«

»Aber ich hab doch gerade hier angefangen und …«

»Du musst ja auch nicht mit. Ich gehe mit Gregor allein.«

Grenzenlose Erleichterung spiegelte sich in Achims Gesicht. Erleichterung darüber, dass er all diese wunderbaren kleinen Einzelteile um sich herum jetzt nicht im Stich lassen, seinen Körper nicht in kühle Gewässer tauchen und seine von der Arbeitswoche malträtierten Nerven nicht dem Geschrei von zweihundert begeisterten Kinderkehlen aussetzen musste. Gleichzeitig formte sich in seinem Gesicht auch Panik bei dem Gedanken, was Judith und Gregor in diesen gefährlichen Gewässern ohne ihn zustoßen könnte. Von derartig gegensätzlichen Empfindungen in zwei verschiedene Richtungen getrieben, sagte er vor lauter Verwirrung erst einmal gar nichts.

»Es soll aber nachher regnen«, fiel ihm schließlich ein.

»Wir gehen ja auch nicht ins Freibad, sondern ins Hallenbad.«

»Im Sommer? Bei dem schönen Wetter?«

»Du hast selbst gesagt, dass es nachher regnen wird.« Sie verkniff sich ein Grinsen, denn jetzt tat er ihr fast leid. »Gregor will lieber ins Hallenbad. Er findet es dort ... gemütlicher«, wiederholte sie folgsam die Worte ihres Neffen.

»Gemütlicher.« Achims kleines Schnaufen signalisierte, wie »Hallenbad« und »gemütlich« für ihn zusammenpassten, doch dann entschied er offenbar, dass er auch im Fall dieser neuen Schnapsidee eindeutig das bessere Los gezogen hatte, wenn er zu Hause blieb.

»Na, dann euch viel Spaß«, wünschte er großzügig. »Ich kann ja in der Zeit was zu essen machen.«

»Super Idee«, lobte Judith. Männern musste man genau in dem Moment Beifall spenden, in dem ihnen ein kluger Gedanke kam, denn nur dann meißelte er sich so tief in ihr Gehirn ein, dass er eventuell sogar umgesetzt wurde.

»Ach, jetzt haben wir die Badelatschen und deine Schwimmshorts vergessen.« Judith knallte die Kofferraumtür zu. Sie bemühte sich, gleichmütig zu erscheinen, war aber innerlich völlig aufgewühlt. Wie würde dieser Schwimmbadbesuch verlaufen? »Na, egal«, meinte sie dann betont locker. »Kaufen wir eben ein paar neue in dem Swim Shop im Bad. Die sind nicht so teuer.«

Gregor entschied sich nahezu sofort für ein paar orangefarbene Shorts mit exzentrischem Zackenmuster. »Die hier«, bestimmte er. »Die sind toll.«

Gut. Das ging ja flott und unkompliziert. Dann noch fix die Badelatschen. Wenig später entdeckte sie ein paar blaue in seiner Größe und hielt sie ihm hin. »Hier, die gehen doch.«

»Nein.«

»Du hast sie ja noch gar nicht anprobiert.«

»Nein, die will ich nicht.«

»Warum denn nicht?« Judith musterte die Badelatschen verwirrt. War irgendwas damit? Die sahen doch aus wie alle Badelatschen dieser Welt.

»Die sind nicht grün.«

Ach so. Du lieber Himmel, dann nahmen sie eben welche in Grün.

»In Grün haben wir die nicht mehr«, erklärte die junge Verkäuferin achselzuckend. »Nur in Blau.«

»Na, dann nimm halt die, Gregor.«

»Nein.«

»Aber du brauchst doch ein paar Badelatschen.«

»Aber die müssen grün sein. Die müssen immer grün sein!«

Zu Judiths Bestürzung schimmerte es feucht in Gregors Augen. Er würde doch wegen dieser lächerlichen Badelatschen nicht anfangen zu heulen? Oder war das der Stress, wieder hier zu sein? An dem Ort, wo er das letzte Mal mit seiner Mutter gewesen war?

»Gregor, das ist doch egal.« In dem Moment, als ihr das rausgerutscht war, wusste sie, dass sie einen Fehler gemacht hatte. So etwas war Gregor eben *nicht* egal. Falsche Farben und Lamettafäden, die sich danebenbenahmen, und Aluminium, das irgendwo hineingeriet, wo es Gregors Meinung nach nicht hingehörte, und ...

»Grün«, jammerte Gregor. »Grün! Grün! Grün!« Er fegte Judith die blauen Badelatschen aus der Hand.

»Boah, also ...«, stammelte die Verkäuferin und warf Judith einen konsternierten Blick zu. Die Frau an der Kasse drehte sich um und schüttelte den Kopf, zwei ältere Badegäste blieben neugierig stehen und starrten ungeniert herüber, wohl in der Hoffnung, gleich Zeugen eines aufregenden und erniedrigenden Erziehungsdramas zu werden.

Judith konnte das Blut in ihren Ohren rauschen hören. Sie spürte, wie sich Scham in ihr ausbreitete. Und Hilflosigkeit. Und dann noch etwas anderes – Wut. Aber nicht auf Gregor, sondern auf die Welt, die nicht verstand, dass so etwas für Gregor eben wichtig war. Zum ersten Mal leistete sie in Gedanken Marlene Abbitte. Gregor war nicht ungezogen, er war eben ... anders.

»Okay, du brauchst gar keine Badelatschen«, entschied sie mit fester Stimme. »Es geht auch ohne.«

»Aber die Baderegeln sagen, dass ...«, setzte die Verkäuferin an, und Judith schnitt ihr das Wort ab.

»Es ist nicht verboten, barfuß zu gehen. Ich bin schon tausendmal hier gewesen und habe eine Menge Leute ohne Badelatschen hier herumlaufen sehen.«

Die Verkäuferin kniff verächtlich ihren kleinen Mund zusammen. *Wenn Sie meinen. Es ist ja dann Ihr Fußpilz.* »Das macht achtundzwanzig Euro fünfzig für die Shorts«, flötete sie. Judith reichte ihr einen Geldschein, den die Verkäuferin wie eine tote Ratte entgegennahm. Dann rückte sie das Wechselgeld heraus, seufzte leidend vor sich hin und gab ihnen die Shorts. »Viel Spaß.«

Es klang eher wie »Fröhliche Hinrichtung!«, aber Judith war das egal. Denn was dann folgte übertraf alle ihre Erwartungen.

Sie schwamm im leeren großen Becken auf und ab, Hunderte von Metern in dunstiger, herrlicher Stille, während Gregor sich im ebenfalls leeren Nachbarbecken ununterbrochen durch den Sprudelkreis jagen ließ. Er hatte recht. Das Hallenbad war wie eine trübe gemütliche Glocke an diesem heißen Sommertag, während der Rest der Welt sich in den Freibädern der Stadt auf die Füße trat, von der Rutsche schubste, durchs Wasser kämpfte, von Wespen stechen ließ und mit Eis bekleckerte. Sie und Gregor hingegen trieben wie zwei sanfte, stille Meerestiere durch das klare Wasser, Bahn um Bahn, Strudel um Strudel. Gregor glitt auf dem Rücken dahin, und sie konnte sehen, wie er seine Lippen bewegte. Redete er etwa mit sich selbst? Mit Marlene? Jetzt streckte er die Hand aus und ließ sie eine Weile neben sich durch das Wasser gleiten. Fast als ob er die Hand von jemandem halten würde, dachte Judith.

Als sie nach einer glücklichen Stunde aus dem Becken stieg, winkte Gregor ihr zu.

»Du kannst sehr gut schwimmen, Tante Judith. Du sahst aus wie eine Meerjungfrau!«

Judith blickte kurz an sich herunter, betrachtete den drei Jahre alten und vom Chlor schon etwas verwaschenen Badeanzug, die Wölbung ihres Bauches, die seit fünfzehn Jahren nicht mehr so richtig wegging, und ihre Beine, die gnadenlos blass und mit kleinen Dellen übersät vom Neonlicht bestrahlt wurden. In der Glaswand gegenüber schimmerte ihr Spiegelbild. Vor über zehn Jahren hatte sie sich ihre kastanienbraunen Haare radikal kurz schneiden lassen, weil das bei dem häufigen Schwimmen praktischer war und lange Haare bei älteren Frauen irgendwie seltsam aussahen. Aber eigentlich waren ihre Haare immer ihr ganzer Stolz gewesen, und seit sie einfach nur kurz gestuft und unspektakulär waren, sah sie aus, wie Tausende von Frauen zwischen fünfzig und sechzig eben aussahen. Uninteressant und langweilig. Eine Meerjungfrau … Dieser Gregor. Sie lächelte und beschloss spontan, ihre Haare wieder wachsen zu lassen.

Nach dem Schwimmen schlenderte Judith mit Gregor durch die sommerdösige Stadt. Sie aßen Eis, sahen Kindern am Springbrunnen zu und stellten fest, dass es mehr gelbe als rote Bänke in der Innenstadt gab. Wer hätte das gedacht. Als sie an einem Geschäft für Freizeitkleidung vorbeikamen, traf Judith eine spontane Entscheidung.

»Komm, wir gucken mal, ob die hier grüne Badelatschen haben.«

Diesmal trafen sie auf eine ältere, gutmütige Verkäuferin, eine vielfache Mutter, die den Lauf der Welt kannte und die nichts mehr überraschte oder aus der Fassung brachte, schon gar nicht die Dringlichkeit der Farbe Grün. Sie freute sich mit Judith, als sie aus den wundersamen Tiefen des Lagers tatsächlich die richtigen Badelatschen brachte, die von Gregor wie lang verschollene Verwandte begrüßt wurden. Hinterher kauften sie in einem Spielzeugladen noch ein Kaleidoskop für ihn und ein belegtes Brötchen bei einem Fleischer, weil er vom Schwimmen einen großen Hunger hatte. Judith nahm noch etwas Aufschnitt mit, als sie eine bekannte Stimme links von sich nörgeln hörte.

»Ist der Schinken denn auch frisch?« Es war Herr Walter, der neben ihnen an der Fleischtheke stand, völlig unsommerlich in Dunkelgrau gekleidet, das Gesicht rot vor Hitze oder Unmut, die Haare quer über den Kopf gekämmt, ein Portemonnaie und ein kleines Beutelchen in der Hand.

»Natürlich ist der frisch«, gab die Frau hinter dem Tresen lächelnd zurück.

»Dann machen Sie mal hundert Gramm. Aber nicht mehr.«

Herr Walter wühlte in seinem Portemonnaie herum, als sein Blick auf Judith und Gregor fiel und noch finsterer wurde, falls das überhaupt möglich war. »Tag«, brummte er.

»Tag.« Judith nickte der Höflichkeit halber zurück.

»Guten Tag, Herr Walter«, begrüßte Gregor ihn so enthusiastisch, als hätte die ganze Trockner-Episode nie stattgefunden. »Wir waren schwimmen.«

»Nicht zu fassen«, murmelte der alte Walter vor sich hin, aber Judith hörte es trotzdem. Sie ignorierte ihn einfach, denn sie hatte echt keine Lust, sich den schönen Sommernachmittag von diesem alten Griesgram verderben zu lassen. Herr Walter zerrte einen Schein aus seinem Portemonnaie, zählte akribisch, langsam und mehrmals das Wechselgeld nach und stapfte dann grußlos von dannen.

Die Verkäuferin zog bedeutungsvoll eine Augenbraue hoch. »Heiß heute.«

»Sie sagen es.« Judith nickte spöttisch. Dann fiel ihr Blick auf etwas auf dem Boden. Herr Walter hatte etwas verloren.

Sie hob es auf, es war sein Führerschein, der ihm aus dem Portemonnaie gefallen sein musste. Ach Gott, auch das noch.

»Das da hat er gerade verloren.« Sie hielt den Führerschein hoch. »Ich nehme ihn mit«, sagte sie zu der Frau. »Der wohnt bei uns im Haus.«

»Sie Glückliche.« Die Frau rückte die ausgestellte Wurstplatte hinter der Glasscheibe zurecht. »Aber trotzdem danke.«

Judith steckte das Ding ein, denn sie war schließlich ein höflicher und zuverlässiger Mensch und würde einem alten Mann seinen verlorenen Krempel wiederbringen, auch wenn dieser den Charme einer Kellerassel hatte. Oder Gregor konnte es machen. Genau, dann musste sie sich das nicht antun.

15

Herr Walter belegte seine Schnitte mit dem am Nachmittag erworbenen Schinken. Kurz überlegte er, ob er noch eine Scheibe Gurke oder irgendwas Grünes drauflegen sollte, wegen der Vitamine und weil sie das heutzutage in den Geschäften immer so machten. Aber er hatte ja gar nichts Grünes zu Hause. Er hatte eigentlich nie etwas Grünes zu Hause, und deshalb entschied er, dass Gurkenscheiben auf dem Brot Firlefanz waren. Lieber ein kühles Bier.

Eine verdammte Hitze war das heute schon wieder und es war noch nicht mal August. Die Hitze würde in den nächsten Tagen wie ein unsichtbarer Feind durch alle Ritzen in das alte Haus kriechen, sich träge in den Mauern festsetzen und auch an Regentagen nicht mehr zu vertreiben sein. Das alte Gebälk würde ächzen und stöhnen wie unter einer zusätzlichen Last, die Straße würde nach heißem Teer riechen und die Wohnungen nach saurer Milch. Und alle freuten sich dann wie die Blöden darüber und nannten das einen *richtigen* Sommer. Im letzten Jahr waren diese Monate völlig verregnet gewesen und hatten die Leute ganz aggressiv gemacht. Hätte der Wettermann seinen täglichen deprimierenden Wetterbericht auf dem Marktplatz vorgetragen, wäre er wahrscheinlich vom Mob gelyncht worden.

Herrn Walter war das Wetter völlig egal. Ob er seinen täglichen Gang in die Stadt mit Schirm oder ohne unternahm, spielte keine Rolle für ihn. Das Wetter wurde eben immer unberechenbarer und chaotischer, genau wie die ganze Welt. Und wenn die ganze Welt am Durchdrehen war, warum sollte sich das Wetter dann noch irgendeinen Zwang antun?

Als Vera noch am Leben und vor allem gesund gewesen war, hatte das Wetter ihn natürlich mehr interessiert. Schöne Sommer waren das damals gewesen. Spaziergänge am Fluss, Einkehr im Biergarten und dort unterm Kastanienbaum sitzen oder auch draußen vor dem Café Markgraf, wo sie die leckeren kleinen Törtchen hatten, die Vera immer so mochte. Seit ihrem Tod war er nie wieder dort gewesen, im Biergarten auch nicht. Eher hätte er die Eiger-Nordwand bestiegen, als die Orte aufzusuchen, die er mit Vera verband, um sich allein dort hinzusetzen.

Es klingelte und er zuckte zusammen, so ungewohnt war das Geräusch. Wer war denn das? Ihn besuchte nie jemand, Pakete bekam er nicht und mit den Leuten aus dem Haus hatte er auch nichts zu schaffen. Das musste ein Fremder sein, wahrscheinlich einer von diesen Abzockern und Betrügern, der in Erfahrung gebracht hatte, dass hier ein alter Mann allein lebte. So ein seniler alter Sack, den man über den Tisch ziehen konnte, indem man ihm irgendwas von Telefonreparaturen oder einer obskuren Kontrolle vom Energiewerk erzählte. Na, da hatte aber einer die Rechnung ohne den Wirt gemacht. Dem würde er was erzählen.

Herr Walter stand auf, stapfte zur Tür und blickte durch den Spion.

Der Verrückte von Krauses stand vor der Tür.

Aha. Klingelpartie. Eine weitere Möglichkeit, an die er gar nicht gedacht hatte. Wahrscheinlich lungerte die Junescu-

Brut da draußen im Hintergrund und hatte diesen Tölpel dazu angestiftet, bei ihm zu läuten. Und wenn Herr Walter dann die Tür öffnete, würden sie alle lachend und kreischend davonrennen. Wut schäumte in ihm hoch. Er riss die Tür auf, bereit, sofort einen Brüller loszulassen, wenn er eine dieser Blagen sah. Der Verrückte von Krauses rannte aber nicht weg, sondern stand einfach nur da und strahlte ihn an. Herr Walter schaute an ihm vorbei ins Treppenhaus, doch da war keiner, der sich vor Lachen krümmte oder ihm die Zunge herausstreckte.

Der Verrückte von Krauses grinste ihn immer noch einfältig an.

»Was willst du?«, fragte Herr Walter.

»Ich bringe Ihnen das zurück, was Sie verloren haben.« Der Junge schwenkte etwas durch die Luft.

Herr Walter kniff misstrauisch ein Auge zu. Er hatte nichts verloren. War das ein neuer Trick? Hatten die Zigeuner den dicken Einfaltspinsel dazu angestiftet?

»Ihr Führerschein«, erklärte der jetzt und reichte ihm das Ding.

Herr Walter nahm es mechanisch entgegen. Tatsache, das war sein Führerschein. »Woher hast du den?«

»Den haben Sie verloren. Hab ich doch gerade gesagt. Beim Fleischer.« Der Knabe lächelte nachsichtig. Ein Verrückter, der ihn, Herrn Walter, nachsichtig belächelte! Nicht zu fassen. Aber nichtsdestotrotz – das hier war sein Führerschein. Der musste ihm beim Bezahlen in der Fleischerei herausgerutscht sein. Und die Krause hatte mit diesem Jungen genau neben ihm gestanden und ihn deshalb gefunden. So was. Ein Gefühl der Dankbarkeit wallte kurz in ihm auf. Er brauchte den Führerschein zwar nie, er hatte ja gar kein Auto mehr, aber wenn ein solches Dokument in die falschen Hände geriet – was damit alles angerichtet werden konnte! Dann spazierte demnächst so ein dreister Muselmann mit einem gefälschten Pass irgendwo auf der Welt als Dietrich Walter herum, und schon hatte man die CIA am Hals.

»Danke«, brummte er.

Eine Weile standen sie beide da und sahen sich an. Der Junge lächelte erwartungsvoll, Herr Walter schwieg. Warum ging dieser Bursche nicht weg? Dann dämmerte es ihm. Finderlohn. Der wollte Finderlohn haben. Unverschämt!

»Ich hab jetzt gar kein Geld hier«, log Herr Walter. »Ich werde der Frau Krause bei Gelegenheit was geben.«

»Ich brauche kein Geld. Ich kriege immer Geld von meiner Mutter und jetzt von meiner Tante und meinem Onkel, weil die auf mich aufpassen, weil meine Mutter im Krankenhaus ist, denn die hatte einen Unfall«, antwortete der Junge.

»Was?«, sagte Herr Walter überrumpelt.

»Oh, Sie haben ja Fische!«, rief der Junge begeistert. Er hatte durch die offene Tür das Aquarium im Wohnzimmer entdeckt. »Die sind aber toll. So schön bunt.«

Und plötzlich, ohne dass Herr Walter hätte sagen können, wie es geschehen war, stand der Junge mitten in seinem Flur. Dabei hatte Herr Walter sich doch geschworen, dass er sich niemals von Trickbetrügern vor seiner Tür ablenken und zur Seite schieben lassen würde. Aber es war ja auch nur der Junge von Krauses, wie immer der hieß, der da einfach in sein Wohnzimmer latschte und sich dort vor dem Aquarium niederließ.

»Der blaue ist schön«, rief er über die Schulter zurück.

»Das ist ein blauer Neon«, erklärte Herr Walter widerwillig. Er machte einen Schritt auf den Jungen zu, um ihn wieder hinauszuscheuchen, blieb dann aber unschlüssig stehen. Er wollte, dass dieser Kerl ihn in Ruhe ließ. Andererseits wollte er das nicht. Es hatte schon so lange niemand mehr sein Aquarium bewundert.

»Blauer Neon«, flüsterte der Junge entzückt. »Blauer Neon.«

Gregor hieß der, fiel es Herrn Walter wieder ein.

»Sie haben fünfzehn blaue Neons«, verkündete Gregor. »Und wie heißen die roten?«

»Rote Neons.«

»Auch fünfzehn. Das Wasser ist aber zu dreckig.«

»Nein, ist es nicht«, widersprach Herr Walter. »Das ist ein Schwarzwasseraquarium. Das brauchen diese Fische.«

»Ach so. Wie interessant. Wie warm ist denn das Wasser?«

»Achtundzwanzig Grad.«

»Genau wie heute die Luft draußen. So ein Zufall.«

Herr Walter entspannte sich etwas. Erstens war dieser Gregor nicht ganz so blöd, wie er angenommen hatte, und zweitens war er offensichtlich nicht auf sein Geld aus oder von den Zigeunern geschickt worden. Drittens interessierte er sich für die Fische, und deshalb setzte Herr Walter nun zu einer langatmigen Erklärung über die Torffilterung in einem Schwarzwasserbecken an, wobei er sicher war, dass der Junge keine einzige Silbe verstand, aber das machte nichts. Es tat einfach gut, mal wieder über die Fische reden zu können. Vera hatte sie so gemocht. Und immer genauso gebannt ihr lautloses fröhliches Treiben beobachtet wie dieser Junge.

»Ich liebe Wasser.« Gregor berührte sachte die Scheibe. »Ich schwimme gern. Und ich tauche gern. Denn wenn man taucht, dann hört man gar nichts mehr. Da ist es nicht so laut.«

»Hm«, machte Herr Walter. Dem konnte er nur zustimmen. Er hasste Lärm.

»Wo ist Vera denn hin?«, erkundigte sich Gregor.

Die Frage sauste so plötzlich und mit der Wucht eines Fallbeils ins Zimmer, dass sie Herrn Walter völlig aus der Bahn warf.

»W… wieso?« Instinktiv griff er nach seiner Zigarettenschachtel, bevor er sich besann. Er rauchte doch seit vier Jahren gar nicht mehr. Seit Veras Diagnose.

»Weil an der Tür draußen *Vera* dransteht.«

Lesen konnte er also auch. »Vera ist tot«, erwiderte Herr Walter knapp. »Schon seit zwei Jahren«, fügte er noch hinzu, obwohl es nicht den geringsten Unterschied machte und den Jungen auch nichts anging.

»Das ist schade.«

»Ja.«

»Die Oma von Frau Hoffmann stirbt auch bald«, informierte Gregor ihn. »Wegen ihres Schlaganfalls. Sie weiß aber noch nicht genau, wann. Das kann man auch schwer voraussagen. Wie lange lebt so ein Fisch?«

»Fünf bis zehn Jahre«, antwortete Herr Walter automatisch. Die Hoffmanns hatten eine Oma mit Schlaganfall bei sich wohnen? Das hatte er noch gar nicht mitgekriegt.

»Dann werden die Fische noch leben, wenn die Oma von Hoffmanns schon tot ist«, stellte Gregor fest.

Dem war nichts hinzuzufügen. So war der Lauf der Dinge, nichts hatte Bestand.

»Vera fand die blauen Neons auch am schönsten«, hörte Herr Walter sich trotzdem auf einmal selbst sagen. »Sie ist auch gern geschwommen, als sie es noch konnte. Als junge Frau hat sie mal eine Schwimmmeisterschaft gewonnen.« Er redete und redete und sah Vera wieder vor sich in diesem blauen Badeanzug, darin ihr schlanker Körper, die dunklen, lockigen Haare unter einer hellen Badekappe verstaut. Er sah ihre kraftvollen Schwimmzüge, mit denen sie mühelos an ihren Rivalinnen vorbeizog. Wie ihre Hand an den Beckenrand schlug, wie sie jubelte. Das alles erzählte er diesem Jungen, auch wenn er nicht sicher war, ob er ihm überhaupt zuhörte, denn er starrte nur wie hypnotisiert die Fische an, verfolgte ihr wildes Kreiseln und Versteckspiel und nickte nur ab und zu abwesend. Der verstand das alles sowieso nicht, entschied Herr Walter. Er hätte seine Erinnerungen an Vera genauso gut der Wand erzählen können, aber die Wand nickte nicht einmal, und deshalb tat es trotzdem gut.

»Dietrich, hat Vera damals zu mir gesagt, ich will immer Wasser in der Nähe haben. Sonst kann ich nicht leben. Und deshalb hab ich ihr das Aquarium gebaut, als sie nicht mehr laufen konnte.« Wie glücklich ihr Gesicht gewesen war, als sie dieses kleine Wasseruniversum sah, das er extra für sie erschaffen hatte ... Er verstummte abrupt, von Erinnerungsschmerz überwältigt.

»Meine Mutter wacht nicht auf«, sagte Gregor plötzlich, ohne den Blick vom Aquarium zu wenden. »Sie schläft einfach immer weiter.«

Der hatte tatsächlich kein einziges Wort von ihm mitbekommen. Deprimierend und erleichternd zugleich. »Wieso?«, fragte Herr Walter.

»Sie liegt in einem Koma.«

Herr Walter nestelte hilflos an seinem Kragen herum. Was sollte er darauf antworten? So etwas war schrecklich. Aber so war das Leben, es nahm keine Rücksicht. Kein Wunder, dass der Bursche so durcheinander war. »Das ist schlimm für dich«, sagte er schließlich.

»Ja. Ich hoffe, sie wacht bald auf. Dann könnte sie auch mal Ihre Fische sehen. Die würden ihr gefallen. So schön bunt.«

»Hm.« Sosehr er natürlich wünschte, dass diese unbekannte Frau bald gesund wurde, so wenig behagte ihm die Vorstellung, dass sie in seinem Wohnzimmer herumsitzen und in sein Aquarium gucken würde. Was sollte er denn mit der reden?

»Können wir die Fische jetzt füttern?«, erkundigte sich Gregor.

»Nein. Die kriegen nur abends was.«

»Es ist doch abends.«

»Aber noch nicht 19:00 Uhr.«

»Ist das schlimm?«

»Ja. Nein. Es ist …« Herrgott. Er musste sich unbedingt von der Erinnerung an Vera ablenken, sonst fing er noch vor diesem dümmlichen Jungen an zu heulen. Das Gerede über seine Mutter hatte ihn ganz sentimental gemacht. Rasch trat er an den Wandschrank, öffnete die Tür ein wenig zu rabiat und zerrte die Tüte mit dem Fischfutter heraus. Etwas klirrte und polterte, und mehrere Sachen fielen aus dem Schrank, die irgendwie mit der Tüte verhakt gewesen sein mussten.

»Oh.« Sofort sprang Gregor hoch und hob alles auf, und das war auch gut so, denn Herr Walter konnte nur zittern und wie gelähmt dastehen, die Tüte in der Hand. »Danke. Leg alles auf den Tisch.« Seine Stimme war ein einziges Krächzen.

Gregor tat wie befohlen, dann hielt er inne. »Was ist denn das hier?«

»Leg es hin.«

»Ist das eine Gabel? Die sieht aber komisch aus. Warum hat die einen Riemen und unten noch einen Löffel dran?« Gregor schwenkte das Teil in der Luft herum und lachte.

»Du sollst es hinlegen!«, donnerte Herr Walter. Zorn pulsierte durch seine Adern, brodelte, schäumte, zischte. Was fiel dem Jungen ein?

Erschrocken ließ Gregor das Gerät fallen. Seine Unterlippe bebte. Gleich würde er anfangen zu heulen wie neulich unten im Waschkeller. Gleich würden sie *beide* anfangen zu heulen. Es war die verdammte Hitze, die war schuld daran, dass Herr Walter hier so die Fassung verlor. Früher hatte er sich zwar auch immer so schnell aufgeregt, aber da hatte es Vera gegeben – seinen Puffer, seinen weichen Schutzwall gegen die Welt.

»Versetz dich doch mal in die anderen, bevor du immer lospolterst«, hörte er sie sagen. »Die meinen das doch gar nicht so, wie du denkst.«

Vera hätte auch UN-Botschafterin des Friedens werden können. Was hätte sie wohl zu Gregor gesagt? Sie hätte ihm selbstverständlich alles geduldig erklärt.

»Es ist ein Besteck.« Herr Walter strich sich müde über die schweißfeuchte Stirn und stellte die Tüte mit dem Futter ab. »Ein besonderes Besteck. Für Leute, die nur eine Hand benutzen können. Ich habe es selbst gebaut, für Vera, meine Frau.«

»Hatte Vera nur einen Arm? Wie ein Pirat?«

Wollte der ihn veralbern? Aber dann sah er den verständnislosen Blick des Jungen. Nein, der hatte einfach überhaupt keine Ahnung, von gar nichts.

»Natürlich nicht. Sie konnte nur ihre rechte Hand nicht mehr benutzen, weil sie einen Tumor hatte. Im Gehirn, nicht im Arm«, fügte er noch schnell hinzu. Er nahm das Besteck in die Hand, es war angenehm leicht, das war ja der Sinn der Sache. »Man schiebt die Hand durch diesen Riemen hier, dann sitzt das Besteck fest und kann nicht wackeln und man braucht keine Hilfe. Und dann kann man entweder die Gabel benutzen oder den Löffel. Der Löffel hat einen halben Deckel, damit man die Suppe nicht verschüttet, wenn man zittert.«

Gregor nickte beeindruckt. »Hat das Vera gefallen?«

»Ja.« Herr Walter strich mit dem kleinen Finger über das kühle Metall. »Sehr. Damit konnte sie endlich wieder alleine essen.« Monatelang hatte er an diesem Besteck herumgefeilt und gebastelt, nachdem er in einer Zeitschrift etwas Ähnliches gesehen hatte, von einer Schweizer Firma entwickelt, was natürlich kein normaler Mensch ohne die entsprechende Krankenversicherung bekommen konnte. Aber er hatte nicht umsonst Werkzeugmacher gelernt. Damals, als so was noch gebraucht wurde, als man noch nicht alles aus China importierte oder mit bizarren 3D-Druckern nachmachte.

Den ersten Prototyp des Bestecks hatte er aus Holz gebaut, aber Holz war zu klobig und zu schwer. Im Baumarkt fand er dann das perfekte Material, ein leichtes Metall, das sich gut in Form feilen ließ. Vera hatte sich so gefreut. Selber essen zu können war für sie eine Frage der Würde gewesen, etwas, was sie sich unbedingt bis zum Schluss erhalten wollte. Eigentlich hatte er das Besteck nach ihrem Tod wegwerfen wollen, wie alles, was er mit ihrer schrecklichen Krankheit verband. Andererseits war das Besteck ein Symbol des Sieges, des Triumphs gewesen. Es hatte Vera ein paar glückliche Momente ermöglicht, in denen sie sich stark und unabhängig fühlte. Deshalb durfte es nach ihrem Tod in der

Wohnung bleiben, im Schrank verharren auf ungewisse Zeit. Bis dieser Junge hier hereinplatzte und alles durcheinanderbrachte.

»Das ist sehr schön«, drang Gregors Stimme nun wieder an sein Ohr. »Das Besteck. Es ist sehr praktisch. Nur kann man nichts damit schneiden.«

»Ja, das stimmt. Aber ein Messer funktioniert ja auch anders. Das ist eine ganz andere Bewegung.«

»Ich würde das Besteck gern haben.«

»Wozu denn?«, fragte Herr Walter verblüfft. »Du kannst doch beide Hände benutzen.«

»Weil es mir gefällt.«

»Aber das ist Unsinn, du brauchst es doch nicht.«

»Es ist aber schön.«

Schön fand der das. Und brauchte Herr Walter denn das Besteck noch? Seit zwei Jahren hatte er es nicht mehr angesehen, eigentlich hatte er es sogar nie wieder ansehen wollen, und jetzt, wo er sich davon trennen sollte, fiel es ihm plötzlich unendlich schwer. Dabei kam Vera davon doch auch nicht wieder. Sollte dieser Gregor es eben mitnehmen. Es war sowieso alles egal.

»Ja, dann nimm's halt mit«, brummte er.

»O danke! Danke, danke, danke!«

Herr Walter trat rasch einen Schritt zurück, damit ihm dieser dicke Trottel nicht tatsächlich um den Hals fiel. Das fehlte gerade noch. Er beobachtete irritiert, wie Gregor das Besteck verzückt streichelte, als hätte er ihm gerade den Heiligen Gral überreicht.

»Aber ja nicht kaputtmachen«, fügte er noch mahnend hinzu. Einfach so, damit der nicht dachte, dass man damit achtlos umgehen konnte.

Gregor stand immer noch mitten im Zimmer und schnallte sich das Besteck um die rechte Hand.

Herr Walter konnte gar nicht hinsehen und verspürte mit einem Mal den dringenden Wunsch, allein zu sein. »Du gehst jetzt besser wieder«, sagte er, aber Gregor bewegte sich nicht vom Fleck und sah ihn empört an.

»Hörst du? Zeit zu gehen.«

»Aber es ist jetzt 19:00 Uhr.«

»Na und?«

Gregor zeigte mit dem Besteck auf die Tüte mit dem Fischfutter.

16

Judith scannte die Versicherungskarte der Frau, die mit wehleidigem Gesicht vor dem Empfangstresen stand.

»Wenn ich was Kaltes trinke, tut es weh, und wenn ich was Heißes trinke, auch«, informierte sie Judith weinerlich. Die Frau hatte bereits ihre ganze Leidensgeschichte an der Rezeption ausgebreitet, detailliert ihre Zahnschmerzen beschrieben, und um ein Haar hätte sie auch noch ihren Mund aufgerissen und ihn Judith präsentiert, dabei war Judith ja nur die Halbtagskraft am Empfang.

»Wenn Sie bitte kurz Platz nehmen wollen, der Doktor Huber schaut es sich an, sobald er Zeit hat.« Judith lächelte freundlich.

»Wann denn?«, drängelte die Frau.

Judith hatte keine Ahnung. Doktor Berg hatte momentan noch einen Patienten, und Doktor Huber hämmerte einer Privatpatientin zwei neue Kronen rein, soweit sie wusste, und außerdem hatte die Frau ja keinen Termin.

»Bald.« Judith gab Gregor ein unauffälliges Zeichen, der geduldig auf einem der Stühle im Wartezimmer ausharrte, denn eigentlich hätte sie schon längst hier fertig sein sollen, aber Lisa, die Nachmittagskraft, war immer noch nicht da und hatte nur eine konfuse Nachricht über ihre verschwundene Katze auf dem AB hinterlassen, also musste Gregor eben warten, bis Judith hier wegkam. Aber es schien ihn nicht zu stören, er saß unter einem Plakat zur Vorbeugung von Parodontitis und guckte wie gebannt in sein Kaleidoskop.

Die Frau nahm ächzend Platz und griff nach der Apothekenzeitung, die auf dem kleinen Tisch lag.

Die Tür schwang auf und Katarina, die junge Assistenzärztin, kam heraus. Sie lächelte in die Runde und näherte sich dem alten Mann, der in der Ecke saß.

»Sie können dann reingehen, Herr Michel.« Geduldig wartete sie, bis er sich umständlich aus dem Sitz geschraubt hatte, nach seinem Beutelchen griff und schließlich zur Tür humpelte. Katarina verharrte wie ein Schutzengel hinter ihm, bereit, ihn jederzeit aufzufangen, falls er straucheln sollte.

»Siehst du da was Schönes?«, wandte sie sich an Gregor.

Gregor nickte, ohne seinen Blick vom Kaleidoskop zu lösen. »Was Wunderschönes.«

»Ich hatte als Kind auch so ein Ding«, sagte Katarina. »Sie auch, Herr Michel?«

»Jaja«, krächzte der alte Mann. »Haben wir früher selber gebaut.«

Katarina zwinkerte Judith zu und schloss die Tür hinter ihm.

Sie hatte eine endlose Geduld und nie schlechte Laune, dachte Judith. Aber wenn man jung und schön war und das ganze spannende Leben noch vor einem lag, dann war das vielleicht auch einfacher. Sie packte unter dem Tisch ihre Sachen zusammen, damit sie sofort losstürzen konnte, wenn Lisa auftauchte. Sie wollte mit Gregor noch zu Marlene, und je länger sie hier saß, umso mehr ging ihr die klimatisierte Luft und der Zahnarztgeruch nach Kampfer, Menthol und Desinfektionsmittel auf die Nerven.

»Geht bei Ihnen das Zahnfleisch zurück?«, erklang auf einmal Gregors Stimme.

»Wie bitte?«, fragte die schlecht gelaunte Frau neben ihm alarmiert.

»Es findet ein Ab…bau des Zahn…halte…appa…rates statt«, las Gregor stockend das Plakat über ihm vor. »Erreicht die schmerzhafte Entzündung den Kie…fer…knochen, dann …«

»O Gott, hör auf.« Die Frau wand sich auf ihrem Sitz.

»Dann fallen die Zähne heraus.« Gregor ließ sich nicht beirren. »Aha. Also alle.« Er nickte bedächtig, um diese gewaltige Information zu verinnerlichen. »Da hat man dann nichts mehr im Mund«, erläuterte er der Frau, nur für den Fall, dass die ihn vielleicht nicht ganz verstanden hatte. »Das ist dann so, als ob Ihre Zähne alle sterben würden und es bleibt nichts als ein großes tiefes Loch zurück und …«

»Gregor, kommst du mal?«, ging Judith rasch dazwischen. Sie sprang auf und zog ihn mit sich, weg von der Frau, die ihre rechte Hand schützend vor den Mund hielt und sich mit der linken ängstlich in die Polster des Stuhles krallte. Judith führte ihn rasch in das Zimmer des Zahntechnikers, der heute nicht da war. »Warte mal hier drin, ich bin bestimmt gleich fertig«, sagte sie. »Aber nichts anfassen, verstanden?«

Gregor nickte, seine Aufmerksamkeit war bereits auf die Gipsabdrücke menschlicher Gebisse gerichtet, die in den Regalen aufgereiht waren. »Wow, Judith. Die sehen aber interessant aus.«

Marlene lag immer noch so da wie beim letzten Mal, obwohl das künstliche Koma ja nun beendet worden war. Doktor Lindig hatte Judith erklärt, dass Marlene sich jetzt in einem

Wachkoma befand, und niemand wusste, wie lange ihre Aufwachphase dauern würde. Er ermutigte sie, Marlene so oft wie möglich zu besuchen, mit ihr zu sprechen, sie vielleicht in absehbarer Zeit sogar in einem Rollstuhl herumzufahren, um ihr beim Aufwachen zu helfen. Judith hatte Marlenes Hand gestreichelt und ihr von den letzten Tagen berichtet und lauschte nun Gregor, der seiner Mutter den Wetterbericht für die Region Bayern vortrug.

»Die nächste Woche haben wir zu Hause eine Durchschnittstemperatur von vierundzwanzig Grad«, hörte sie ihn sagen. »Das ist für die Jahreszeit gut. Im Sommer muss es ja heiß sein. Aber nicht zu heiß. Zum Beispiel in Dubai, da sind im Moment vierzig Grad. Deswegen haben die dort künstliche Skihallen. Das hab ich im Internet gelesen. Das ist ja logisch. Die wollen sich eben mal abkühlen.«

Judith verkniff sich ein Lächeln und betrachtete ihn, wie er jetzt den Kopf auf das Bett legte und mit den Fingern auf der Bettdecke die waghalsigen Abfahrten der Skifahrer in Dubai nachmalte. Plötzlich wusste Judith, was sie machen wollte. Sie würde das hier malen. Ein Foto zu schießen würde zwar schneller gehen, aber es kam ihr unpassend vor und außerdem würde Gregor das merken. Aber wenn sie einfach ihren kleinen Skizzenblock aus der Tasche holte, den sie seit Neuestem wieder mit sich herumtrug, dann … Sie griff behutsam in ihre Tasche, holte Block und Bleistift heraus und fing an, die Szene vor sich für immer auf Papier festzuhalten.

Ein paar Stunden später legte Judith zu Hause Wäsche über den Wäscheständer auf dem Balkon, als sie etwas bemerkte. Auf dem Fußboden lagen lauter Krümel. Nein, keine Krümel – Körner oder eine Art grobes Mehl. Wo kam das denn her? Hatte der Wind das heraufgeweht? Aber woher? In diesem Moment rieselte erneut etwas auf den Boden. Es kam von oben, genauer gesagt vom Balkon der Junescus.

»Guck dir das mal an«, wandte sie sich an Achim, der irgendetwas im Wohnzimmer erledigte. »Was ist denn das?«

Achim trat hinzu, zog die Stirn kraus und betrachtete ratlos das Häufchen Krümel. »Keine Ahnung«, sagte er schließlich. »Vielleicht haben die irgendwas gebacken?«

»Auf dem Balkon?«

»Ja, was weiß ich denn? Oder es ist ...« Er brach ab, offenbar vergeblich auf der Suche nach einem sinnvollen zweiten Teil seines Satzes.

Erneut bröselte eine kleine Wolke herunter und ein Scharren war oben zu hören.

»Das ist ein Tier.« Achim hob triumphierend den Zeigefinger. »Ein Hamster oder so.«

Jetzt segelte eine Feder an ihrem Balkon vorbei.

»Ein Hamster mit Flügeln?«, fragte Judith zurück. »Nee du, das sind Vögel. Die füttern die Tauben. Wollen wir wetten?«

Achims Gesicht verdunkelte sich. Eine Taubenschar, die gurrend seinen Balkon umsegelte, Zecken verbreitete und sich vielleicht noch im Sturzflug über seinem Grill erleichterte, hatte ihm gerade noch gefehlt. »Ich glaube, du hast recht. Ja, sind die Junescus denn von allen guten Geistern verlassen? Tauben sind doch keine Haustiere.«

Judith zuckte mit den Schultern. »Du weißt doch, wie die sind. Die kommen halt vom Dorf, wo sie mal einen Hof hatten, Garten und Tiere und so weiter. Sie hat mir selbst mal erzählt, dass sie Tiere um sich herum vermisst.«

»Aber jetzt hat sie ja zum Glück Hühner«, mischte Gregor sich plötzlich ein.

Achim fuhr herum. »Was?!«

»Frau Junescu hat sieben Hühner in ihrem Wohnzimmer. Also, sechs und einen Hahn. Die sind sehr niedlich.«

»Unsinn.« Judith lachte hell auf. »In unseren Wohnungen kann man doch keine Hühner halten.«

»Doch, ich hab sie selbst gesehen.«

»Du warst bei den Junescus? Wann denn?«

»Schon ganz oft.«

Judith wechselte einen skeptischen Blick mit Achim.

»Wie sahen diese Hühner denn aus?«, erkundigte sie sich vorsichtig bei Gregor. Das mussten Vögel im Käfig sein oder so. Da verwechselte er irgendetwas.

»Na, wie Hühner eben aussehen.« Gregor lächelte geduldig angesichts ihrer enormen Begriffsstutzigkeit. »Erst waren es gelbe Küken, aber jetzt sehen sie schon hühnermäßig aus, mit Federn und so.«

»Was wollen die Junescus denn mit Hühnern?«, fragte Judith entgeistert. Sollte das wirklich stimmen? Herr Walter würde wie ein menschlicher Feuerball explodieren, wenn er das mitbekam.

»Eier?«, schätzte Gregor. »Oder sie wollen sie streicheln?«

Bei dieser Theorie brach Achim in lautes Gelächter aus.

»Die sind wirklich niedlich«, versicherte Gregor ihm ernsthaft. »Und es gibt zum Glück ja auch noch die Laube von der Oma von Hoffmanns. Da wohnt niemand mehr und früher hatten sie da auch Hühner. Und die besten Stachelbeeren. Daraus hat die Oma Hoffmann immer Stachelbeerwein gemacht, aber den will heute keiner mehr, weil die Leute nicht mehr wissen, was gut ist, und weil niemand mehr die Stachelbeeren erntet. Aber vielleicht könnte Frau

Junescu ihre Hühner dahin schaffen und dann könnte sie auch die Beeren ernten.«

»Hoffmanns haben eine Laube?«, erkundigte sich Achim vorsichtig, um wenigstens den Teil aus Gregors Monolog herauszufiltern, der für ihn noch am vernünftigsten klang. Er wischte sich eine Lachträne aus den Augen.

»Ja, die hier.« Gregor wedelte ungeduldig mit dem Blatt, auf dem die Laube abgebildet war.

»Ja, die haben sie tatsächlich«, sprang Judith ihm bei. »Die Hoffmanns wollen die Laube und das Grundstück verkaufen, aber seine Mutter macht da irgendwie nicht mit. Der gehört das Ding, das hat mir Frau Hoffmann schon ein paar Mal erzählt.« Und dabei war Frau Hoffmanns Frust und Wut derart aufgeflammt, dass die sonst so beherrschte Frau den Tränen nahe gewesen war. Judith ahnte, dass es hier nicht nur um die Laube ging, sondern um vieles mehr – um Macht, Hilflosigkeit, Überforderung.

»Aber den Junescus wollen sie die Laube ganz sicher nicht überlassen.« Judith lachte jetzt ebenfalls, wenn auch nicht ganz so laut wie Achim und mit einer Spur von Verwirrung.

»Nur – wenn Frau Junescus Hühner in der schönen Laube wohnen könnten, dann ...«, setzte Gregor an, doch Achim, der offenbar jetzt genug von diesem Unsinn hatte, würgte ihn ab.

»Wenn, wenn, wenn ... Wenn meine Tante Erwin hieße, dann wäre sie mein Onkel. Ich bezweifle, dass das wirklich Hühner sind und dass Hoffmanns ihre Laube den Junescus geben, also das ...«

»Das wäre doch schön.«

Gregor verstand ganz eindeutig das Problem nicht, dachte Judith. Er verstand Achim nicht und er verstand außerdem nicht, warum Leute mit Hühnern nicht in eine Laube konnten, die leer stand und anderen Leuten sowieso nur eine Last war. Es war ja auch absolut unsinnig.

»Wie dem auch sei.« Achim sprach jetzt überdeutlich und überlaut, wie immer, wenn er ein unangenehmes Gespräch zum Abschluss bringen oder bereits im Keim ersticken wollte. »Hast du meinen Schlüssel gesehen?« Er wühlte in Judiths Handtasche herum, und noch ehe sie etwas unternehmen konnte, rutschte der Skizzenblock heraus und fiel Achim in die Hände.

»Was ist denn …?« Er stockte und betrachtete das Bild. Gregor trat neugierig zu ihm. Judith schloss kurz die Augen. Wie würde Gregor es aufnehmen?

»Das ist … sehr gut, Judith«, hörte sie Achim leise sagen.

»Jetzt hast du schon mich gemalt und die Mama.« Gregor lächelte versonnen. »Aber Achim hast du noch nicht gemalt. Mal doch auch den Achim.«

»Nein, lass mal.« Achim hob sofort abwehrend die Hände.

»Jetzt nicht«, rutschte es auch Judith sofort heraus.

»Warum denn nicht? Das dauert doch nicht lange.« Gregor reichte ihr den Block und den Stift. »Mach doch mal, Judith. Du kannst das so gut.«

»Also, ich wollte jetzt eigentlich in den Laden gehen.« Achim ergriff die Flucht und Judith atmete erleichtert auf, doch als sie Gregors hängende Schultern sah, änderte sie ihre Entscheidung. »Bleib doch kurz hier, Achim. Es dauert nicht lange. Gregor hat recht.«

»Judith, ich hab noch zu tun.« Achim verdrehte die Augen, hielt aber dennoch inne.

»Komm. Bitte.« Sie lächelte ihn an. Mach es für Gregor, verdammt noch mal.

Achim ließ sich theatralisch auf den Stuhl fallen, legte die Hände in den Schoß und sah Judith an. »So?«

»Sehr gut. Bleib genau so sitzen.«

Sie fing an, ihn mit schnellen Strichen zu skizzieren, und nach einer Weile war es, als ob ihre Finger sich an Achims Gesicht erinnerten und sie gar nicht mehr hochsehen musste. So oft hatte sie ihn früher gezeichnet, irgendwo gab es eine ganze Achim-Mappe.

Gregor trat hinter sie und sah ihr zu. »Toll«, kommentierte er. »Du kannst das super, Judith.«

»Fertig.« Sie legte den Stift weg. Ja, das war Achim. So, wie er jetzt aussah, mit all seinen Falten, mit den Haaren, die an der Stirn zurückgingen, mit seinem prüfenden, leicht ungeduldigen Blick.

»Du siehst genau so aus«, lobte Gregor überschwänglich und reichte Achim das Blatt. Der betrachtete es lange stumm.

»Aha. So sehe ich also jetzt aus«, sagte er nach einer Weile. Er zögerte kurz, dann gab er sich einen Ruck. »Gregor, du kannst mit in den Laden kommen, wenn du willst. Kannst dich mal in der Werkstatt dort umsehen, wenn du magst.«

Judith wurde es ganz warm ums Herz. Achim öffnete sich langsam, er ließ Gregor mit in den Fahrradladen, in die heiligen Hallen, wo Achim einen Großteil seines Lebens verbrachte und wo jedes Schräubchen seinen ihm zugeteilten Platz hatte. Er musste spüren, dass er Gregor wegen der Hühner zu Unrecht so abgekanzelt hatte, und versuchte nun, es wiedergutzumachen. Sie lächelte ihren Mann an. Achim lächelte zurück, offenbar selbst überrascht über sein unerwartetes großzügiges Angebot, über diesen Ritterschlag, den er Gregor zuteilwerden ließ. Doch im nächsten Moment machte er leider alles wieder zunichte.

»Du musst dich nur noch umziehen, Gregor«, verlangte er und deutete auf Gregors Vogelhemd, zu dem er gestreifte Pyjamahosen trug, außerdem geringelte Socken und die grünen Badelatschen.

Gregor schüttelte den Kopf. »Nein.«

»Na, aber so kannst du doch nicht mit in die Stadt.«

»Dann gehe ich eben nicht.« Gregors Gesicht verzog sich zu einer weinerlichen Grimasse und er ließ sich auf das Sofa fallen.

Ach, warum zerstörte Achim diesen kostbaren kleinen Moment gleich wieder? »Das ist doch egal, lass ihn doch«, versuchte Judith zu vermitteln.

»Egal? Also, entschuldige mal, so kann er doch nicht in der Öffentlichkeit herumlaufen. Er kann was von Frank anziehen. Die ganzen Sachen von ihm sind doch noch da.«

Die Wunde brach im Nu wieder auf. Franks Klamotten hingen tatsächlich alle noch im Schrank. Bis auf den einen Koffer, den er mitgenommen hatte, natürlich. Judith hatte alles aufgehoben, die Socken zu Paaren sortiert, die T-Shirts gebügelt, die Hemden aufgehängt, denn das konnte man ja nicht wegschmeißen, auch wenn es schon seit Jahren dahing und völlig aus der Mode gekommen war. Aber wenn Frank dann irgendwann mal zurückkam, wollte er vielleicht seine alten Sachen wiederhaben. Und sie konnte das doch nicht alles in die Kleidersammlung geben, das wäre ja fast, als ... als gäbe es Frank nicht mehr. Und wenn Gregor damit herumlief, dann war das auch nicht richtig. Dann würde sich ihr Herz jedes Mal verkrampfen, wenn er um die Ecke bog.

»Franks Sachen sind nichts für Gregor«, hörte sie sich sagen.

»Ja wieso denn nicht, Herrgott noch mal.« Achim wurde

langsam ärgerlich. »Selbe Größe, selbes Alter, na ja fast – wo ist da das Problem?«

»Die Sachen sind hässlich«, murrte Gregor.

»Mit dir rede ich jetzt gar nicht.«

Judith starrte Achim an. Genau diesen Satz hatte er immer auf Frank losgelassen, wenn er der Meinung war, dass Frank gefälligst den Mund halten sollte, weil ihn dieses oder jenes nichts anging, oder wenn gerade etwas entschieden wurde, was ihn betraf. Wie Frank den Satz gehasst hatte. Wie *sie* den Satz hasste.

»Franks Sachen sind nichts für Gregor, weil er nicht Frank ist«, wiederholte sie mit fester Stimme. *Weil Gregor keine Neuauflage von Frank ist.* Sie straffte sich ein wenig, um etwas zu sagen, was sie schon längst hätte sagen sollen. »Und weil ich diesen ganzen Plunder sowieso ausmisten wollte. Heute. Dann haben wir mehr Platz. Du willst doch immer mehr Platz, oder nicht?«

»Ich will ...« Achim verstummte perplex.

»Und wenn Gregor deiner Meinung nach so nicht mitkommen darf, dann bleibt er eben hier«, fuhr Judith fort. Sie sah Achim dabei nicht an. »Dann kann er wieder zu Frau Junescu hochgehen. Nach Hühnern suchen.«

»Ich kann auch Wetter im Computer angucken.« Gregor hatte ganz eindeutig einen Radar für schlechte Stimmungen und bissige Untertöne. Sie jagten ihm offenbar Angst ein, denn er war sie nicht gewohnt und konnte sie nicht einordnen. Marlene hatte ja niemanden, mit dem sie sich vor Gregor streiten konnte.

Achim stand da, an die Tür gelehnt, den Blick auf ihr eingerahmtes Familienbild an der Wand geheftet. Es zeigte sie alle drei bei Franks Abifeier, danach waren sie nie wieder zusammen abgelichtet worden. Es arbeitete jetzt in ihrem Mann, Judith konnte das sehen. Zwei verschiedene Achims kämpften da miteinander, der Achim der späten Jahre mit dem Herz aus Stahl und der junge Achim mit dem Herz aus Butter, in den sie sich vor einer halben Ewigkeit mal verliebt hatte. Einer von beiden würde gewinnen.

»Ja, dann komm halt mit«, brach es aus ihm heraus. »So, wie du bist. Ist egal. Und da ist ja auch der Schlüssel.« Er hob den Schlüssel für den Laden auf, der vom Schlüsselbrett im Flur auf den Boden gefallen war. »Na?« Das galt Gregor, der nicht so schnell begriffen hatte, dass die Stimmung zu seinen Gunsten umgeschlagen war.

Ein Strahlen breitete sich in seinem runden Gesicht aus. »Super, Achim. Wie viele Fahrräder gibt es denn da?«

»Ganz viele.« Achim öffnete die Tür und warf Judith einen letzten undefinierbaren Blick zu. »Übrigens träume ich nicht ausschließlich von Fahrrädern«, sagte er, als Gregor bereits draußen war. »Ich finde, das solltest du wissen.« Er sah sie an, und dann folgte er Gregor.

Judith fühlte, wie eine lang vermisste Wärme sich in ihr ausbreitete. Was hatte er damit gemeint? Hatte er damit gemeint, was sie glaubte, dass er damit gemeint hatte? Sie hörte die beiden das Treppenhaus hinuntergehen, hörte Gregors Stimme, die ununterbrochen Fragen auf Achim abfeuerte, dann trat sie auf den Balkon und beobachtete, wie die beiden quer über die Straße zum geparkten Auto liefen. Eine alte Frau schlurfte vorbei und streifte Gregor kurz mit einem gleichgültigen Blick, und etwas weiter vorn kam Frau Junescu mit zwei Tüten beladen vom Einkaufen zurück und rief schon von Weitem freudig »Gute Tag, Gregor!«, als begrüßte sie einen alten Bekannten. Drei Teenager liefen vorbei, die

Köpfe über ihre Handys gebeugt, und zeigten keinerlei Reaktion. Niemand nahm auch nur den geringsten Anstoß an Gregors Aufzug. Die Welt blieb nicht stehen, nur weil jemand in Badelatschen und Pyjamahosen herumlief. Sie drehte sich einfach weiter. Warum hatte Achim bei Frank nie nachgegeben? Wie viele Kämpfe sie sich mit ihrem Sohn doch hätten ersparen können.

Die beiden fuhren im Auto weg und in die Stille hinein erklang wieder dieses Scharren vom Balkon der Junescus. Judith beugte sich über die Balkonbrüstung und verrenkte sich den Hals, um einen Blick nach oben zu erhaschen. In dem handbreiten Spalt zwischen Fußboden und Balkongeländer wurde jetzt etwas sichtbar. Es bewegte sich und quetschte sich durch die Öffnung. Judith schnappte nach Luft. Direkt über ihr guckte das neugierige Gesicht eines jungen Huhns auf sie herunter. Also doch! Und wenn das mit den Hühnern stimmte, dann stimmte auch alles andere, was Gregor sagte. Wie hatte Marlene mal stolz verkündet? *Mein Gregor kann nicht lügen. Er kann es einfach nicht.*

Er hatte verdammt noch mal recht – die Hühner der Junescus und die Laube der Hoffmanns waren wie geschaffen füreinander. Sie würde demnächst unbedingt einmal mit Frau Hoffmann darüber reden.

17

Gestern hatte Frau Hoffmann Käsespätzle zubereitet, das reichte für zwei Tage, aber da die Schwiegermutter sich sowieso nie zu Frau Hoffmanns Kochkünsten äußerte, hatte sie in ketzerischen Momenten schon manchmal daran gedacht, einfach ein paar Gläschen Babynahrung einzukaufen, aufzuwärmen und der alten Frau hinzustellen.

Doch dann würde Jochen die vielen leeren Gläschen finden und sich darüber empören, dass sie die Schwiegermutter wie ein Kleinkind behandelte. Dabei war sie genau das – ein sechzig Kilo schweres launisches Kleinkind, das zielsicher und aus grenzenloser Langeweile den Finger in alle Wunden bohrte, die es im Hoffmannschen Haushalt so gab.

Die Mikrowelle piepte. Frau Hoffmann holte die aufgewärmten Spätzle heraus, rührte sie um, damit sich keine heißen Bläschen bildeten, schaufelte sie in den tiefen Teller aus Plastik, bewaffnete sich mit einem Löffel, atmete tief durch und begab sich ins Wohnzimmer.

»Was gibt's denn?«, erkundigte sich die Schwiegermutter sofort misstrauisch.

»Käsespätzle.«

»Ach.«

Ach? Was bedeutete *Ach*? Ach schon wieder, ach wie lecker, ach wie ekelhaft? Frau Hoffmann schluckte alle in ihr aufwirbelnden Entgegnungen hinunter und stellte den Teller ab. Sie musste positiv denken, weil das die einzige Art und Weise war, den Tag zu überstehen.

»Die sind superlecker, Elvira«, schwärmte sie mit der debilen Heiterkeit einer Verkäuferin im Shopping-TV. »Und heute Nachmittag kommt der Jochen eher nach Hause, ist das nicht toll?«

Die Schwiegermutter musterte argwöhnisch den Teller. »Na, endlich mal. Dann kann er mich spazieren fahren.«

Wohl kaum. Jochen kam nur eher nach Hause, weil er das Fußballspiel im Fernsehen gucken wollte, ansonsten vermied er es nämlich in letzter Zeit, auch nur eine Minute zu viel in dieser Wohnung zu verbringen, jedenfalls kam es Frau Hoffmann so vor.

Es klingelte. Nanu, kam Jochen etwa jetzt schon? Es geschahen offensichtlich noch Zeichen und Wunder.

»Das ist er.« Frau Hoffmann stand auf. »Findet mal wieder seinen Schlüssel nicht.«

»Der Jochen kommt«, wiederholte die Schwiegermutter selig, als hätte sich der Messias persönlich zum Nachmittagstee angekündigt.

Es war nicht Jochen. Es war schon wieder Gregor von den Krauses.

»Tag«, begrüßte Frau Hoffmann ihn ohne jeglichen Enthusiasmus.

»Ich bringe der Oma etwas.« Gregor schien sich über irgendetwas zu freuen. »Etwas sehr Schönes.«

»Was denn?« Frau Hoffmann versuchte zu erkennen, was der da hinter dem Rücken versteckte, aber es gelang ihr nicht. Bitte, kein Tier, dachte sie. Lieber Gott, lass es kein zappeliges Tier sein.

»Ja, willst du es mir denn nicht geben?«

»Nein, ich will es Ihnen nicht geben. Ich will es der Oma geben. Für die ist es ja.«

Einen Moment lang spielte Frau Hoffmann mit dem verlockenden Gedanken, die Tür einfach wieder zuzumachen und vor Frau Krause später so zu tun, als hätte diese Begegnung nie stattgefunden, aber dann siegte doch ihre Höflichkeit. Außerdem hatte der Junge die Schwiegermutter letztens so prima abgelenkt, fiel ihr ein. Warum ihn also nicht noch einmal dazu ermuntern? »Komm rein. Sie ist im Wohnzimmer.«

»Ich weiß. Sie kann ja nirgendwo anders hin.«

Also, was der immer so von sich gab ... Als ob jeder Satz ein kleiner Vorwurf war, dabei konnte das unmöglich sein, angesichts seines ... seines Geisteszustandes.

»Hallo, ich bin's«, rief Gregor schon im Flur und marschierte schnurstracks ins Wohnzimmer, ganz so als wäre er hier zu Hause. Irgendwie war der immer komisch angezogen. Heute waren es grüne Badelatschen, blau-weiß karierte Shorts und ein dunkelrotes T-Shirt, auf dem das Wort *Gipfelstürmer* quer über die Brust gedruckt war. Aber die Schwiegermutter störte das offensichtlich nicht, denn die bekam bei seinem Anblick augenblicklich bessere Laune.

»Ach, der Gregor, wie schön. Du willst mich wohl besuchen?«

»Ich bringe Ihnen etwas«, verkündete der Junge, und jetzt endlich sah Frau Hoffmann, was er da in der Hand hielt. Im ersten Moment glaubte sie, es handele sich um eine Art Armhaken, so eine Piratenprothese, wie sie die einarmigen Schurken in historischen Filmen immer trugen. Aber das konnte ja nicht sein, und bei genauerem Hinsehen entpuppte sich das Ding als ein seltsamer Riemen, an den ein Löffel und eine Gabel geschnallt waren. Die Schwiegermutter guckte ebenso überrascht, das Misstrauen kehrte in ihre Augen zurück.

»Man macht das so hier rüber«, erklärte Gregor enthusiastisch und schob sich den Riemen über die rechte Hand. »Und dann kann man damit essen und braucht seine Finger gar nicht. Sehen Sie?« Schwungvoll stieß er den Löffel in die Spätzle hinein und schaufelte eine Ladung Essen darauf. »Man bewegt seine Finger gar nicht«, wiederholte er feierlich und drehte sich mit dem beladenen Löffel wie ein Magier in einer Zaubershow vor seinem atemlosen Publikum nach allen Seiten um. »Und trotzdem geht das sehr schön.« Er ließ die Spätzle vom Löffel wieder zurück auf den Teller fallen und machte sich jetzt daran, den Riemen an Elviras linker Hand festzuschnallen. Die zuckte erst ängstlich zurück, überließ ihm dann aber ihre kraftlose Hand, die er wie einen toten Fisch durch den Riemen schob.

»So. Los geht's.« Gregor sah die Schwiegermutter ermunternd an.

»Doris?«, piepte sie verwirrt und ängstlich.

Frau Hoffmann schritt ein. »Gregor, jetzt lass mal gut sein. Wo hast du das denn her? Ist das denn überhaupt hygienisch? Nimm das mal wieder weg und …« Sie verstummte. Die Schwiegermutter hob zitternd die linke Hand hoch, bewegte sie langsam in Richtung Teller, senkte sie wieder, stieß wie ein Tunnelbohrer vorwärts in die Spätzle, lud die zu befördernde Ware auf und führte den Löffel mit einem kleinen triumphierenden Grunzen zurück zum Mund.

»Das ist doch eine sehr tolle Erfindung«, kommentierte Gregor. »Nicht wahr?« Das galt Frau Hoffmann, der es die Sprache verschlagen hatte. Auch die Schwiegermutter antwortete nicht, sie strengte sich so sehr an, dass ihre Augen herausquollen, und arbeitete sich mit der Wut und Ausdauer der zu lange Geknechteten zum zweiten Bissen vor, diesmal gelang ihr die Bewegung schon zügiger und eleganter.

»Woher hast du das Ding?«, fragte Frau Hoffmann erneut, aber diesmal in einem anderen Ton. War dieser verrückte Junge etwa für die Schwiegermutter im Sanitätshaus einkaufen gewesen? Oder wo bekam man ein solches Gerät? Und wieso um alles in der Welt fühlte er sich bemüßigt, dieser grantigen alten Frau, die er doch gar nicht kannte, etwas mitzubringen?

»Doris«, keuchte Elvira entzückt. »Ich kann selber essen, sieh doch nur!«

Tatsache. Nicht zu fassen. Frau Hoffmann sah es und sie sah sogar noch mehr. Sie sah eine sture alte Frau, die sich mit jedem Bissen ein Stück Unabhängigkeit zurückeroberte. Jetzt hatte sie schon ein Viertel des Essens geschafft, das meiste davon war dort gelandet, wo es hinsollte, nämlich im Mund und nicht daneben, und ihre Hand zitterte auch nicht mehr so stark.

Gregor beobachtete die alte Frau fasziniert. »Das hat Herr Walter gebaut«, informierte er die beiden endlich. »Für seine Frau. Die konnte nämlich ihre eine Hand gar nicht mehr und die andere nur noch ein kleines bisschen benutzen. Es war wegen dem Tumor. Der war aber im Kopf und nicht in der Hand. Und Herr Walter hat sehr lange nach dem richtigen Material gesucht und dann hat sie sich sehr gefreut über das Besteck. Man kann damit auch Suppe essen, weil da ein Deckel auf dem Löffel ist.«

»Du guter Junge«, flüsterte die Schwiegermutter. Eine Träne rollte über ihre Wange.

»Von Herrn Walter ist das?«, hakte Frau Hoffmann ungläubig nach. »Unserm Herrn Walter von oben?« Das war doch kaum zu glauben. Dieser griesgrämige alte Kauz, der öfter Weihnachten feierte, als er lächelte? Aber seine Frau, die war nett gewesen, erinnerte sich Frau Hoffmann.

Sie betrachtete das komische Gerät, dass der alte Walter also für seine Frau gebaut hatte. Und es überraschte sie nicht, je mehr sie darüber nachdachte. So grantig er sich anderen Leuten gegenüber gebärdete, so freundlich war er immer zu seiner Frau gewesen. Er fuhr sie im Rollstuhl herum und half ihr die Treppe hoch und runter, solange sie noch halbwegs laufen konnte. Aber irgendwann ging dann trotzdem nichts mehr und Frau Walter verschwand auf Nimmerwiedersehen im Dunkel der Wohnung oben, bis sie dann ganz von dieser Welt verschwand und zwei junge Männer mit ernsten Gesichtern an einem kalten Märztag vor zwei Jahren einen Sarg durchs Haus trugen.

»Und wieso hast du das jetzt?«, wandte Frau Hoffmann sich an Gregor. »Hast du denn mit Herrn Walter was zu schaffen?«

»Ja, er ist mein Freund. Er hat mir das Besteck geschenkt.«

Freund? Geschenkt? Niemals. Der alte Walter schenkte doch nie irgendjemandem was, das hatte Gregor offenbar gewaltig missverstanden. Oder er hatte das Ding geklaut. Sollte sie Herrn Walter das Besteck zurückgeben? Unschlüssig stand Frau Hoffmann mitten im Zimmer, vor sich die Schwiegermutter, die futterte, als hätte sie seit Wochen nichts bekommen, und daneben dieser dicke, merkwürdige Junge, der jeden Bissen glücklich mitzählte.

»Wenn meine Mama wieder wach ist, dann werden wir als Erstes zusammen ein Eis essen«, sagte er plötzlich.

Ach Gott, das hatte Frau Hoffmann ja ganz vergessen, der arme Junge. »Wie geht es ihr denn?«, erkundigte sie sich mitfühlend.

»Das weiß niemand. Sie kann ja nichts sagen. Sie liegt jetzt in einem Wachkoma. Aber sie ist ja gar nicht wach. Komisch, nicht?«

»Das wird schon«, ließ sich Elvira vernehmen. »Ganz bestimmt, mein Junge. Man darf die Hoffnung nicht aufgeben.«

Das waren ja ganz neue Töne von ihrer ewig pessimistischen Schwiegermutter. Frau Hoffmann staunte.

»Ist denn die schöne Laube von Ihnen noch frei?«, erkundigte Gregor sich da aus heiterem Himmel.

»Hm?«, machte Elvira verwundert.

Er zog ein Papier aus der Tasche und Frau Hoffmann verschlug es endgültig die Sprache. Mensch, das war doch das Blatt über die Laube, das sie die ganze Zeit gesucht und nicht gefunden hatte. Unglaublich – Gregor hatte es also mitgenommen? Geklaut, wie garantiert auch das Besteck. Okay, das änderte alles. Der musste das Ding wieder zum alten Walter zurückbringen, so leid ihr das Ganze mit seiner Mutter auch tat.

»Ja, natürlich ist die Laube noch frei«, antwortete Elvira gerade in aller Seelenruhe. »Die wird ja auch nicht verkauft.« Ein kleiner Giftspritzer in Frau Hoffmanns Richtung.

»Prima. Und wenn jemand zum Beispiel dort Hühner halten und Stachelbeeren ernten würde, dann wäre das doch schön, nicht wahr? Das würde Sie doch freuen, nicht wahr?«, führte Gregor seine Erkundungen weiter.

»Ja, unbedingt. Warum?« Die Schwiegermutter hielt neugierig inne.

»Weil ich jemanden kenne, der das machen könnte.«

»Im Ernst? Hörst du das, Doris? Dieser gute Junge hier hat einen Mieter für die Laube gefunden.« Sie beugte sich hochinteressiert zu Gregor. »Wer ist es denn?«

»Frau Junescu.«

»Was? Die von oben? Die Zigeunerin?«

Beinahe hätte Frau Hoffmann laut aufgelacht. Das Gesicht der Schwiegermutter! Die Vorstellung, wie die Junescu-Meute ihre schöne altdeutsche Laube stürmte, die Tür zu Feuerholz verarbeitete und einen Hahnenkampf auf der Wiese veranstaltete, schien sie in eine Art Schockstarre versetzt zu haben.

In diesem Moment ging draußen der Schlüssel im Schloss, Sekunden später stand Jochen in der Tür, die falsch-freundliche und falsch-gütige Miene aufgesetzt, die er beim Nachhausekommen speziell für seine Mutter reserviert hatte. Um sich dann ganze fünf Minuten mit ihr zu beschäftigen, bevor er wieder wegen irgendetwas Dringendem wegmusste, an den Computer musste, in sein Handy gucken musste, das Zimmer verlassen musste.

»Hallo«, grüßte er und musterte Gregor verblüfft.

»Die Oma kann jetzt alleine essen«, informierte Gregor ihn ohne lange Vorrede. »Mit Herrn Walters Besteck.«

»Sieh nur, Jochen.« Elvira schwenkte den Arm mit dem angeschnallten Besteck herum wie ein Gabelstapler. »Sieh doch nur.«

»Hm? Was?«, fragte Jochen, sein Gesicht leer, ohne auch nur das Geringste zu verstehen, und in diesem Moment begriff Frau Hoffmann mit einem Mal: Ihr Mann hatte bislang noch gar nicht gemerkt, dass seine Mutter nicht mehr allein essen konnte.

Gregor ging einfach nicht wieder und niemand sagte etwas. Es kam Frau Hoffmann irgendwie nicht richtig vor, den Jungen wegzuscheuchen, wo er der Schwiegermutter doch eine solche Freude bereitet hatte und gerade so etwas Schlimmes mitmachte, auch wenn er dieses ulkige Besteck natürlich wieder mitnehmen musste. In ihrer Wohnung würde sie kein Diebesgut aufbewahren und schon gar nicht etwas, was dem alten Walter gehörte.

Elvira war nach dem offensichtlichen Witz über die Junescus in einen seltenen Zustand der gesättigten Zufriedenheit abgeglitten, und Jochen ließ sich aufatmend in seinen Sessel plumpsen und zückte die Fernbedienung, um den europäischen Fußball in die Brunnerstraße zu holen.

»Vielleicht willst du lieber ein Nickerchen in deinem Zimmer machen, Mutter?«, fragte er laut über die Schulter. Zu Deutsch: Hier wird es jetzt gleich laut. Hier regiert die nächsten zwei Stunden lang der Fußball. Quatsch mir bloß nicht dauernd dazwischen.

»Nein, ich gucke auch gern Fußball«, behauptete die alte Dame.

Frau Hoffmann lachte leise.

»Ich gucke auch gern Fußball.« Gregor rieb sich die Hände. »Das ist mein Hobby.«

Jochen schien ihn das erste Mal richtig und vor allem als Verstärkung der männlichen Fraktion in dieser Wohnung wahrzunehmen. »Aha. Und für wen bist du?« Es sollte wohl ein Witz sein, allerdings segelte der unerkannt an Gregor vorbei.

»Für Deutschland. Aber wir brauchen noch eine Fahne. Beim Fußball muss man immer eine Fahne schwenken. Das ist wichtig.«

»Soso, eine Fahne braucht er.« Belustigt sah Jochen sich nach Zeugen für dieses närrische Spektakel um, aber als niemand reagierte, fragte er: »Doris, haben wir eine Fahne?«

Und ob sie eine Fahne hatten. Die war noch von Max, von der letzten WM, als er tatsächlich mal mehr als eine Stunde Zeit hier verbracht hatte. Frau Hoffmann warf nie etwas weg, was man noch verwenden konnte, und holte daher jetzt das kleine Papierfähnchen aus der Kiste mit dem Osterschmuck. »Hier.«

Und dann setzte sie sich das erste Mal seit Ewigkeiten zwei Stunden lang auf den Balkon und las eine Zeitschrift, während von drinnen die typischen Fußballgeräusche kamen: Tuten, Pfeifen, das Aufstöhnen der Zuschauer im und vor dem Fernseher, das Geschrei, wenn ein Tor fiel. Das einzige Geräusch, das fehlte, war das Genörgel der Schwiegermutter, die stattdessen satt und glücklich wie eine Made im Speck auf ihrem Platz vor sich hin dämmerte. Und jedes Mal wenn Frau Hoffmann kurz ins Wohnzimmer lugte, schwenkte Gregor bedächtig seine kleine Deutschlandfahne von rechts nach links und wieder zurück – auch während der gesamten Halbzeit.

Als Frau Hoffmann kurz vor Spielende in die Küche schlich, um sich noch ein Stück von dem leckeren Kuchen zu holen, klingelte es und Frau Krause stand vor der Tür.

»Ja, Ihr Gregor ist bei uns«, sagte Frau Hoffmann schnell, denn deswegen war die ja sicher hier. »Ein lieber Junge ist der. Aber er hat was ... also etwas, was ihm nicht gehört. Darüber müsste ich mal mit Ihnen reden.«

»Und ich wollte auch mit Ihnen reden«, stimmte Frau Krause sofort zu. »Es geht um die Laube Ihrer Schwiegermutter.«

18

»Gregor, woher hast du dieses Ding?« Judith hielt das komische Besteck hoch, das Frau Hoffmann ihr in die Hand gedrückt hatte.

Gregor sah sie erstaunt an. »Na, von Herrn Walter.«

Aha, gut. Er stritt es also nicht ab.

»Und warum hast du das mitgenommen?«

Er sah sie mit großen Augen an. »Das ist doch für die Oma von Hoffmanns. Die soll damit essen, ich hab es ihr geschenkt.«

»Man kann aber nichts verschenken, was einem nicht gehört.« Judith setzte eine strenge Miene auf.

»Was?«

»Was man gestohlen hat.« Sie musste wohl deutlicher werden. Seit der verdammten Strickjacke wusste sie ja über ihn Bescheid. »Du hast das Besteck bei Herrn Walter geklaut.«

Gregors Gesicht fiel augenblicklich in sich zusammen.

»Also … mitgenommen«, schwächte Judith ab. Herrgott noch mal. Sie biss sich auf die Lippe. Vielleicht hatte Gregor ja keinen Begriff von Besitz und Eigentum?

»Aber er hat es mir geschenkt!«

»Schwindel doch nicht, Gregor.« Judith bemühte sich um einen ruhigen und sachlichen Ton, damit Gregor nicht ausflippte. Gleichzeitig musste sie ihm aber den Ernst der Lage verständlich machen. »Wir wissen doch alle, dass Herr Walter dir das nicht geschenkt hat. Warum sollte er? Herr Walter …«, hasst alle und jeden, hätte sie beinahe gesagt, konnte sich aber gerade noch bremsen. »… schenkt niemandem etwas.«

»Doch. Mir schon. Er ist mein Freund.«

»Gregor …«

»Ich lüge nicht!« Obwohl Gregors Unterlippe verdächtig bebte, schwang da ein neuer Ton mit, ein Hauch von Wut und Empörung über die Ungerechtigkeit, die ihm hier möglicherweise widerfuhr. Mein Gregor lügt nie, hörte Judith Marlenes Stimme in ihrem Kopf. Der kann gar nicht lügen. Nun, das würde sich ja herausstellen.

»Gut«, erklärte Judith mit fester Stimme. »Dann gehen wir jetzt beide zu Herrn Walter und fragen ihn. Und wenn du das Besteck geklaut hast, dann wirst du dich bei ihm entschuldigen.«

Gregor antwortete nicht, sondern zog nur trotzig die Nase hoch. Judith schnappte ihren Schlüssel und schob Gregor aus der Wohnung ins Treppenhaus hinaus. Mit jedem Schritt nach oben wurde sie allerdings etwas langsamer. Hatte sie wirklich Lust, sich mit dem alten Zausel da oben anzulegen? Sich belehren und maßregeln zu lassen und sich einen Monolog über die Jugend von heute anzuhören, vielleicht noch die kleine versteckte Drohung einer Anzeige wegen Diebstahls, die Herr Walter natürlich nicht wahrmachen, aber dennoch genussvoll in den Raum stellen würde?

Sie schielte zu Gregor, der wie ein unglücklicher Tanzbär neben ihr die Treppe hochstapfte. Nein, sie konnte jetzt nicht zurück. Sie zwang sich ein mildes Lächeln ins Gesicht, nahm eilig die letzten Stufen und klingelte entschlossen an Herrn Walters Tür. Als es still blieb, verspürte sie eine gewisse Erleichterung. Womöglich war er gar nicht da und sie konnte einen nonchalanten Rückzieher machen? Doch dann hörte sie ein Schlurfen. Gott, selbst seine Schritte klingen miesepetrig, dachte sie. Einen Moment lang hoffte sie unsinnigerweise, dass sich vielleicht Frau Junescus Tür öffnen und ein Huhn herauspreschen und Herrn Walters Aufmerksamkeit auf sich ziehen würde, aber nichts geschah. Natürlich nicht. Die Tür ging auf und Herr Walter stand schlecht gelaunt vor ihnen.

»Guten Tag, Herr Walter«, begrüßte ihn Judith, so munter es ihr möglich war.

»Tag.« Herr Walter starrte sie regungslos an.

»Wir haben hier etwas, das Ihnen gehört. Glaube ich.«

Er wartete.

Mist. Wie nun weiter?

»Sie glaubt mir nicht«, brach es da aus Gregor heraus. »Dabei haben Sie mir das Besteck doch geschenkt, stimmt's?«

»Ja«, brummte Herr Walter. »Obwohl ich beim besten Willen nicht verstehe, was der Junge damit will.«

»Ach«, rutschte es Judith heraus. »Na, so was. Tatsächlich?«

Niemand sagte etwas.

»Es ... tut mir leid, Gregor«, stammelte sie rasch. »Es tut mir leid, dass ich dir nicht geglaubt habe. Aber ich konnte ja nicht wissen, dass ...« Sie brach ab. Dass Herr Walter zu so etwas fähig war. Dass hinter dem verblichenen Hemd tatsächlich ein Herz schlug.

»Herr Walter hat auch Fische«, antwortete Gregor. Die Sache war für ihn offenbar damit erledigt. »Siehst du? Da.

Rote und blaue Neons.« Ohne zu fragen, huschte er in Herrn Walters Wohnung hinein.

»Gregor. Nicht«, fing Judith an, aber Herr Walter stand nur da und schaute ihm stumm hinterher, also schien es ihn nicht weiter zu stören. Judith machte einen vorsichtigen Schritt in die Wohnung hinein. Gott, wie es hier aussah! Im Flur stand ein zusammengeklappter Rollstuhl, der Staub ansetzte. Das Ding stammte sicher noch von Frau Walter.

Herr Walter bemerkte Judiths Blick. »Den schaff ich garantiert nicht von hier weg«, erklärte er in trotzigem Ton. »Die sollen den gefälligst abholen. Ich schieb doch keinen leeren Rollstuhl durch die ganze Stadt.«

Und da begriff Judith es plötzlich. Der Mann trauerte. Diesen leeren Rollstuhl durch die Straßen zu schieben käme für ihn einer Folter gleich, als ob der Geist seiner Frau noch darauf säße. Zwar konnte man das Ding zusammenklappen, aber es war bestimmt ziemlich schwer, und ein Auto besaß Herr Walter nicht. Er war vor lauter Trauer zermürbt und zerlöchert, ohne seine Frau nur noch eine leere Hülle. Ob Achim ohne sie auch so zusammenbrechen würde?

»Wissen Sie was?« Sie sah den alten Mann aufmunternd an. »Ich kann den für Sie mitnehmen. Mein Mann kennt die Rollstuhlwerkstatt vom Krankenhaus, er hat schon paarmal was für die repariert. Er kann ihn zurückgeben.«

Herr Walter umklammerte das Rollstuhlgestänge, sein Gesicht verzog sich, und kurz glaubte Judith schon, er würde sie anschreien, dass sie das nichts angehe. Doch dann nickte er nur und schob den Rollstuhl in ihre Richtung. In seinen Augen schimmerte es feucht.

Zeit zu gehen. Und zwar schleunigst. »Gregor?«, rief Judith. Sie packte den Rollstuhl. »Kommst du?«

Gregor löste sich widerwillig vom Anblick des Aquariums. »Kann ich noch mal wiederkommen?«, fragte er, aber Judith wartete Herrn Walters Antwort nicht ab. Der Mann wollte allein sein, das war mehr als offensichtlich.

»Noch mal herzlichen Dank für das Besteck«, rief sie laut, zu laut, drückte Gregor das seltsame Gerät in die Hand, um ihn abzulenken, und floh mit dem schweren Rollstuhl im Arm die Treppe hinunter.

Gott, war das Teil unhandlich. Sie hatte spontan entschieden, Achim den Rollstuhl mit dem Auto vorbeizubringen und dann noch ein bisschen mit Gregor durch die Stadt zu schlendern, Bänke zu zählen oder Tauben oder was auch immer. Doch dann hatte sie in der Innenstadt keinen Parkplatz gefunden und musste das Auto weiter draußen abstellen, fast einen Kilometer von Achims Laden entfernt. Sie klappte den Rollstuhl auseinander und stellte ihn auf den Bürgersteig. Wenn sie die Abkürzung über den Friedhof nahmen, dauerte es vielleicht gar nicht so lange bis zu Achim.

»Kann ich mich mal da reinsetzen?«, fragte Gregor, als sie durch das Friedhofstor traten.

»Klar.« Judith unterdrückte ein Grinsen.

Gemächlich schob sie Gregor im Rollstuhl über die Friedhofsanlage.

»So ein Grab möchte ich mal haben«, sagte er da plötzlich und zeigte auf eine ungewöhnliche Skulptur. Statt eines Grabsteins stand dort eine kleine Baumgruppe aus Basalt, die Wurzeln schienen direkt in der Erde zu verschwinden.

»Ja, das ist schön. Aber daran musst du doch weiß Gott noch nicht denken.«

»Warum denn nicht? Man weiß nicht, wann man stirbt. Es könnte morgen sein. Oder übermorgen.«

»Ja, das schon, aber bei dir ist das doch eher unwahrscheinlich.«

»Trotzdem hätte ich das da gerne«, beharrte er. »Das bleibt immer schön und sieht nicht so vergammelt aus wie die anderen.« Er zeigte auf ein Grab, das von Moos überwuchert war.

»Das pflegt halt keiner mehr.« Judith schluckte. So würde ihr eigenes Grab aussehen, irgendwann mal. Ihres und das von Achim. Frank würde garantiert nicht aus Australien anreisen, um die Stiefmütterchen auf ihren Gräbern zu gießen. Er kam ja nicht einmal jetzt, wo sie noch am Leben waren. Ach, was hing sie hier für morbiden Gedanken nach. Wer wusste überhaupt, wie man die Leute in dreißig, vierzig Jahren beerdigen würde. Vielleicht wurden sie dann vakuumverpackt und ins Weltall geschossen oder ...

»Schieb mal ganz doll und lass dann los«, verlangte Gregor. »Mal sehen, wie schnell ich damit fahren kann.«

»Also, ich weiß nicht ...« Judith sah sich unschlüssig um. War das nicht ein bisschen pietätlos? Auf einem Friedhof einen Rollstuhl durch die Gegend zu jagen?

»Bitte!«

Es war niemand zu sehen. Und die Toten störten sich bestimmt am allerwenigsten daran. »Okay.« Judith rannte ein Stück und stieß dann den Rollstuhl mit aller Kraft von sich. Er sauste wie ein Torpedo davon, der Weg führte einen kleinen Hang hinunter. Sie hörte Gregor juchzen. Auf was für Ideen der Junge immer kam. Sie lächelte.

Gregor kam zurück und schob den Rollstuhl vor sich her. »Jetzt du!«

»Auf gar keinen Fall.« Judith wehrte lachend ab. Das fehlte noch.

»Bitte, Judith, bitte! Es ist toll. Es ist wie Fliegen.«

»Gregor, sei nicht albern, ich setz mich doch jetzt nicht da rein.«

»Warum denn nicht?«

»Weil ...« Es gab keinen Grund. Es gab nur tausend mehr oder weniger vernünftige Einwände und ihre Hemmung.

»Bitte!«

Ach, verdammt, warum eigentlich nicht? Judith schüttelte lachend den Kopf, setzte sich aber in den Rollstuhl, hörte Gregor begeistert schnaufen, während er Anlauf nahm und dann mit Wucht den Rollstuhl von sich wegschubste und Judith den Weg hinunterschickte. Sie raste, vorbei an Gräbern voller Engel und Blumenbeete, vorbei an Efeu und Kränzen, über einen kleinen Buckel, wo der Rollstuhl hopste und fast umkippte, und dann den Weg entlang weiter, der immer breiter wurde und in den Parkplatz vor dem Friedhof mündete. Dort schoss sie zwischen zwei Büschen auf den gekiesten Platz hinaus und kam endlich zum Stehen. Eine Gruppe Trauergäste in Schwarz stand auf der anderen Parkplatzseite und sah sie fassungslos an.

Judith stand auf, klappte den Rollstuhl zusammen und nickte den Leuten würdevoll zu. »Mein Beileid.«

Dann machte sie, dass sie wegkam, bevor sie in unkontrolliertes Kichern ausbrach.

19

Na klasse. Sophie Regner hatte die E-Mail nun schon drei Mal gelesen, aber natürlich veränderte sich deren niederschmetternde Botschaft dadurch in keinster Weise. Es war eine Absage, auch wenn der Absender sie mit blumigen Worten garniert hatte und alles auf die harten Zeiten schob. Faule Ausreden. Im Musikgeschäft waren es schon immer harte Zeiten gewesen, schon seit Elvis noch in Windeln herumgetorkelt war, verdammt noch mal. Und trotzdem schafften es ständig Leute, ganz nach oben zu kommen, dorthin wo die Millionen zu holen waren. Oder wenigstens die fünfstelligen Beträge. Wütend steckte sie sich eine Zigarette an, obwohl sie doch eigentlich versuchte, tagsüber nicht zu rauchen. Wegen Jonas, aber der war mit den beiden rumänischen Jungs in seinem Zimmer und mit dem Jungen von Krauses, diesem Gregor, der ihr immer wie ein freundliches dickes Wesen von einem anderen Planeten vorkam. Er war eigentlich viel älter als Jonas, aber geistig irgendwie, nun ja …

Helle Stimmen erklangen aus dem Kinderzimmer und wurden lauter, einer der Jungen machte das Geräusch eines Kampfhubschraubers nach. Sophie blies den Rauch aus und schloss kurz die Augen. Und nun? Was sollte sie machen? Noch mehr Demo-CDs verschicken, bloß um wieder keine Antwort zu bekommen oder solche nichtssagenden Absagen wie diese hier zu kassieren? Sie war jetzt neunundzwanzig Jahre alt, sie hatte eine großartige Stimme, spielte Klavier, Gitarre und Akkordeon, komponierte alle ihre Songs selbst und hatte ein Repertoire von Blues über Chanson bis zu Rock drauf, aber irgendwie brachte sie nichts davon weiter und keiner wollte richtig anbeißen. Ihr Name wurde nicht als Geheimtipp gehandelt, die großen Plattenlabels umwarben sie nicht und für ein heißes Nachwuchstalent war sie mittlerweile – so schmerzlich es auch war – zu alt. Was sie brauchte, war ein neues Image, eine neue Richtung und jemanden, der ihr half und sie groß herausbrachte.

Sie stand auf, um sich ein Glas Wasser aus der Küche zu holen, und schmiss dabei versehentlich den Stapel der Demo-CDs auf dem Tisch um. Beinahe wären sie in den Mülleimer gerutscht. War das ein Zeichen einer höheren Macht?

»Das ist eine echte Erfindung«, kam es aus dem Kinderzimmer, dessen Tür leicht offen stand. »Die hat Herr Walter erfunden.« Das musste Gregor sein.

»Der Stinkerwalter«, ergänzte eine Stimme mit leichtem Akzent. Es war Lucian, einer der Rumänenjungs, wie es sich anhörte. Amüsiert blieb sie stehen.

»Und wozu soll die gut sein?«, erkundigte sich jetzt ihr Jonas.

»Man kann damit essen. Schau.« Etwas klapperte, Gelächter erklang, danach ein erwartungsvolles Grunzen von Alfie, dem Mops, der offenbar nur das einzige Wort herausgefiltert hatte, das er verstand: Essen.

»Voll krass geil«, meinte Jonas.

Sophie schüttelte unwillkürlich den Kopf. Diese Ausdrucksweise. Er war doch erst neun. Woher hatten die Kinder das nur immer?

»Wenn es eine echte Erfindung ist, kann man damit reich werden«, schlussfolgerte Jonas. »Mit Erfindungen kann man das immer. Der Mann, der die Computer erfunden hat, zum Beispiel. Zeig noch mal das Ding her«, beharrte er. Es klapperte wieder. Was hatten die denn da nur? Sophie versuchte, durch den kleinen Spalt hineinzusehen, weil es sie brennend interessierte, was der »Stinkerwalter« wohl erfunden hatte, aber alles, was sie sehen konnte, waren Beine. Die Kinder lagen auf dem Teppich. Nun, sie würde es schon irgendwann erfahren.

»Man kann auch als Sportler reich werden«, bemerkte Constantin jetzt da drinnen. »Oder als Filmstar. Oder als Rockstar.«

»Meine Mutter ist Rockstar, aber die wird nie reich.«

Sie zuckte vor der Tür zusammen.

»Sie versucht es schon jahrelang, aber es klappt einfach nicht«, fuhr ihr Sohn jetzt fort.

»Sie singt wohl beschissen?«, erkundigte sich Lucian mitfühlend.

»Nee, das nicht. Aber keiner will sie. Vielleicht ist sie ja schon zu alt, um Rockstar zu werden. Keine Ahnung.« Jonas klang resigniert.

»Nee, es gibt doch ganz viele alte.« Das war wieder Constantin. »Mick Jagger und Dieter Bohlen und so. Die sind uralt. Noch tausendmal älter als deine Mutter.«

Sophies Wangen brannten, sie stand da wie gelähmt, unfähig, in die Küche zurückzugehen. Seit Jahren hatte sie Jonas immer wieder versprochen, dass Mama irgendwann groß rauskommen würde. Und sie hatten sich gegenseitig mit wilden Ideen übertrumpft, was sie mit dem vielen Geld dann anfangen würden, und sie war bislang immer der Meinung gewesen, dass ihr Sohn ihr glaubte und ihre Zukunftsvision teilte, dass er mit ihr mitfieberte und stolz auf seine Mutter war. Und nun das. Die völlig abgeklärte Einschätzung ihrer Lage von einem Neunjährigen.

Am schlimmsten brannte die Erkenntnis, dass er recht hatte. Ja, sie war zu alt. Ihr lief die Zeit weg. Die Konkurrenz wurde immer jünger und besser und arbeitete vor allem nicht halbtags im Eine-Welt-Laden. Ihre Chefin Dani hatte ihr neulich schon angeboten, ganztags zu arbeiten, aber noch schreckte Sophie davor zurück. Ganztags dort zu arbeiten bedeutete, hauptberuflich Verkäuferin zu sein. Noch konnte sie, wenn jemand sie nach ihrem Beruf fragte, trotzig das Kinn vorschieben und *Musikerin* antworten, um dann später erst den kleinen Nebenjob zu erwähnen, der ihr das bisschen Kohle bis zum großen Durchbruch lieferte. Aber wenn sie Vollzeit dort arbeitete, war sie einfach nur eine alleinerziehende neunundzwanzigjährige Verkäuferin, die ihre Tage in einem Laden voller Klimbim absaß, eingenebelt in den erstickenden Dunst der Räucherstäbchen und in den Wahnsinn getrieben vom endlosen Gedudel der Panflöten peruanischer Bergvölker.

»Manche werden erst berühmt, wenn sie tot sind«, fuhr Lucian jetzt fort. »Vielleicht ist das bei deiner Mutter auch so?«

»Aber sie lebt doch noch, du Eimer.« Jonas klang wütend.

»Meine Mutter lebt auch noch«, sagte jetzt jemand anderes im Kinderzimmer. Das war Gregor, er hatte einen leicht bayrischen Akzent und sprach so langsam, als müsste er über jedes Wort vorher noch eine halbe Sekunde nachdenken. »Aber nicht richtig. Sie atmet, obwohl sie nicht richtig am Leben ist.«

»Echt? Wie ein Zombie?« Lucian klang beeindruckt.

»Nein, sie liegt in einem Koma.«

Vor der Tür erschrak Sophie. Du lieber Himmel. Der arme Junge. Das hatte sie ja gar nicht gewusst. Deswegen war der also bei seinen Verwandten. Was für eine entsetzliche Vorstellung. Sofort musste sie daran denken, dass auch Jonas mal in eine solche Situation geraten könnte, und ihr Herz schnürte sich zusammen.

»Krass«, sagte da jemand. Dann herrschte einen Moment lang Stille.

»Aber Frau Dürer war früher mal berühmt«, sagte Gregor auf einmal.

»Unsere Nachbarin? Die fette Alte?«, fragte Jonas verblüfft.

Sophie wäre am liebsten hineingegangen und hätte ihn zurechtgewiesen, doch dann erinnerte sie sich, dass sie selbst neulich genau diesen Ausdruck benutzt hatte, als das Gespräch zwischen ihr und Benedikt, ihrem Ex, auf Frau Dürer gekommen war. Jonas musste das irgendwie mitgehört haben.

»Die ist voll der Alki«, sagte Constantin. »Und wie die immer läuft.« Ein Rumpeln war zu hören. Offenbar machte er Frau Dürer nach, denn alle kicherten. »Die trinkt mindestens vier Flaschen Schnaps am Tag.«

»Quatsch«, sagte Jonas. »Da stirbt man doch.«

Gegen ihren Willen musste Sophie vor der Tür lächeln. Ihrem Jonas machte so schnell niemand etwas vor.

»Doch, ich weiß es genau. Lucian und ich haben sie gesehen, als sie vier Flaschen bei REWE gekauft hat.«

»Aber doch nicht alle für einen Tag.« Jonas klang immer noch nicht überzeugt und Constantin ruderte zurück.

»Okay, vielleicht nicht für einen Tag, aber jedenfalls war die noch nie berühmt.«

»Doch«, beharrte Gregor. »Sie war im Fernsehen.« Das brachte alle für einen Moment zum Schweigen.

Gregor sprach tatsächlich die Wahrheit. Sophie wusste das schließlich am besten. Als sie vor einem Jahr hier eingezogen waren, hatte man ihr alles über Frau Dürers Musiker-Karriere und deren beklagenswertes Ende erzählt. Das Schicksal hatte sein Füllhorn vor etlichen Jahren ausgerechnet über Frau Dürer ausgeschüttet, die aber alles mit Füßen getreten hatte und total abgesackt und versumpft war. Die mittlerweile vergilbte und aus dem Leim gegangene Frau Dürer war das lebende Beispiel für das, was ihr, Sophie Regner, bevorstand, wenn sie nicht bald Karriere machte.

»Zeig mal die CD«, verlangte jetzt Gregor im Kinderzimmer.

Etwas raschelte.

»Die sieht aber sehr schön aus«, kommentierte er. »Sehr schön, mit den Mustern hier am Rand. Kann ich die haben?«

Vor der Tür brach Sophie beinahe in hysterisches Gelächter aus. Der Einzige, der eine CD von ihr haben wollte, war ein geistig zurückgebliebener Junge – und auch das nur wegen der Muster auf der Hülle. So weit war es schon gekommen.

»Nee«, antwortete Jonas. »Das geht nicht. Das ist meine.«

»Und wenn ich dir was dafür gebe?«

»Was denn?«

»Was willst du denn haben?«

»Das Ding von Herrn Walter.«

»Nein, das ist meins.«

»Okay.« Jonas überlegte offenbar. »Ich sag dir was. Wir

verkaufen das Ding, denn das ist eine echte Erfindung. Und dann werden wir reich und teilen das Geld, und dann kannst du dir eine CD von meiner Mutter kaufen.«

»Kriegen wir auch was ab von dem Geld?«, wollte Lucian wissen.

»Klar«, meinte Jonas großzügig. »Wir teilen das.«

»Aber das Ding ist meins«, wehrte Gregor sich.

Was um alles in der Welt war das nur? Sophie konnte immer noch nichts erkennen.

»Aber denk doch mal an die Kohle.« Jonas hatte jetzt genau die geduldige Tonlage drauf, die sie selbst immer wählte, wenn sie ihn davon überzeugen wollte, seine Hausaufgaben ordentlicher zu machen.

»Wie viel kriegen wir denn dafür, was meint ihr?« Lucian klang atemlos.

»Bestimmt mindestens hundert Euro«, schätzte Jonas.

»Zweihundert«, widersprach Constantin sofort. »Dann kriegt jeder fünfzig.«

»Fünfzig Euro. Geil!«, freute sich sein Bruder.

Sophie gab auf. Sie konnte nicht erkennen, worum es da ging, und die Wahrscheinlichkeit, dass sie damit reich wurden, war wohl auch eher gering. Aber vielleicht wurde ihr Jonas wenigstens mal ein Geschäftsmann, die Zeichen dafür schienen gut zu stehen.

Sie ging in die Küche und goss sich ein Glas Mineralwasser ein, als plötzlich eine SMS von Benedikt hereinsummte.

Kann es sein, dass mein Lieblings-T-Shirt noch bei dir liegt? Das blaue, du weißt schon. Kannst du mal nachschauen und es vorbeibringen?

Das war ja wohl der Gipfel. Vor zwei Wochen hatte sie die ins Leere führende Beziehung endlich beendet, weil Benedikt nichts, aber auch gar nichts auf die Reihe kriegte und am liebsten den ganzen Sonntag auf der Couch herumlümmelte, sich von ihr durchfüttern ließ und sie mit seiner unausgegorenen Meinung über die Weltlage beglückte – und jetzt wollte er auch noch, dass sie ihm sein versifftes T-Shirt hinterherschleppte?

Hab ich schon entsorgt, schrieb sie zurück. Es summte wieder, geradezu empört, aber diesmal sah sie gar nicht erst nach, sondern löschte die SMS ungelesen. Warum liefen ihr nur ständig solche Luschen über den Weg? Der Typ vor Benedikt war auch nicht viel besser gewesen, und die anderen Männer der letzten Jahre ehrlich gesagt auch nicht. Ein endloser Reigen von Nullen, den Jonas' Vater vor Jahren feierlich eröffnet hatte. Aber gut – in einem Laden voller Matetee, Jutetaschen, Duftlampen und Traumfänger lernte man eben keine besseren Typen kennen und bei ihren wenigen Auftritten leider auch nicht.

Sie seufzte und machte sich auf den Weg zurück ins Wohnzimmer. Die Kinderzimmertür stand jetzt weit offen, die vier Jungs hockten auf dem Teppich und fotografierten irgendetwas mit dem Handy von Jonas. Alfie, der Mops, wuselte um sie herum.

»Was macht ihr denn da?«, erkundigte sie sich und stutzte. Dieser Gregor hatte sich die wild gestreifte Alpaka-Stola aus Bolivien über die Schultern gelegt, die Dani ihr letztes Weihnachten geschenkt und die bislang unbeachtet am Garderobenständer gehangen hatte. »Ähm ... Gregor? Mein Umhang?«

»Wir fotografieren gerade die Erfindung«, antwortete

Gregor mit vor Aufregung geröteten Wangen. Die Frage nach der Stola hatte er entweder nicht gehört oder er hatte beschlossen, sie zu ignorieren. »Die verkaufen wir. Damit wir reich werden.«

»Aha.« Die Erfindung war eine Gabel und ein Löffel mit einem Riemen daran, das war alles. »Und wo verkauft ihr sie, wenn ich mal fragen darf?«

»Im Internet«, antwortete Constantin lässig. »Damit machen wir viel Kohle.«

Sophie runzelte die Stirn.

»Auf eBay, Mama. Keine Sorge. Da müssen die es nämlich vorher bezahlen.«

Verblüfft sah sie ihren Sohn an. Cleveres kleines Kerlchen. Er hatte definitiv das Zeug zum Geschäftsmann. Die anderen Jungs nickten fachmännisch. Die Kinder waren heutzutage über alles bestens informiert, es war nicht zu fassen. Auch wenn natürlich keiner, der noch seine sieben Sinne beieinanderhatte, diesen komischen Löffel für zweihundert Euro kaufen würde.

»Okay. Dann viel Erfolg«, wünschte sie den Jungs. »Und äh, Gregor? Legst du die Stola dann bitte wieder zurück?«

»Die ist sehr, sehr schön.« Gregor strahlte sie an. Was bedeutete das jetzt? Sie beschloss, dass es völlig egal war, was mit der idiotischen Stola passierte, denn sie zog sie ja sowieso nie an.

Zurück im Wohnzimmer betrachtete sie lustlos ihre CDs. Der Lärm aus dem Kinderzimmer wurde kurzzeitig lauter und ebbte dann ab. Die Kinder gingen offenbar hinaus, sie hörte sie noch eine Weile im Treppenhaus rumoren, dann waren sie unten auf der Straße, dann wieder im Treppenhaus, wo sie irgendwas Klapperndes vor der Tür veranstalteten.

Okay, ehe sie hier noch ganz versauerte, würde sie sich jetzt ein wenig aufhübschen, damit sie nicht auch noch äußerlich die alleinerziehende Vollzeitverkäuferin abgab. Kein Wunder, dass da keiner anbiss. Sie stylte sich die blonden Haare, legte ein bisschen Make-up auf, zog ein kurzes blau-weißes Sommerkleid an und vollführte eine Drehung vor dem Spiegel. Besser. Viel besser. Zum Schluss zog sie noch die Pumps mit dem absurd hohen Absatz an, obwohl das absolut lächerlich war, schließlich lief sie ja nur in der Wohnung herum.

Draußen im Treppenhaus erklang jetzt Jonas' Stimme, dann die von Gregor und danach eine tiefe Männerstimme. Meckerte da schon wieder jemand herum? Sie lauschte unwillkürlich. Nein, Jonas und Gregor unterhielten sich mit jemandem. Mit einem Mann. Jetzt kicherte ihr Sohn.

»Echt? Das müssen Sie mir mal zeigen.«

Die Antwort des Mannes verstand sie nicht, dafür hörte sie wieder Jonas' Stimme.

»Nee, wir können jetzt nicht mit Ihnen mitkommen, vielleicht ein andermal.«

»Warum denn nicht?«, fragte Gregor.

Ein Flüstern war zu hören. War das der Mann?

Ihr wurde erst heiß und dann kalt. Das war doch nicht zu fassen, was strich denn da für einer durchs Haus? Ein Perverser, der sich an kleine Jungs heranmachte? Vor ihrer eigenen Wohnungstür! Voller Empörung stürzte sie zu ihrer Tür, riss sie schwungvoll auf und stürmte hinaus ins Treppenhaus, wo sie diesen Kerl jetzt aber so was von zusammenstauchen würde, sie … Der Boden glitt ihr unter den Füßen weg, sie verlor die Balance, etwas klackerte, sie riss ein Bein in die Luft, konnte sich aber nirgends festhalten.

»Huch!«, stieß sie erschrocken aus, aber da war es schon zu spät. Sie rutschte aus, ein Schmerz schoss durch ihren Knöchel und sie fiel unsanft auf den Boden. Diese verdammten Heels, war das Erste, was sie dachte. »Aua.« Sie biss die Zähne zusammen.

»Mama?« Jonas sah sie entgeistert an. »Was ist denn los mit dir?«

»Alles klar?«, fragte die tiefe Männerstimme. Der Perverse. Sie sah wütend hoch, schließlich war der an allem schuld. Der Perverse war aber kein Fremder. Es war der Sohn von Hoffmanns, der reiche Anwalts-Schnösel in seinem anthrazitgrauen teuren Anzug. Ausgerechnet vor dem musste sie diesen ungraziösen Kniefall hinlegen.

»Haben Sie sich wehgetan?«, erkundigte sich der Idiot bei ihr. Max hieß er, fiel es ihr wieder ein.

»Geht schon«, presste sie heraus, obwohl das gar nicht stimmte. Ihr Knöchel tat höllisch weh. Außerdem lagen um sie herum lauter Kieselsteine, große und kleine, runde und flache.

»Was ist denn das hier für ein Chaos? Was macht ihr da?«, leitete sie ihre Wut auf Jonas um, der genau wie Gregor ein paar dieser Steine in der Hand hielt. Dieser schnöselige Max übrigens ebenfalls.

»Mann, Mama, unsere Steine!« Jonas stöhnte genervt. »Wir haben die alle gefunden und gerade der Größe nach sortiert und wollten was draus bauen – und du bist reingelatscht und hast alles durcheinandergebracht.«

»Ach Gottchen. Verzeihung«, schnappte sie. Aber Sarkasmus zog offenbar durch Kinderohren hindurch, ohne irgendwelche Spuren zu hinterlassen.

»Ist okay. Wir verzeihen Ihnen«, sagte Gregor.

»Das tut mir echt leid«, mischte Max Hoffmann sich nun auch noch ein. »Ich wollte Ihren Sohn und seinen Freund gerade dazu überreden, die Steine in unseren Keller zu schaffen. Dort gibt es nämlich noch eine halbe Festung aus Steinen und Holz und allem Möglichen, von Frank Krause und mir anno dazumal gebaut, die leider nie vollendet wurde.« Er lachte kurz.

»Das hier ist nämlich der Max«, erklärte Gregor.

»Ich weiß«, murmelte sie verunsichert. Was für ein blödes Missverständnis. Wenigstens hatte sie sich nicht mit den Worten »Du perverses Schwein!« auf den Mann gestürzt und ihm den Schuhanzieher über den Schädel gehauen. Nicht auszudenken, was dann passiert wäre. Sie rieb sich ihren Fuß und zog zischend die Luft ein, weil der Knöchel bei der Berührung ziemlich wehtat.

»Uh, das schwillt aber an.« Anthrazit-Max ging in die Hocke, um ihren Knöchel näher zu begutachten. »Jonas, hol mal eine Schachtel Eiscreme aus dem Kühlschrank«, befahl er ihrem Sohn.

»Haben wir nicht.« Jonas sammelte beleidigt die Steine ein. »Speiseeis hat angeblich zu viel Zucker.«

»Na, dann gefrorene Erbsen. Oder Fischstäbchen.« Max grinste. »Oder esst ihr so was auch nicht?«

»Doch.« Jonas stand auf.

Gregor nickte. »Fischstäbchen mag ich. Die gibt es in verschiedenen Formen.«

»Ich auch.« Max zwinkerte Sophie zu, die fast gegen ihren Willen lächeln musste. »Aber die essen wir jetzt nicht, die legen wir deiner Mutter auf den Fuß.«

»Lecker«, murrte Jonas, aber er verzog sich folgsam.

Sophie saß wie versteinert vor ihrer eigenen Wohnungstür, links neben ihr dieser Gregor mit ihrer Alpaka-Stola um den Hals und grünen Badelatschen an den Füßen und rechts neben ihr dieser halbfremde Mann im Business-Outfit, der ihr jetzt vorsichtig den unsagbar dämlich hohen Schuh auszog. Wenigstens habe ich keine dreckigen Füße, dachte sie.

Als sie Jonas am Abend Gute Nacht sagte, war der Knöchel wieder abgeschwollen und tat kaum mehr weh.

Sie küsste Jonas auf die Stirn, der sich in seine Decke kuschelte. Alfie lag in seinem Korb auf dem Boden und schnarchte bereits mörderisch laut. »Und in zehn Minuten machst du das Licht aus, okay? Es ist schon spät.«

»Okay.« Jonas grinste. Es würde mindestens eine halbe Stunde dauern, ehe das Licht hier ausging, das wussten sie beide. Seine Hände bedeckten irgendetwas, das auf der Bettdecke lag.

»Was hast du denn da?«

»Nichts.«

»Okay – und warum versteckst du es dann vor mir?«

Jonas stöhnte theatralisch. »Es ist echt nichts, Mama.«

»Zeig es mir, dann lass ich dich in Ruhe.«

Er wand sich hin und her und hob schließlich die Hände hoch.

»Jonas, igitt!« Sophie fuhr entsetzt zurück. Auf dem Bett lag ein Gebiss.

»Das ist nicht echt, Mama. Das ist nur der Abdruck von einem Gebiss.« Jonas hob das Ding hoch. »Und zwar vom Patienten Thomas Gruninger, siehst du? Das steht hier drunter. Der hat voll schiefe Zähne.« Jonas kicherte begeistert.

»Woher hast du denn so was?« Leicht angewidert betrachtete sie das Gebiss. Okay, es war nicht echt, aber besonders appetitlich sah es trotzdem nicht aus. *Zahnarztpraxis Doktor Huber und Doktor Berg* stand auf einem kleinen Stempel auf der Unterseite.

Seltsamerweise wurde Jonas jetzt rot.

»Jonas? Woher hast du das?«

Er murmelte etwas: »Ich hab es eingetauscht. Von Gregor.«

»Aha. Und was hast du ihm dafür gegeben?«

»Eine von deinen CDs. Er wollte sie unbedingt haben, und erst wollte ich sie ihm auch nicht geben, ehrlich nicht. Aber dann wollte ich doch so gern das Gebiss, Mama … Du bist mir nicht böse, oder?« Er sah sie bittend an.

Erst wollte sie sich aufregen, doch dann ließ sie es bleiben. Das war die Sache nicht wert. Wenigstens hatten sie mal etwas für ihre CD bekommen. Ein Gebiss! Wo auch immer das herkam.

»Ich bin dir nicht böse. Aber nächstes Mal fragst du mich, okay?«

»Okay.« Er schlang seine Arme um sie und sie hielt ihn einen Moment lang ganz fest. Jonas war das einzig Gute in ihrem verpfuschten Leben. Und Alfie natürlich auch. Dann huschten ihre Gedanken fast widerwillig zu Max Hoffmann. Ob der wohl in nächster Zeit noch öfter seine Eltern besuchte?

20

Frau Junescu schlich unruhig durch ihr Wohnzimmer. Es wurde langsam schwierig mit den Hühnern, was sollte sie nur tun? Die Viecher blieben nicht mehr in ihrer Box auf dem Balkon und der kleine Hahn stieß neuerdings schon verdächtig krächzende Töne aus. Nicht auszudenken, was die *Hausordnung* dazu sagen würde, wenn er morgens von ihrem Balkon aus auf die Straße krähte. Sie lief in die Küche und sah nachdenklich in den Hof hinunter. Wenn sich die anderen Hausbewohner und vor allem diese dummen Vermieter nicht immer so anstellen würden, dann könnte man da unten einen Hühnerstall aufstellen. Aber sie wusste jetzt schon, dass dieser Vorschlag auf breiteste Ablehnung stoßen würde. Dabei waren Hühner in Deutschland absolut *in*, das war ja das Verrückte. Vielleicht könnte sie die Hausbewohner im Gegenzug ja mit Eiern versorgen. Die Vorstellung gefiel ihr außerordentlich gut, womöglich konnte man da ein richtiges Geschäft ankurbeln. Sie beschloss, Radu diese fantastische Idee zu unterbreiten, sobald der von seiner Montage zurückkam.

Es klingelte und Frau Junsescu begab sich seufzend zur Wohnungstür. Kurz lugte sie durch den kleinen Türspion. Oh, verdammt. Da draußen stand Frau Hoffmann, ihren Bleistiftmund miesepetrig zusammengekniffen wie immer, daneben Frau Krause, die Tante vom Gregorchen, und außerdem kam auch noch der korpulente Mann von der Hoffmann ins Bild. Was wollten die drei Nasen von ihr? Besonders Herr Hoffmann machte sie nervös. Den sah man sonst nie, er war einer dieser grauen Bürohengste, die im Morgengrauen aus dem Haus galoppierten, in ihrem grauen Wagen in graue Firmen fuhren und abends mit wichtiger Miene und leicht zerknittertem Hemd zurückkamen. Das konnte nichts Gutes bedeuten.

Es klingelte wieder, diesmal klang es fordernder. Die Hühner, fiel es ihr schlagartig ein. Es mussten die Hühner sein. Wollten die drei sie etwa anzeigen? Fertigmachen? Es fehlte nur noch der alte Walter in diesem Bund. Schnell machte sie die Tür zum Wohnzimmer zu, aus dem ein beleidigtes kleines Gackern ertönte. Ach, sie würde alles abstreiten, ganz einfach. Dann öffnete sie die Wohnungstür.

»Gute Tag, Frau Hoffmann!«, rief sie überschwänglich. »Und auch Herr Hoffmann. Und Frau Krause, wie schön! Ein schöne Tag, nicht wahr?«

Die drei starrten sie einen Moment lang perplex an, dann räusperte sich Frau Krause.

»Frau Junescu, wir kommen wegen Ihrer Hühner.«

Also tatsächlich. Mist. »Wie?«, fragte Frau Junescu, sie stellte sich so dumm, wie es ihr möglich war, und wackelte verwundert mit dem Kopf.

»Ihre Hühner.«

Jetzt war ein überrascht-verwirrtes Lachen angebracht. »Hühner? Hier?« Sie drehte sich demonstrativ suchend nach allen Seiten um. *Sie* hatte doch keine *Hühner*!

»Frau Junescu, jetzt hören Sie mir mal zu. Wir wissen, dass Sie Hühner halten. Ich habe selbst eins davon gesehen.

Es hat von Ihrem Balkon aus zu mir …« Frau Krause stockte kurz. »Hinuntergesehen.«

»Nicht möglich!« Frau Junescu schlug scheinbar erschüttert die Hände über dem Kopf zusammen. So schnell gab sie sich nicht geschlagen. »Das ist nicht möglich. Hausordnung sagt, keine Hühner. Also sind hier keine Hühner.«

In diesem Moment erklang ein vollmundiges, perfektes, jugendfrisches Krähen aus dem Wohnzimmer, die Tür ging auf und Anca trat in den Flur, den kleinen Hahn im Arm.

»Er hat gekräht, Mama!«, rief sie begeistert auf Rumänisch. Wie auf Befehl torkelten die anderen Hühner aus dem Zimmer, tappten neugierig in den Flur, legten die Köpfchen schief und beäugten Frau Krause und das Ehepaar Hoffmann, das wie zur Salzsäule erstarrt vor der Tür stand.

»Das da sind doch Hühner«, meinte Frau Krause unerschrocken. »Oder etwa nicht?«

»Tja.« Frau Junescu kratzte sich am Kopf. Da konnte sie jetzt schlecht widersprechen.

»Eigentlich kommen wir wegen der Laube«, äußerte sich Herr Hoffmann nun, während er eines der Hühnchen mit seinem Fuß daran hinderte, ins Treppenhaus zu flattern.

»Laube?«, fragte Frau Junescu zurück. Diesmal war ihre Verwirrung nicht gespielt. Die nächsten fünf Minuten stand sie still da und hörte sich an, was dieses kuriose Ehepaar ihr vortrug, denn es war – welch Wunder! – keine Sammelklage sämtlicher Hausbewohner gegen sie, sondern der Vorschlag, die Hühner in irgendeine Laube zu schaffen und im Gegenzug dort irgendwelche Stachelbeeren zu ernten und noch andere Früchte, soweit sie das verstand.

»Warum?«, gelang es ihr schließlich zu sagen.

»Nun, weil Sie ja Hühner haben und einen Stall brauchen,

nicht?«, wandte sich Frau Hoffmann an sie, ohne dabei ihren wachsamen Blick von den Hühnern abzuwenden, die sich ganz besonders für ihre Schuhe zu interessieren schienen.

»Und Sie brauchen nicht Laube?«, fragte Frau Junescu verdutzt zurück, sie schien immer noch ohne richtig zu verstehen, was die eigentlich wollten. Das Ehepaar Hoffmann wechselte einen kurzen Blick. Einen Versöhnungsblick nach einem Ehekrach, da kannte sie sich aus. Die beiden hatten sich über irgendetwas gestritten und rätselhafterweise war *sie* offenbar der Grund für den Familienfrieden.

Herr Hoffmann setzte zu einer umständlichen Erklärung über seine Mutter an und dass das ihre Laube sei, die auf keinen Fall verkauft werden dürfe, sonst … Er verhaspelte sich, und seine Frau übernahm. Sie erzählte von der Schwiegermutter im Rollstuhl, die »nicht einfach« sei, und sie verdrehte die Augen, wenn ihr Mann nicht hinsah. Obwohl Frau Junescus Deutsch selbst nach sieben Jahren in Deutschland eher rudimentär war, fing sie allmählich an zu begreifen. Es ging um Geld. Um Herrn Hoffmanns Erbe, das dieser Schwiegerdrachen nicht rausrücken wollte, solange die Laube nicht gehütet und gepflegt wurde. Beinahe hätte sie aufgelacht. Jaja, alte Frauen – die waren nicht zu unterschätzen. Wer zwei erwachsene Menschen derart in die Enge treiben konnte, der hatte es faustdick hinter den Ohren.

»Sie wollen mir Laube geben?«, erkundigte sie sich, immer noch voller Misstrauen.

»Nicht schenken«, widersprach Herr Hoffmann sofort. »Nur … äh … überlassen.«

»Ich haben aber kein Geld«, erklärte Frau Junescu kategorisch und breitete die Arme aus, um die Leere in der Haushaltskasse zu demonstrieren. Die Deutschen verschenkten doch nie etwas, die verkauften ja sogar ihre alten Bierdeckel auf dem Flohmarkt. Was genau ging hier vor?

»Sie müssen auch nichts bezahlen, Frau Junescu.« Herr Hoffmann sprach betont langsam und geduldig. »Sie sollen nur die Laube, also das Grundstück, den Garten ein bisschen … äh … pflegen.« Nun flatterte sein Blick nervös durch den Flur der Junescus, über die chaotische Schuhsammlung zu den zwei Fahrrädern, dem Roller und dem schönen gestreiften Wandbehang, den das Gregorchen so mochte.

Jetzt verstand Frau Junescu endlich. »Aber wieso ich?«

Frau Krause öffnete den Mund. »Gregor hat uns auf die Idee gebracht.«

Ihr Gregorchen, dieser liebe, dicke Schatz, mit dem sie so gern Tarotkarten legte, auch wenn er manchmal eine mitgehen ließ. Aber das machte nichts, sie hatte so viele davon und tat immer so, als ob sie es nicht bemerkte. Gregorchen hatte die drei Helden hier auf diese kluge Idee gebracht. War denn das zu fassen?

»Danke, danke«, rief sie auf Rumänisch und fiel Frau Hoffmann voller Rührung um den Hals, die ein erschrockenes kleines Quieken von sich gab. Klapperdürr war die Frau, kein Gramm Fett, wie die meisten heutzutage. Die brauchte was auf die Rippen, damit sie endlich den sauertöpfischen Zug um den Mund verlor. Eine Hühnerbrühe würde sie der Frau Hoffmann bringen, sobald das erste Huhn geschlachtet war. Frau Junescu wurde so von Rührung und Dankbarkeit überwältigt, dass ihr die Tränen kamen.

»Aber nun weinen Sie doch nicht«, sagte Frau Krause bestürzt.

»Ist Glück.« Frau Junescu wedelte mit den Händen. »Ist

nur Glück. Kommen Sie rein, kommen Sie rein, trinken wir auf Glück.«

»Also, ich weiß nicht, ob …«, setzte Frau Hoffmann an, doch sie wurde von ihrem Mann am Weiterreden gehindert, der sie durch die Tür schubste.

Frau Junescu schnäuzte sich, scheuchte zwei Hühnchen aus dem Weg und führte das Dreiergespann in ihre gute Stube.

»Setzen!«, befahl sie und öffnete die Schranktür. Das war ein Anlass zum Feiern. Dafür rückte sie gern den guten Țuică raus, den besten Pflaumenschnaps der Welt, den Radu neulich von einem Freund geschenkt bekommen hatte. Sie goss die Gläser randvoll und reichte sie den Überraschungsgästen.

»Prost!« Sie kippte ihres auf ex hinunter, und Herr Hoffmann machte es ihr nach. Seine Frau und Frau Krause hingegen nippten wie magenkranke Spatzen daran herum. Herr Hoffmann ließ sich ein zweites und noch ein drittes Mal nachschenken. Kein Wunder bei dieser Frau, aber wenn da andererseits so ein Schwiegermonster in der Wohnung hockte, dann hatte die Arme wahrlich nichts zu lachen. Unter jedem Dach saß ein Ach, so war nun mal das Leben.

Weil ihr nichts einfiel, was sie zu Frau Hoffmann sagen konnte, und weil die Hühner immer lauter wurden und Herr Hoffmann immer zügelloser trank, wandte sie sich an Frau Krause: »Gregorchen ist ein guter Junge. Ganz guter Junge.«

»Ja, das ist er.« Frau Krause lächelte.

Eine nette Frau war das eigentlich. Man sah sie nur so selten und was war eigentlich mit ihrer Schwester, die angeblich andauernd schlief? Frau Junescu beschloss im Stillen, den armen Krauses eine Portion der künftigen Hühnerbrühe abzugeben.

»Prost!«, rief Herr Hoffmann vergnügt und stieß erneut mit ihr an. Ach, wenn Radu doch jetzt nur da wäre, wie der sich freuen würde! Endlich hatten sie mal Besuch von diesen steifen Deutschen aus dem Haus.

Nach fast einer Stunde hatten sie das meiste geklärt. Die Junescus würden den Garten pflegen und ihre Hühner dort halten und den Hoffmanns dafür etwas von den Früchten abgeben. So lange, bis die Schwiegermutter endlich unter der Erde lag, was natürlich von niemandem direkt ausgesprochen wurde, aber Frau Junescu hatte schließlich Augen und Ohren im Kopf. Als die Hoffmanns und Frau Krause wieder gingen, verabschiedete Herr Hoffmann sich wesentlich temperamentvoller von ihr, als er sie begrüßt hatte. Ja, der gute rumänische Pflaumenschnaps, der hatte bislang noch jedem die Zunge gelockert.

Frau Junescu winkte zum Abschied fröhlich, doch die Hoffmanns gingen nicht die Treppe hinunter, sondern blieben vor der Tür vom alten Walter stehen.

»Wir fragen den jetzt einfach«, hörte sie Frau Hoffmann leise sagen. »Los, komm. Warum denn nicht?«

Nanu? Was wollten die denn vom alten Walter? Hatten sie noch eine andere Laube zu vergeben? Frau Junescu schloss diskret die Tür, allerdings nur, um sie dann einen winzigen Spaltbreit wieder zu öffnen. Draußen ging das Gezischel weiter.

»Ich will das geklaute Besteck nicht. Aber vielleicht hat er ja noch ein zweites. Oder er kann noch eins bauen. Das wäre doch die perfekte Lösung!«

Die Hoffmanns klauten Besteck? Nicht zu fassen. Frau Junescu verstand kein Wort, aber das machte nichts. Es war trotzdem spannend, denn jetzt klingelte die Hoffmann tatsächlich an der Tür vom alten Walter, dabei hatten die ja sonst nichts mit dem Mann zu schaffen, das hätte sie ja gewusst.

»Viel Spaß«, murmelte Herr Hoffmann jetzt höhnisch.

»Schlimmstenfalls knallt er die Tür wieder zu, na und? Wir werden es überleben«, gab seine Frau zurück.

Die Tür ging auf und der alte Walter erschien wie ein sauer eingelegter Zombie im Türrahmen. »Tag«, knurrte er misstrauisch.

»Guten Tag, Herr Walter, das mag jetzt etwas ungewöhnlich erscheinen, aber wir hätten da mal eine Bitte an Sie«, fing Frau Hoffmann forsch an. Dann verstummte sie und knuffte ihren Mann leicht in die Seite.

»Wir wollten gern so ein Besteck von Ihnen«, erläuterte Herr Hoffmann und er schwankte dabei leicht.

»Sagen Sie mal, sind Sie angetrunken?« Herr Walter trat einen Schritt zurück.

»Ja«, gab Herr Hoffmann freimütig zu. »Das war der Pflaumenschnaps von Frau Junescu.«

Wie auf Befehl sahen jetzt alle drei zu Frau Junescus Wohnungstür. Ertappt schloss sie rasch den kleinen Spalt. Seltsam, sehr seltsam das alles. Die wollten Besteck vom alten Walter borgen? Und hatten schon welches geklaut? Hatten die denn kein eigenes im Haus? Die Hoffmanns machten eigentlich nicht den Eindruck, als ob sie mit Fingern von Papptellern essen würden. Sehr seltsam …

Aber dass das liebe Gregorchen an sie gedacht und ihr die Laube zugeschanzt hatte, das war doch ein Glückstreffer, wie ihn nur wenige Menschen im Leben erfahren durften. Fast kamen ihr wieder die Tränen. Es gab doch noch gute Menschen auf der Welt. Darauf noch einen winzigen Schluck Țuică!

21

Sie hatten den kleinen Supermarkt schon wieder umgeräumt. Judith machte das wahnsinnig. Das hielt die Kunden davon ab, einfach im Eiltempo die gewohnten Sachen zu schnappen und in den Korb zu werfen, und zwang sie stattdessen, neue Wege vorbei an neuen Produkten zu gehen. Gerade jetzt musste sie an einem Display mit Zubehör für sommerliche Grillabende vorbei, an dem eine Pappfigur – ein lebensgroßer Mann mit Grillschürze – für Barbecue-Saucen im Sonderangebot warb und man außerdem einen riesigen Grill gewinnen konnte. *Perfekt für gemütliche Sommerabende mit Freunden*, verkündete eine Sprechblase an der Pappfigur. Judith schob das Ding ärgerlich zur Seite. Vor ein paar Tagen hatten hier noch die Putzmittel gestanden.

»Welches Müsli möchtest du, Gregor?« Sie sah sich nach ihm um.

Gregor betrachtete gerade sehnsüchtig das Schokoladensortiment. »Eins ohne Nüsse«, sagte er, ohne aufzusehen. »Und können wir noch die Schokolade hier kaufen?« Er hielt mehr als drei Tafeln hoch.

Eigentlich sollte er ja lieber nicht so viel Süßes futtern. Aber damit konnte Marlene sich auseinandersetzen, wenn sie wieder bei Kräften war. Gestern hatte Doktor Lindig ihnen am Telefon gesagt, dass Marlenes Atmung schneller ging, ein Zeichen dafür, dass sie unter Umständen bald aufwachen würde. Also her mit der Schokolade. Und außerdem ging er ja ziemlich oft schwimmen, auch wenn er da nicht unbedingt olympische Anstrengungen unternahm.

»Okay.« Sie wandte sich ab und suchte ein Müsli ohne Nüsse.

»Hallo, Lars«, hörte sie Gregor da rufen. Das war doch der Student aus der WG unten in ihrem Haus. Woher kannte Gregor den so gut? Die beiden begrüßten sich, indem Lars Gregor seine Hand entgegenstreckte und Gregor etwas ungeschickt dagegenpatschte.

»Gehst du einkaufen?«, hörte sie Gregor fragen.

»Jep. Muss auch mal sein«, antwortete Lars. »Ich will heute grillen.«

»Da kannst du einen Grill gewinnen!« Gregor deutete aufgeregt zu der Pappfigur mit den BBQ-Saucen.

»Nee, lass mal, so ein Riesending brauch ich nicht. Ich hab schon den kleinen Rundgrill hier, und der reicht mir.«

Judith hörte nur noch mit halbem Ohr zu, wie Gregor diesen Lars trotzdem überredete, bei dem Gewinnspiel mitzumachen, und dann noch eine Teilnahmekarte für sich selbst, eine für Achim und eine für sie ausfüllte.

»Wir haben alle prima Chancen auf einen Gewinn«, erklärte er feierlich.

»Woher kennst du denn den jungen Mann so gut?«, erkundigte Judith sich.

»Och, nur so. Vom Haus.«

So was. Judith wohnte schon seit achtundzwanzig Jahren in dem Haus, hatte aber bisher ausführlicher immer nur mit Frau Hoffmann geredet. Sie drehte eine Packung Chiligewürz hin und her. Ob das zu scharf war? Achim hasste scharfes Essen, Judith hingegen liebte es. In all den Jahren hatten sie diesbezüglich keinen Kompromiss finden können. Also verzichtete Judith einfach darauf, scharfes Essen zu kochen, und gönnte es sich nur, wenn sie ins Restaurant gingen. Entschlossen packte sie das Gewürz in den Korb. Da musste Achim eben mal durch.

»Schau mal, da ist auch Frau Dürer. Hallo!« Gregor winkte jetzt wild.

Judith sah hoch. Das gab's ja wohl nicht. Gregor kannte hier wohl alle und jeden. Sie nickte Frau Dürer zu und bemühte sich, nicht in deren Einkaufswagen zu starren, wo sich mehrere Flaschen ein kleines Rendezvous gaben. Frau Dürer schnaufte kurzatmig, verstopfte den Gang mit ihrer Leibesfülle und griff wahllos nach irgendwelchen Fertiggerichten.

»Kann man hier mal durch«, schnarrte ein Mann, der sich mit seinem Wagen an Frau Dürer vorbeizwängen wollte. Sie hatte ihn anscheinend gar nicht gehört, denn sie reagierte nicht.

»Hallo? Sie da?« Der Mann war offenbar in Eile und wurde sofort aggressiv. »Sie versperren den Gang.«

Jetzt sah Frau Dürer erstaunt hoch, ihr Gesicht war schwammig, die Wimperntusche verwischt. Der Mann erfasste mit einem Blick ihr Äußeres und die vielen Flaschen und verzog verächtlich den Mund. »Also wissen Sie …«, setzte er an, doch da trat Gregor auf ihn zu.

»Man kann hier einen Grill gewinnen«, informierte er ihn. »Wissen Sie das schon? Wir haben alle mitgemacht. Es ist ein supergroßer Grill, perfekt für gemütliche Sommerabende mit Freunden.«

»Was?« Der Mann starrte ihn perplex an.

»Ein Holzkohlegrill mit Rollwagen im Wert von hundert Euro. Das ist doch toll, nicht? Dafür müssen Sie aber da langgehen.«

Der Blick des Mannes huschte von Gregor, der ihn anstrahlte, zu Frau Dürer, die im Zeitlupentempo eine Dose Linsensuppe aus dem Regal nahm, und dann entschied er offenbar, dass es einfacher und schneller war, in die andere Richtung abzudrehen, als sich mit diesen beiden Irren auseinanderzusetzen.

»Viel Glück!«, rief Gregor ihm hinterher. »Obwohl ich mir ja selber wünsche, dass ich gewinne.« Er rieb sich die Hände.

»So ein Stoffel«, meinte Frau Dürer jetzt und sah dem Mann nach. »Und du bist ein richtiger Gentleman, Gregor.«

»Haben Sie schon bei dem Gewinnspiel mitgemacht?« Gregor hielt ihr eine Teilnahmekarte hin. Er hatte gleich einen ganzen Packen eingesteckt.

Frau Dürer grunzte belustigt. »Was soll ich denn mit einem Grill?«

»Na, grillen.«

»Ach, das ist mir zu anstrengend. Aber wenn ihr einen gewinnt, dann könnt ihr mich gern mal einladen.«

»Klar.« Judith lächelte höflich und versuchte, das Bild zu verdrängen, das sofort vor ihrem inneren Auge entstand – sie, Achim, Gregor und Frau Dürer auf dem Balkon um den Grill gedrängt wie Pfadfinder um ein Lagerfeuer, während Frau Dürer zügig, aber ohne Hast den Inhalt ihres Einkaufswagens herunterkippte ...

Gott sei Dank gewann Judith nie etwas.

An der Kasse stand nun auch noch Frau Junescu vor ihnen. Judith grüßte sie, machte sich aber gleichzeitig eine gedankliche Notiz, nie wieder an einem Freitagnachmittag einkaufen zu gehen, oder zumindest nicht in diesem kleinen Supermarkt an der Ecke, wo man das halbe Haus traf. Frau Junescu kaufte aus irgendeinem Grund zehn Packungen Toastbrot.

»Vierzehn fünfzig, bitte.« Die Frau an der Kasse, fast noch ein junges Mädchen, mit Piercing, dunkelrotem Lippenstift und dem abwesenden Blick der zu Tode Gelangweilten, nahm Frau Junescus Geldschein entgegen, kramte das Wechselgeld heraus, murmelte ein »Danke«, oder vielleicht war es auch ein »Bitte«, ließ ihren Blick sehnsüchtig zur Uhr an der Wand schweifen und wandte sich dann Judith zu. »Tag.« Sie ratschte das Chilipulver über den Scanner.

»Da fehlt noch ein Euro«, ließ Gregor sich plötzlich vernehmen.

»Hm?« Die Verkäuferin sah ihn glasig an.

»Bei Frau Junescu fehlt noch ein Euro.« Er deutete auf das Wechselgeld, das immer noch in der kleinen Schale lag, während Frau Junescu sich bemühte, die ganzen Toastbrote platzsparend in Tüten zu packen.

»Es hat vierzehn Euro fünfzig gekostet, da bekommt Frau Junescu also fünf Euro fünfzig zurück, weil sie Ihnen zwanzig Euro gegeben hat – hier liegen aber nur vier Euro fünfzig.«

Die Verkäuferin lief rot an, die Gespräche in der Schlange verstummten, die Leute verrenkten sich neugierig die Hälse.

Frau Junescu hielt beim Einpacken inne und blickte auf die Münzen. Die Verkäuferin rechnete kurz nach, öffnete die Kasse und holte noch einen Euro heraus.

»Entschuldigung. Ich weiß gar nicht, wie das passieren konnte.« Jetzt erst sah sie Frau Junescu an.

»Keine Problem.« Frau Junescu lächelte, schnappte ihre

enormen Tüten und drehte sich zu Gregor um. »Du bist so eine gute Junge.«

»Haben Sie auch bei dem Gewinnspiel mitgemacht, Frau Junescu? Da kann man einen Grill gewinnen. Ich hab mitgespielt. Lars auch.«

»Na, wenn überhaupt einer gewinnt, dann sicher du«, sagte die Verkäuferin zu Gregor und zwinkerte Judith zu.

»Das hoffe ich. Ich hab noch nie etwas gewonnen«, antwortete Gregor.

»Ich schon«, meinte die Verkäuferin. »Aber leider nicht die Wellnessreise, die ich wollte, sondern einen Benzinrasenmäher für die Wiese, die ich gar nicht habe. Da kann ich mich jetzt nach der Arbeit drauf setzen und entspannen.« Die Leute in der Schlange lachten.

Die Verkäuferin winkte ab. »Na ja Schwamm drüber. Ich hab halt einfach kein Glück im Leben. Nicht zu ändern.«

»Das Leben ist eben manchmal woanders«, erwiderte Gregor. »Und irgendwann kommt es dann auch zu Ihnen.«

»Zusammen mit meinem Prinz auf dem weißen Pferd meinst du?« Sie lachte kurz auf, aber dann wurde ihr Blick weicher. »Dann hoffe ich mal, dass du recht hast.«

»Hat er immer.« Frau Junescu lächelte.

22

Eigentlich hatte Lars den neu erworbenen Grill auf der kleinen Terrasse aufstellen wollen, aber jetzt musste er einsehen, dass da eindeutig kein Platz war. Dort befanden sich bereits ein Wäscheständer von Laura und außerdem ihre tausend Grünpflanzen. Nichts davon wagte er wegzuräumen, weder ihre zartrosa, zum Trocknen aufgehängte Strickjacke noch die Sporthemdchen, die sie zum Joggen trug und die ihre Figur so toll betonten, und erst recht nicht den wuchernden Tomatenbusch im Topf, denn sobald man diese hochempfindlichen Tomatenbiester aus ihrem Lichtwinkel schob, sackten sie in sich zusammen und vergammelten. Alles, was dann übrig blieb, waren schrumplige, deformierte oder aufgeplatzte Tomaten, die als stummer Vorwurf an seine grenzenlose Unfähigkeit als WG-Bewohner demonstrativ an ihrem Busch verendeten. Nein, das ging auf gar keinen Fall.

Laura hatte ohnehin immer so schlechte Laune. Obwohl – seit einer Woche war sie wie verwandelt, heute zum Beispiel war sie strahlend aus ihrem Zimmer gekommen, hatte endlich mal wieder über seine Witze gelacht, einen Song im Radio mitgesummt und sich mit an den Tisch gesetzt, um mit ihm einen Kaffee zu trinken. Es musste die Vorfreude auf die Grillparty heute Abend sein, die sie so fröhlich stimmte, und deshalb musste er diesen Scheißgrill jetzt irgendwo unterbringen, damit die ganze Angelegenheit nicht in die Hose ging. Sieben Freunde hatte er eingeladen und selbst ihrer blöden Freundin, dieser Jana, großmütig erlaubt zu kommen, außerdem kamen noch irgendwelche Leute aus Lauras Projektgruppe.

Lars hatte eingekauft wie ein Verrückter, er wusste ja, dass die meisten Gäste knapp bei Kasse waren, allen voran Laura. Steaks, Grillkäse, Baguette, Wein, kistenweise Bier und sogar Gemüsespieße, falls irgendjemand Vegetarier war. Es war so viel Zeug, dass er sogar das Auto genommen hatte, obwohl er normalerweise versuchte, aus Umweltgründen alles mit dem Rad zu erledigen. Außerdem hatte er erstmals in seinem Leben Nudelsalat zubereitet und zu diesem Zweck sogar mit seiner Mutter telefoniert. Leider war sie nur allzu bald vom Nudelsalat auf seine letzten Prüfungen zu sprechen gekommen. Es war nicht zu fassen. Sie konnte die Namen seiner Freunde nicht auseinanderhalten und verlor dauernd ihren Schlüssel oder ihre Geldbörse, aber an seine verdammten Prüfungstermine erinnerte sie sich. Wohl oder übel musste er antworten und sich etwas einfallen lassen. Ja, er hatte die Prüfung geschrieben. Nein, er hatte leider noch keine Ergebnisse. Bei dieser infamen Lüge war er in ein gelangweiltes Nuscheln abgerutscht, schließlich wusste er die Ergebnisse schon seit drei Tagen. Er war durchgefallen. Wie immer, und seine Mutter schien irgendwas zu spüren. Als sie sich schließlich auch noch an den immer noch nicht organisierten Praktikumsplatz erinnerte, blieb ihm nur die Flucht nach vorn.

»Sag mal, wusstest du, dass Onkel Eckhardts ehemalige Freundin hier in meinem Haus wohnt? Die Bandsängerin.

Genau über mir. Sie sieht aus wie Elvis kurz vorm Ende, nur in Blond und weiblich. Das ist doch der Hammer, oder?«

Erwartungsgemäß verschlug es seiner Mutter bei dieser Nachricht eine Sekunde lang die Sprache.

»Nein«, stieß sie endlich hervor, mit einem kaum verhohlenen Hauch von Neugier in der Stimme. »Im Ernst?« Vergessen waren die Prüfungen, das leidige Praktikum und das Studium, das sich hinzog wie alter Kaugummi.

Lars berichtete seiner Mutter alles, was er über Frau Dürer wusste, und übertrieb dabei noch ein bisschen, damit seine Mutter am Ball blieb und das gefährliche Terrain seines Studiums nicht noch einmal betrat. Frau Dürer wurde in seinen Berichten immer fetter und unförmiger, sie trug offene Schnapsflaschen in der Handtasche herum, die sie wie ihre Babys liebkoste, sie torkelte durchs Treppenhaus und lallte Obszönitäten und hatte ein altes Foto von Onkel Eckhardt an die Wand gepinnt, auf das sie im betrunkenen Zustand Dartpfeile abfeuerte. Doch, doch, das hatte er ganz genau gesehen, als er neulich an ihrer Tür vorbeigelaufen war. Seine begeisterte Mutter lieferte ihm im Gegenzug alles, was sie über Eckhardts dunkle Vergangenheit wusste – dass dieser jahrelang in einer furchtbaren Band herumgetingelt war, angestiftet von dieser grässlichen Person, dieser Dürer, die das Letzte aus ihm herausgesaugt und nie genug gekriegt hatte und vor der Onkel Eckhardt nur durch die heilsame Heirat mit Tante Susanne gerettet worden war. Aber Tante Susanne gab es ja leider nicht mehr, die war dem Eckhardt irgendwann davongelaufen, wer wollte es ihr verübeln.

Als seine Mutter sich genüsslich satt geredet und leer gelästert hatte, legte Lars schnell auf, um die gute Stimmung nicht zu verderben, und googelte anschließend nach Eckhardts Band. *Gnadenlos* – was für ein bescheuerter Name. Aber Tatsache, das war Frau Dürer. Gut sah die damals aus, ein richtig heißer Feger. Was war nur passiert? Lars dachte eine Weile lang über Frau Dürer nach, bis seine Gedanken wieder zu Laura und zu der Party heute Abend wanderten. Der Nudelsalat war ihm verdammt gut gelungen und jetzt musste er nur noch die Sache mit dem Grill erledigen. Wohin bloß damit? Es blieb nur der Hof hinten. Der war zwar nicht sehr grün und auch nicht besonders romantisch, aber wenigstens war man dort relativ ungestört.

Er würde gleich mal die Lage checken und schnappte sich den Grill und die Holzkohle. In einer halben Stunde kamen die anderen.

»Hallo, Lars.«

Er blickte auf. Vor ihm stand Gregor, aber es hätte genauso gut der Prinz von Togo sein können, jedenfalls dem Outfit nach. Der Junge hatte trotz der Wärme eine merkwürdige, viel zu kleine gestreifte Stola um, die sich wie ein elisabethanischer Kragen um seinen Hals kräuselte. »Hallo.«

»Willst du jetzt also grillen?«

»Genau.«

»Was denn alles?«

»Na ... was man halt so grillt. Steak und so.«

»Ich mag auch Steak. Früher haben wir das nicht gegessen, aber jetzt. Nur nicht so oft.«

Lars verstand. »Ey, Gregor, du kannst da leider nicht mitessen. Das ist für meine Kumpels und so.«

»Kommt Laura auch?«

»Natürlich.« Das sagte er nicht ohne Stolz, aber merkwürdigerweise fragte Gregor nicht weiter nach ihr, dabei interessierte ihn doch sonst immer alles brennend. Stattdessen erkundigte er sich nach etwas anderem.

»Gefällt dir dein Studium immer noch nicht?«

»Nope.« Lars schichtete Kohle auf den kleinen Grill. Jetzt fing Gregor auch noch damit an. Hatte sich denn die ganze Welt gegen ihn verschworen? »Ist voll der Scheiß.«

»Weil du da Menschen nicht helfen kannst?«

Das hatte der Junge sich also gemerkt. »Genau.«

»Super.« Gregor strahlte ihn an. »Ich weiß nämlich, wie du Menschen helfen kannst, obwohl du so ein Scheißstudium machst.«

Lars hielt verblüfft inne. Aus Gregors Mund klang ein solches Wort fehl am Platz, als ob Schimpfwörter normalerweise einen Bogen um ihn herummachten. »Wie meinst du das?«

»Du willst doch Menschen helfen. Die Junescus sind Menschen. Und sie brauchen Hilfe.«

»Die Junescus? Von oben?« Sein Blick kletterte an der Hauswand hoch, als ob Frau Junescu tatsächlich jeden Moment ihren Kopf aus dem Fenster stecken und gellend um Hilfe schreien würde.

»Ja. Frau Junescu hat jetzt einen Garten. Für ihre Hühner. Aber sie hat kein Auto, um die Hühner dahin zu schaffen, weil ihr Mann auf Montage ist. Das hat sie mir erzählt.«

Hühner? Also doch. Du lieber Himmel. Was Gregor immer alles wusste ... »Und?«

»Du hast ein Auto. Ich hab es vorhin gesehen. Es ist grün. Eine schöne Farbe.«

Das Popelgrün seines alten VW als schön zu bezeichnen war ja wohl geschmeichelt. »Und du meinst, ich soll Frau Junescus Hühner durch die Gegend kutschieren?« Endlich verstand Lars, woher der Wind wehte, und er breitete die

Arme aus, um ein Flattern anzudeuten. »Eine Art Hühnertaxi? Gack, gack, gack?«

»Genau.« Gregor nickte feierlich, er hatte das nicht als Witz gemeint.

Lars verschluckte sich vor Schreck an seinem eigenen Lachen. »Das ist jetzt nicht dein Ernst, oder?«

»Doch. Die Hühner müssen ja dorthin und ein Auto ist der schnellste Weg. Das hab ich im Internet bei Google Maps ausgerechnet. Das kennst du vielleicht?«

»Ich ...«

Gregor ließ ihn nicht ausreden. »Mit der Straßenbahn muss man zweimal umsteigen, es dauert dreiundzwanzig Minuten. Mit dem Bus muss man nur einmal umsteigen, aber dafür länger laufen und es dauert zweiundvierzig Minuten. Mit dem Auto dauert es nur zwölf Minuten, vorausgesetzt, es ist kein Stau oder Unwetter, aber der Wetterbericht für heute Abend und morgen ist gut, leichte Frühnebel und dann Sonnenschein und vierundzwanzig Grad, außer im Südwesten der Repub...«

»Moment, Moment.« Lars presste den Finger an die Schläfen. »Ich ... okay. Mal ganz langsam. Wo ist der Garten?«

»Im Nordviertel. Willst du es Frau Junescu gleich sagen, dass du ihr hilfst? Sie ist zu Hause.«

»Nein, also das geht jetzt nicht.«

»Warum denn nicht?«

»Na, weil gleich meine Party anfängt. Grillen, schon vergessen?«

»Ach so.« Gregor sackte deprimiert in sich zusammen und Lars biss sich auf die Lippe. Herrgott noch mal. Wenn jemand an sein Mitleid appellierte, dann konnte er einfach nicht Nein sagen. Genau das war ja sein Problem.

»Okay, ich mach's«, seufzte er nach einer ungemütlichen kleinen Pause. »Zufrieden? Aber nicht jetzt. Morgen.«

»Super.« Gregor wippte ein wenig auf der Stelle. Dann winkte er plötzlich jemandem, der offenbar direkt hinter Lars war. »Frau Dürer! Das hier ist Lars. Sein Onkel ist Ecki, das habe ich Ihnen doch erzählt. Lars weiß, wo Ecki wohnt, stimmt's?«

Wie in Zeitlupe drehte Lars sich um. Oben im zweiten Stock schaute Frau Dürer aus dem Fenster, Zigarette im Mund und trotz des warmen Sommertages in etwas Weißes und Felliges gehüllt. Von hier unten sah sie aus wie ein dampfender Eisbär. Lars konnte Züge der jungen Frau Dürer in ihrem schwammigen Gesicht erkennen. Es war unglaublich, wie ein Mensch sich so verändern konnte. »Tag.« Er wedelte kurz zum Gruß mit der Grillzange.

»Ist das wahr?«, fragte Frau Dürer von oben. »Sie kennen meinen Ecki?«

»Ja, klar. Das ist mein Onkel. Die Welt ist ein Dorf, was?« Er lachte.

Frau Dürer lachte nicht zurück. »Wo lebt er denn jetzt?«

»Er wohnt nur ein paar Straßen weiter. In der Kantstraße vierzig.« Oh, *shit.* Das war ihm jetzt rausgerutscht. Hoffentlich war Onkel Eckhardt nicht sauer, dass er es der Dürer verraten hatte. Andererseits – Lars redete sowieso nicht mit seinem Onkel, es konnte ihm also völlig egal sein, was der von ihm dachte.

»Kantstraße«, wiederholte Frau Dürer leise, geradezu fassungslos. »In der Kantstraße wohnt er.«

»Da können Sie ihn mal besuchen«, mischte Gregor sich ein.

»Hey!« Lars schoss ihm einen warnenden Blick zu, aber

Gregor bekam das natürlich nicht mit. Außerdem fing der Grill jetzt mörderisch an zu qualmen, das Feuer ging nicht so richtig an. Verärgert beugte Lars sich darüber. Vielleicht gewann er ja doch den Riesengrill. Der wäre sicher viel besser.

»Na, was gibt es denn Gutes?«, fragte eine helle Stimme hinter ihm. Lars fuhr herum, ein erwartungsfrohes Lächeln im Gesicht, das ihm allerdings sofort wieder entglitt. Laura stand da, frisch und schön wie eine Sommergöttin, die braunen Beine in Shorts und Flip-Flops an den Füßen, die Zehennägel perlmuttrosa lackiert. Links neben ihr standen zwei unbekannte Mädchen, keines so hübsch wie sie, und rechts stand ein Typ mit halblangen lockigen Haaren und dem muskulösen Körper von jemandem, der definitiv nicht den ganzen Tag lang idiotische Strategien zur Konkursvermeidung büffelte, sondern noch vor dem Frühstück auf Zweitausender joggte, ein Kanu über wilde Gebirgsflüsse lenkte oder knackige hundert Kilometer Rad zum Aufwärmen fuhr. Ein Extremsportler. Fitnessfreak. Ein Tarzanverschnitt. Der Typ stand nicht nur da, nein, er grinste arrogant und hielt Laura fest. Hatte den Arm besitzergreifend um ihre Schultern gelegt, und seine Finger spielten an ihrem Ohrläppchen herum. Warum ließ Laura das zu? Lars schluckte.

»Das sind Lisa und Jenny«, stellte Laura ihre Freundinnen fröhlich vor. »Und das hier ist Damian, mein Freund.« Kleines zartes Küsschen auf Tarzans Wange. »Sollen wir dir was helfen?«

23

Atmete Marlene tatsächlich schneller? Judith konnte es schwer einschätzen, aber wenn Doktor Lindig das sagte, dann würde es wohl stimmen. Er hielt es auch für eine gute Idee, Marlene lauter positive Dinge zu erzählen, das würde ihr helfen.

»Wir machen heute eine Radtour«, plapperte Judith daher drauflos und hielt Marlenes Hand so fest, dass sie sie fast quetschte. »Wir nehmen die Räder im Zug mit und fahren zehn Kilometer den Fahrradweg an den Weingütern entlang. Gregor freut sich schon.«

Blinzelte Marlene etwa? Freute sie sich über diese Neuigkeit? Judith hatte die Zeichnung von Gregor und Marlene mitgebracht und an die Wand gepinnt. Wenn Marlene aufwachte, würde es das Erste sein, was sie sah. Wie früher in ihrem gemeinsamen Zimmer. Marlenes Wandseite hing voller Hippiekram, Peace-Zeichen und Fotos psychedelischer Bands, Judiths Seite des Zimmers war voller Zeichnungen.

Das war damals gewesen, als ihre beiden Leben noch geradlinig und parallel verliefen und Marlene nur ein bisschen verträumter und chaotischer war als Judith. Sie spürte, wie sich eine Träne in ihr Auge drängte. Irgendwann hatte das Schicksal sie in verschiedene Richtungen gelenkt – ein paar Missverständnisse und eine Menge allzu vorsichtige oder überstürzte Entscheidungen, Männer von entgegengesetzten Enden des Spektrums, unterschiedliche Lebenspläne und Karrieren und schließlich höfliche, stille und gesittete Besuche einmal im Jahr. Es tut mir leid, wollte Judith ihrer kleinen Schwester zurufen. Es tut mir leid, dass wir uns so selten sehen und dass wir uns irgendwo verloren haben. Aber natürlich rief sie nichts, sondern lächelte nur beherzt, weil Gregor seiner Mutter jetzt den ulkigen kleinen Poncho aufs Bett legte, den er angeblich von Frau Regner geschenkt bekommen hatte, auch wenn Judith sich nicht sicher war, ob er wirklich die Wahrheit sagte.

»Tschüss, Marlene«, sagte sie laut. »Wir kommen bald wieder. Und das nächste Mal kannst du uns bestimmt schon wieder sehen.«

Der Bahnsteig war voll wanderlustiger Leute, hibbeliger Kleinkinder, gestresster Familienmütter und sportlicher Väter, eiserner Ü-60-Frauen im Freizeitlook sowie gefühlter Hunderter anderer Radfahrer, die sich gegenseitig misstrauisch beäugten und heimlich ihren Vorsprung zur Zugtür sicherten, indem sie sich millimeterweise vorwärtsarbeiteten, um beim Eintreffen des Nahverkehrszuges ihr Fahrrad als Allererstes ins Abteil wuchten zu können.

Achim hielt sein Rad mit stählernem Griff fest und rührte sich nicht vom Fleck, sondern versuchte, die Leute um sich herum mit Blicken einzuschüchtern. Immerhin waren sie die Ersten auf dem Bahnsteig gewesen, hatten also gewisse Vorrechte, aber es funktionierte trotzdem nicht. Als das lächerlich kleine Züglein einfuhr, wälzte sich eine ganze Völkerwanderung lärmend an ihm vorbei in die Waggons, wobei nur noch die alleroberflächlichsten Formen der Höflichkeit gewahrt wurden und die Leute sich wahllos diverse Körperteile in die verbissenen Gesichter rammten.

»Bleib bei mir, wir stellen uns gleich hier links hin«, rief Judith über die Schulter Gregor zu, der hinter ihr stand. »Wir fahren nur eine Station.« Herrgott noch mal. Hatten diese ganzen Leute denn nichts anderes zu tun, als genau das, was sie und Achim und Gregor auch vorhatten? Warum mussten die so sperrige Kinderwagen und Rucksäcke dabeihaben? Wer brauchte so viel Krempel? Warum blieben die nicht alle zu Hause und guckten Fernsehen?

Ein Stück Metall von einem Rucksack bohrte sich in ihren Rücken. »Au, Gregor, pass doch auf!«, rief sie in den Pfiff des Schaffners hinein. Die Tür schloss sich mit einem dumpfen Keuchen. Judith stand eingekeilt zwischen einer Wand von Leuten, umklammerte ihren Lenker und drehte sich um. »Gregor hörst du nicht? Das sticht mich.«

Hinter ihr stand aber nicht Gregor. Hinter ihr stand ein Mann mit Vollbart und kariertem Hemd, der sie böse ansah. »Ich kann mich ja nicht in Luft auflösen«, feuerte er zurück und schob wie zum Beweis sein Fahrrad noch ein Stück näher an Judith heran.

»Gregor?«, sagte sie verblüfft. »Wo bist du?«

Keine Antwort.

»Achim?«, rief Judith, einen Anflug von aufkommender Panik in der Stimme. »Ist Gregor bei dir?«

»Nee«, kam seine Stimme von irgendwo aus dem Gewühl. »Ich denke, der ist bei dir?«

Ein eiskalter Schrecken durchfuhr Judith, sie drängte den bärtigen Mann rigoros zur Seite, ohne auf seinen Protest zu achten, riss sich an etwas Spitzem die Wade auf, schob Menschen auseinander – und dann sah sie ihn. Gregor stand auf dem Bahnsteig draußen, hielt geistesabwesend sein Fahrrad fest und betrachtete völlig versunken die Infotafel mit der Wagenreihung. Er zählte offenbar die Waggons an ihrem Zug, seine Lippen bewegten sich lautlos, und er merkte nicht, dass der Zug längst abfuhr.

»Gregor!«, rief Judith, aber es kam nur ein Krächzen heraus, der Zug rollte los, Gregor stand da draußen und sie waren hier drinnen, von Idioten umgeben wie dem bärtigen Mann, der »Jetzt drängeln Sie doch nicht so!« giftete. Der Zug fuhr schneller, schon lag der Bahnsteig hinter ihnen, ein letztes Schild, dann Bäume, Vorortsiedlungen.

Sie musste die Notbremse ziehen, aber wo war die? Judith versuchte, Achim zu rufen, aber ihre Stimme funktionierte nicht mehr, es kam einfach kein Ton heraus. Sie hatten gerade Gregor auf dem Bahnsteig verloren, verdammt noch mal. Achims Arm kam in ihr Blickfeld und mit letzter Kraft zerrte sie daran, als wäre der die Notbremse. Sein Gesicht schob sich zwischen zwei Rücken zu ihr durch. »Was ist denn?«

»Gregor stand noch auf dem Bahnsteig, der ist nicht mitgekommen«, gelang es ihr endlich zu sagen und dann fing sie an zu heulen.

Ehe sie in der brodelnden menschlichen Füllung des Waggons die Notbremse gefunden hatten, war der Zug bei der nächsten Station angekommen und hielt an. Judith und Achim stürzten ohne Rücksicht auf Verluste hinaus, sahen sich hektisch um, als ob Gregor wie durch ein Wunder in letzter Minute doch noch aufgesprungen wäre, um ihnen nun fröhlich entgegenzuschlendern, aber da war niemand, absolut niemand. Es gab keinen Bahnbeamten, keinen Fahrkartenschalter, überhaupt nichts, nur sonnenhungrige und wochenendgeile Wanderer und Radfahrer, denn hier ging der zwanzig Kilometer lange Weg am Ufer des Flusses und entlang der Weingüter los.

Weil Gregors Handy selbstverständlich zu Hause lag und sie sich keinen anderen Rat wussten, fuhren sie die gesamten, mit dem Zug zurückgelegten zehn Kilometer mit dem Rad wieder zurück. Eine hässliche holprige Landstraße entlang, aber Gott sei Dank ging es bergab. Sie rasten beide wie nie zuvor in ihrem Leben, und Judith verspürte grenzenlose Dankbarkeit dafür, dass Achim sie so oft zum Radfahren überredet hatte, denn nun war sie fit genug, mit ihm mitzuhalten.

Als sie zwanzig Minuten später keuchend und feuerrot im Gesicht wieder beim Ausgangsbahnhof ankamen, stand Gregor noch genau an derselben Stelle vor dem Plakat mit der Wagenreihung. Achim ging zu ihm hin, doch anstatt ihn anzuschreien, wie er es bei Frank getan hätte, legte er ihm nur die Hand auf die Schulter. Gregor drehte sich erstaunt um.

Judith ließ ihr Rad fallen und umarmte ihren Neffen spontan, obwohl er das doch hasste. »Gott sei Dank, du bist noch da.«

»Guckt mal.« Gregor deutete auf den Aushang. »Die Züge, die sonntags fahren, haben immer zwei Wagen weniger und dafür die roten Abteile hinten. Das sind aber nur die Züge auf dieser Strecke hier. Deshalb kann man das nicht für alle Züge sagen. Wann kommt denn überhaupt unserer?«

Die Radtour wurde trotz des chaotischen Beginns noch ein voller Erfolg. Gregor radelte zwar unglaublich langsam, aber da Achim sich bereits auf der Hetzjagd zwischen den zwei

Bahnhöfen ausgepowert hatte, störte das niemanden. Dann fuhren sie eben langsam und ließen sich von aller Welt überholen. Sie kauften in einem kleinen Ausflugslokal zwei Gläser Wein für sich und eine Apfelschorle für Gregor und setzten sich auf die Wiese, um auf den Fluss zu schauen.

»Hier ist es schön.« Gregor zupfte ein paar Grashalme ab. »Das macht mich glücklich. Seid ihr mit Frank auch immer hierhergefahren?«

Die Frage kam so unvermittelt, dass Judith ohne nachzudenken antwortete: »Ja, ganz früher. Aber dann wollte er nicht mehr mitkommen.«

»Warum denn nicht?«

»Weil ...« Sie senkte den Blick. Weil Achim sich dauernd ein idiotisches Wettrennen mit ihm liefern wollte. Weil es Frank irgendwann peinlich war, mit seinen Eltern durch die Gegend zu radeln, und weil Achim das nicht verstand. Sie hatte es erst auch nicht verstanden. Ein Familienausflug – was war denn schon dabei? Hatten sie das nicht immer sonntags gemacht? Aber nicht mehr mit sechzehn, hatte Frank gesagt und dann irgendwann zu einem Trick gegriffen. Er kam Samstagnacht einfach nicht mehr nach Hause und tauchte erst Sonntagabend wieder auf. Fertig. Trotzig und stur waren sie dann eben am Wochenende zu zweit geradelt, hatten sich angeschwiegen, Luft aufgepumpt, langweilige Fotos geschossen und die vorbeiziehende Landschaft übertrieben laut bewundert, als ob Frank sie auf geheimnisvolle Weise hören und sich darüber ärgern würde, was er alles verpasste.

»Weil Frank seine eigenen Wege gehen wollte«, beantwortete Achim jetzt Gregors Frage. »Das haben wir damals nur nicht so richtig verstanden.«

Judith sah überrascht hoch. Hatte er das jetzt wirklich gesagt?

»Es sind heute bestimmt fünfundzwanzig Grad«, meinte Gregor übergangslos.

»Nee, mindestens dreißig. Wollen wir wetten?« Achim schnappte sich Judiths Handy, das neben ihr im Gras lag. »Mal sehen, wer recht hat. Der berühmte Wetterfrosch Gregor Kolb oder ich.« Er blickte auf Judiths Handy, wischte darauf herum, hielt plötzlich inne und sah mit einem merkwürdigen Gesichtsausdruck kurz zu seiner Frau hinüber. »Du hast recht, Gregor. Es sind fünfundzwanzig Grad.«

»Sag ich doch!« Gregor freute sich wie verrückt.

»Holst du uns noch was zu trinken?« Achim zückte einen Schein und reichte ihn dem Jungen. »Noch eine Apfelschorle?«

Judith wurde wachsam. Wollte Achim ihn etwa loswerden? Und tatsächlich, sobald Gregor außer Sichtweite war, wandte Achim sich an Judith. »Sag mal, warum googelst du nach Sorgerechtsregelungen?«

Sie spürte, wie die Röte ihren Hals hochkroch. Das hatte er also eben entdeckt. »Ich ... ich wollte einfach mal wissen, wie das funktioniert. Falls ...« Sie konnte nicht weiterreden. Es war klar, was gemeint war.

»Aber Doktor Lindig hat doch gesagt, dass sie bald aufwachen wird?«

»Ja, natürlich«, versicherte Judith hastig. »Es ist auch schon eine Weile her, dass ich das gesucht habe.«

»Und wie sind die Regelungen?«, fragte Achim nach einem Moment des Schweigens.

»Die Sache ist kompliziert, wie du dir sicher vorstellen kannst. Aber ich ... ich würde es einfach nicht ertragen, wenn Gregor irgendwohin käme, wo man ihn nicht liebt.« Mist, jetzt fing sie hier auch noch an zu heulen, dabei kam Gregor schon mit seiner Apfelschorle zurück.

»Ich auch nicht«, sagte Achim leise. »Ich doch auch nicht.«

Als sie am Abend von Sonne, frischer Luft und Wein ermattet nach Hause kamen, stand der grüne VW von Lars vor der Haustür, der Kofferraum sperrangelweit offen, daneben Frau Junescu, die wild gestikulierte. Judith reckte den Hals.

»Lars hilft Frau Junescu.« Gregor freute sich.

»Was laden die denn da ein?«, fragte Achim. »Sind das etwa …?«

»Jep. Hühner.« Judith nickte Frau Junescu zu. »Auf dem Weg in ihr neues Zuhause.«

»Die haben also wirklich Hühner? Ich fasse es nicht. Und woher weißt du das?«

»Von Gregor.«

Judith zwinkerte ihrem Neffen zu. Die Hühner saßen in einer Kiste, aus der sie eindeutig schon herausgewachsen waren, und ruckten verwirrt mit den Köpfchen. Hoffentlich ging das gut. Hoffentlich flatterten die nicht während der Fahrt im Auto herum. Das war wirklich nett von diesem Lars. Judith hatte gar nicht gewusst, dass der irgendetwas mit den Junescus zu schaffen hatte.

Oben im dritten Stock stand Herr Walter wie ein Feldwebel auf seinem Balkon und beobachtete das Treiben auf der Straße. Als er entdeckte, was die Kiste enthielt, beugte er sich so weit vor, dass Judith einen Moment lang befürchtete, er würde über die Balkonbrüstung kippen.

»Hühner. Neues Zuhause.« Achim kapierte überhaupt nichts mehr. »Wieso wissen das alle und nur ich nicht?«

»Schau mal.« Statt einer Antwort deutete Judith jetzt auf die Haustür, durch die sich eine imposante Erscheinung schob. Es handelte sich um Frau Dürer in einem schwarzen, glänzenden Kleid, um den Hals ein getigertes Tuch, die Haare zu einem luftigen Baiser aufgetürmt, dazu Motorradstiefel und jede Menge Silberschmuck.

»Kneif mich mal«, sagte Achim leise. »Wo will die denn hin?«

Frau Dürer setzte ihre Füße vorsichtig auf das Pflaster des Gehwegs, als ob sie erst austesten müsste, wie sicher sie noch in Schuhen laufen konnte, die nicht die Konsistenz von Kuchenbrötchen hatten wie ihre ewigen Hausschuhe, dann steuerte sie auf Lars zu, wechselte ein paar Worte mit ihm und schritt zügig, aber ohne Hast die Brunnerstraße entlang. Sie wirkte wie eine Operndiva, die aus Versehen auf dem Weg zur Bühne den falschen Ausgang genommen hatte.

»Frau Dürer hat ein Date«, informierte Gregor sie beide. »Mit Ecki.«

Achim fuhr herum. »Was? Mit wem?«

»Woher weißt du das denn?«, fragte Judith verblüfft.

Gregor zuckte mit den Schultern. »Ich weiß viel.«

In der Tat, dachte Judith. Gregor wusste irgendwie alles.

24

Herr Walter ärgerte sich. Er hätte Geld von den Hoffmanns verlangen sollen. Wenigstens zwanzig Euro. Nein, dreißig. Warum hatte er nicht gleich geschaltet und wie jeder normale Mensch Geld für eine erbrachte Leistung gefordert? So lief das doch: Der Bäcker backte Brötchen – man bezahlte ihn dafür, der Maler malte Wände – man bezahlte ihn dafür, wenn auch zähneknirschend, weil der Lump die Ecken nicht exakt genug ausgemalt hatte, und Herr Walter baute den Hoffmanns ein Spezialbesteck, ein Unikat, eine eigene Erfindung wohlgemerkt – und was passierte? Nichts. Warum hatte er bloß den Mund nicht aufgemacht? Er war doch sonst nicht so zimperlich? Wenn er ganz ehrlich war, konnte er sich die Frage selbst beantworten: weil er nämlich so verdammt überrascht und geschmeichelt gewesen war, dass die was von ihm wollten. Dass sie seine Hilfe brauchten, ihn regelrecht anbettelten, ihn bewunderten. Das war ihm runtergegangen wie Öl, er hatte sie anfangs noch ein bisschen zappeln lassen, aber eigentlich war ihm schon nach den ersten wirren, alkoholisierten Sätzen von Herrn Hoffmann und dem verlegenen Stottern seiner Frau klar gewesen, dass er das Ding für sie bauen würde. Einfach weil er es konnte und die ihn brauchten. Ein unglaubliches Gefühl war das, elektrisierend und berauschend wie der Pflaumenschnaps, den

Herr Hoffmann aus unbegreiflichen Gründen ausgerechnet mit der zwielichtigen Frau Junescu getrunken hatte.

Mehrere Tage lang hatte Herr Walter gefeilt, gelötet, geschnitten, gemessen und dabei ein Lied gepfiffen und sich selbst im Nachhinein eingestehen müssen, dass es eine hervorragende Idee gewesen war, Gregor das Besteck zu überlassen. Der Junge hatte das kostbare Teil nicht etwa verschludert oder zerbrochen, sondern anständigen Leuten wie den Hoffmanns gezeigt und sie so sehr davon begeistert, dass sie Herrn Walter aufgesucht hatten.

Die Hoffmanns holten das fertige Besteck ab, bedankten sich überschwänglich, lobten ihn, und einen Moment lang sah es fast so aus, als wollte Frau Hoffmann ihn sogar umarmen, aber dem war er Gott sei Dank durch ein geschicktes Ausweichmanöver entkommen. Und dann waren sie mit dem Besteck von dannen gezogen und hatten ihn in seiner Küche zurückgelassen, wo er langsam wieder zur Besinnung gekommen war.

Warum zum Geier hatte er kein Geld von ihnen verlangt? Und gerade als er sich entschlossen hatte, hinunter zu den Hoffmanns zu gehen und anzudeuten, dass es da noch unerledigte Rechnungen gab, klingelte es. Vor der Tür stand Frau Hoffmann, einen Kuchenteller in der Hand und ein strahlendes Lächeln im Gesicht, das sie zehn Jahre jünger wirken ließ.

»Herzlichen Dank noch mal, Herr Walter«, sagte sie. »Sie glauben gar nicht, wie meine Schwiegermutter sich über das Besteck gefreut hat. Ich soll Sie herzlich grüßen, sie kann ja leider nicht selber die Treppe rauf. Der Kuchen ist von ihr. Also, das Rezept. Im Backen ist sie die Beste.« Bei anderen Sachen eher weniger, deutete der Gesichtsausdruck von Frau Hoffmann an.

Herr Walter war so überrascht, dass er den Kuchenteller mechanisch entgegennahm. Jetzt nach einer Bezahlung zu verlangen kam ihm irgendwie unpassend vor, und dann war der Moment sowieso vorbei und Frau Hoffmann wieder weg. Er würde also kein Geld bekommen, und das ärgerte ihn.

Er betrachtete den Kuchen, den er sowieso nicht anrühren würde. Niemand konnte so gut backen wie seine Vera, ihre Weihnachtsplätzchen waren Legende, ihre Eierlikörtorte ein Gedicht. Das fanden die anderen auch, damals vor achtundzwanzig Jahren, als das marode alte Haus in der Brunnerstraße acht komplett renoviert worden war, komplett mit vergrößerten Balkonen und einer neuen Terrasse für die Wohnung ganz unten und die Hausbewohner ein spontanes Fest gefeiert hatten, bei dem jeder etwas mitgebracht hatte. Hinten im Hof hatten sie Campingtische aufgestellt, weiße Tischtücher darauf, Bier und Wein und Kaffee, es gab einen Haufen zu essen und noch mehr zu lachen. Damals wohnten die Köhlers noch in der Junescu-Wohnung. Nette junge Leute waren das, beide Ärzte, die dann später nach Afrika gingen, um irgendwelche Afrikanerkinder zu retten. Wären sie doch hiergeblieben und hätten seine Vera gerettet. Und Krauses waren damals gerade eingezogen – sie hochschwanger, er hochverliebt. Beinahe hätten bei der Frau Krause die Wehen auf dem Hausfest eingesetzt. Eine Aufregung war das, und dann war alles nur falscher Alarm gewesen. Er lächelte kurz bei der Erinnerung an den hektischen Herrn Krause, der vor lauter Panik an dem Abend sein Auto nicht hatte starten können. Irgendjemand hatte ihm dann geholfen. Damals redeten die Leute noch miteinander, halfen sich gegenseitig, es wurde zusammen gefeiert.

Heute gab es das alles nicht mehr. Nein – das war nicht

ganz korrekt. Ihm fiel plötzlich ein, dass die Studenten da unten neulich gegrillt hatten, angeführt von diesem jungen Mann mit dem hochgradig grotesken Bart, aber so richtige Stimmung war nicht aufgekommen. Es war eben nicht dasselbe wie früher. Der Student mit dem Bart hatte selbst nur trübsinnig herumgesessen und dieses Mädchen angestarrt, das auch in seiner Wohnung wohnte und die ganze Zeit mit so einem Muskelprotz Händchen gehalten hatte. Niemand hatte laut gesungen, sich neben die Mülltonnen erbrochen oder Geschirr zertrümmert, es war rein gar nichts passiert, obwohl Herr Walter den ganzen Abend lang wachsam am Fenster ausgeharrt hatte, oder vielleicht hatte er es auch nur irgendwie verpasst.

Auch die skandalösen Hühner der Junescus hatte er leider verpasst und erst bei ihrem Auszug bemerkt. Wie herrlich wäre es doch gewesen, so ein Huhn im Treppenhaus zu erwischen. Er hätte das krakeelnde Vieh einfangen und die Junescus dann zur Rede stellen können. Aber nun war es zu spät, die Hühner waren weg, die Studentenpartys langweiliger als ein Treffen der örtlichen Modelleisenbahner, und Frau Junescu und die Hoffmanns waren zu allem Überfluss auch noch die besten Freunde geworden. Wie ärgerlich das alles war.

Sein Magen knurrte, er ignorierte jedoch eisern den Kuchenteller und stand auf, um sich etwas aus dem Kühlschrank zu holen. Eine Packung Camembert, auf der zwei Kühe sich an den Hufen hielten und über eine grüne Wiese tanzten. Lachhaft. Dabei kam das Zeug doch sowieso aus der Fabrik. Neulich erst hatten sie aufgedeckt, woher denn die gute deutsche Leberwurst in Wirklichkeit kam. Nämlich irgendwo aus Rumänien. Aus der Walachei! Wahrscheinlich von Frau Junescus Verwandten in irgendeiner Bretterbude unter unzumutbaren hygienischen Bedingungen nachlässig zusammengeklatscht, mit Konservierungsmitteln vollgespritzt und dann ab in den Kühltransporter nach Deutschland, wo sich die grenzenlos verblödete Bevölkerung daran gütlich tat. Solche Sachen ärgerten ihn. Alles ärgerte ihn. Er legte die tanzenden Kühe zurück in den Kühlschrank, denn er warf grundsätzlich nie Lebensmittel weg, auch wenn sie ihn aufregten. Nach einer zögerlichen Sekunde griff er doch nach einem Stück Kuchen. Es war Bienenstich. Ausgezeichneter Bienenstich, wenn auch nicht ganz so gut wie der von Vera.

Gerade als Herr Walter sich genüsslich das dritte Stück nahm – es sah ihn ja keiner, und ab und zu konnte man seine Prinzipien doch aufgeben, oder? –, schrillte das Telefon.

»Walter«, grunzte er mit vollem Mund in den Hörer.

»Sind Sie das mit dem Besteck?«, fragte eine dünne Stimme.

»Mit wem spreche ich denn?«, sagte er streng.

»Ich ruf an wegen dem Besteck. Da stand doch Ihre Nummer dabei.«

Die Person gab immer noch nicht ihren Namen preis. Frechheit. Herr Walter legte unverzüglich auf. Zwei Minuten später klingelte es erneut. »Walter!«, bellte er wütend ins Telefon, diesmal um etliches lauter.

»Ja, hallöchen, hier Kunert«, trällerte eine fröhliche Frauenstimme. »Ich rufe wegen dem Besteck an.«

Wollten die ihn veralbern? »Haben Sie eben schon mal angerufen?«, fragte er.

»Was? Nein. Aber das Besteck war so schnell weg, ich wollte mich erst noch mit meinem Mann besprechen, ob wir das nehmen, und zack, waren wir schon zu spät.« Die Frau lachte haltlos. Eine Verrückte, ganz ohne jeden Zweifel.

»Und da sag ich zu meinem Mann ...«

»Sagen Sie mal, was wollen Sie eigentlich von mir?«, unterbrach Herr Walter das unsinnige Geplapper der Frau.

»Na, Sie haben doch Ihre Telefonnummer angegeben. Für weitere Bestellungen.« Die Frau klang jetzt leicht beleidigt.

»Bestellungen?«

»Ja. Aber ich wollte Sie eigentlich nur fragen, ob Sie auch eine billigere Version von dem Ding haben. Zweihundert Euro sind uns ehrlich gesagt ein bisschen zu happig, aber hundert würden wir schon bezahlen.«

Herr Walter schwieg.

»Ja, oder hundertfünfzig, wenn es sein muss.« Die Frau lachte wieder so albern. »Hallo? Sind Sie noch dran?«

»Nein.« Herr Walter legte auf.

Was ging hier vor? Erlaubte sich da jemand einen Scherz mit ihm? Etwa die Hoffmanns? Das konnte doch nicht sein. Das Telefon klingelte noch sieben Mal. Herr Walter saß regungslos da, ließ es immer auf den Anrufbeantworter springen und erhielt somit ein Sammelsurium wirrer Fragen: Ob er auch Kreditkarten nehme? Oder nur Vorauszahlung? Wann er denn liefern könne? Wären die Versandkosten inbegriffen? Könnte er bitte unverzüglich zurückrufen?

Als das Telefon zum achten Mal klingelte, zitterte er. Vor Wut, vor Aufregung, vor Verwirrung. Entschlossen nahm er den Hörer ab. »Walter.«

»Guten Tag, ich rufe wegen dem Besteck an, Sie ...«

»Woher ...?«, unterbrach Herr Walter den unbekannten Anrufer mit erzwungener Ruhe. »Woher haben Sie meine Telefonnummer?«

»Na, aus dem Internet. Von Ihrem Angebot auf eBay.« Der Anrufer schnaufte belustigt. »*Spezialbesteck für Einarmige und Behinderte in hochwertiger Qualität.* Das sind doch Sie? Wir hatten ja schon mal was Ähnliches aus Plastik, aber das war Mist, es ging nach drei Wochen kaputt und deshalb …«

Herr Walter legte kommentarlos auf, begab sich zu seinem Computer, schaltete ihn umständlich an und ging ins Internet. eBay. Wo war eBay? Da. Er schrieb *Spezialbesteck für Einarmige* in die Suchleiste und traute wenig später seinen Augen kaum. Da war ein Foto von Veras Besteck. Darunter eine Nachricht: *Zeitweilig ausverkauft, bitte kontaktieren Sie uns unter dieser Nummer für weitere Bestellungen.* Und darunter stand seine Telefonnummer. Die Wut in seinem Bauch steigerte sich zu einem grollenden Gewitter, einer hochroten Explosion, die jeden Moment das ganze Haus zum Einstürzen bringen würde. Das hier war kriminell! Die würde er anzeigen! Die …

Das Telefon klingelte erneut und sprang dann auf den AB.

»Also, hier ist noch mal Kunert«, meldete sich die Frau von vorhin erneut. »Wir sind irgendwie unterbrochen worden. Wie gesagt, für hundertfünfzig würden wir gern eins kaufen. Rufen Sie doch bitte zurück, ob das okay wäre. Wir bräuchten das relativ dringend. Danke.«

Hundertfünfzig. Herr Walter starrte das Telefon an, dann den Bildschirm seines Computers. Jetzt erst bemerkte er die Liste von Verkaufsargumenten, mit der sein Besteck dort beworben wurde, immer mit dreifachen Ausrufezeichen dahinter. *Nie wieder kleckern!!! Eigenständig essen!!! Für einarmige Omas und andere Menschen!!! Hilft garantiert!!! Unglaubliche Erfindung!!! Nur hier erhältlich!!!*

Hundertfünfzig Euro wollte ihm jemand dafür bezahlen.

Sein Gehirn setzte sich ratternd in Bewegung. Hundertfünfzig Euro ... Natürlich nur gegen Vorauskasse. Der Wutanfall schrumpfte auf die Größe eines Tennisballs zurück und dann auf die Größe einer Haselnuss, als er plötzlich verstand. Dieser Lausbub. Das musste von Gregor kommen, dafür sprach allein diese kindische Anpreiserei. Der hatte ihm vor einigen Tagen vor dem Haus etwas von einer »Überraschung« erzählt, und dass ein Geldregen auf Herrn Walter warte, habe auch Frau Junescu behauptet. Herr Walter hatte Gregor ein mitleidiges Lächeln geschenkt, denn irgendwie mochte er den Jungen inzwischen, und das mit seiner Mutter tat ihm leid. Es gab nichts Schlimmeres, als hilflos am Krankenbett von jemandem zu stehen, den man liebte, das wusste er schließlich aus eigener Erfahrung. War das hier also die Überraschung?

Herr Walter biss sich nachdenklich auf die Lippe, dann stand er auf und holte sich einen Taschenrechner. Wie viele Leute hatten heute hier angerufen?

25

Claudia Dürer saß in ihrem Wohnzimmer auf dem Sofa und starrte die Wand an. Dann griff sie automatisch nach dem Weinglas auf dem Tisch und erhob sich ächzend, um die Box mit dem Lambrusco näher zu sich herzuziehen. Doch auf halbem Weg hielt sie inne und ließ sich wieder auf die Couch plumpsen. Keinen Wein. Was sie gestern erlebt hatte, war Anlass für etwas Härteres. Aber sie konnte sich nicht dazu aufraffen, den Wodka zu holen. Sie war wahnsinnig müde – kein Wunder, denn sie hatte die ganze Nacht lang kein Auge zugetan und immer wieder den Besuch bei Ecki wie einen Film in ihrem Kopf ablaufen lassen. Eckis Begrüßungssatz ging ihr nicht aus dem Sinn: *Claudia? Du lebst ja noch. Ich hab irgendwo gehört, du hättest dich totgesoffen.*

Diese unglaubliche Bemerkung brachte sie auch noch einen Tag später vor Empörung fast um. Sie zitterte regelrecht. Welcher bösartige Mensch hatte denn ein solches Gerücht in die Welt gesetzt? Und was noch viel schlimmer war – Ecki hatte ihr angeblicher Tod offenbar völlig kaltgelassen!

Sie fing an zu weinen. Dicke, schwere Tränen rollten über ihre aufgedunsenen Wangen. Sie ließ sie laufen, blieb sitzen, machte gar nichts. Sie holte sich auch nichts zu trinken. Vielleicht war es ja auch langsam an der Zeit, diese alte Romanze mit Lambrusco zu beenden. Stattdessen spulte sie zum hundertsten Mal vor ihrem inneren Auge die Begegnung mit Ecki gestern ab.

Gern wäre sie im Taxi vorgefahren, doch dafür fehlte ihr das Geld, aber Ecki wohnte ja nur ein paar Straßen weiter. Wenn sie das nur all die Jahre gewusst hätte! Wie oft hatte sie in weinseliger Melancholie zu Hause gesessen, und dabei hatte Ecki keine sechshundert Meter Luftlinie weit von ihr entfernt gelebt. Es war nicht zu fassen. Kurz hatte sie noch überlegt, ob sie sich ankündigen sollte, aber da sie seine Telefonnummer nicht wusste, blieb ihr nur der Überraschungsbesuch übrig.

Als sie in die Kantstraße einbog, verharrte sie einen Moment lang, um sich zu sammeln und sich einen kleinen Schluck aus ihrem Taschenflachmann zu genehmigen. Für die Nerven. Die Straße war leer und trist und Eckis Haus entpuppte sich als ein nichtssagender Nachkriegskasten mit kleinen Fenstern und einer Art zaunlosem Vorgärtchen, das aus raspelkurzem Rasen und ein paar dürftigen Rosenbüschen bestand, die kerzengerade wie eine Militärparade gepflanzt und an Stöcken festgezurrt waren. *Privateigentum!,* warnte ein Schild. *Das ist kein Hundeklo!,* erklärte ein zweites, auf dem ein durchgestrichener Hund mit hinterlistigem Grinsen einen Haufen hinsetzte, und *Hausieren verboten!,* verkündete schließlich ein drittes an der Haustür. Du lieber Himmel! Hier hatte offensichtlich jemand einen Schilderwahn oder zu viel Zeit.

Claudia Dürer kämpfte sich ächzend in den zweiten Stock hinauf und traf absolut niemanden. Nirgendwo war ein Laut zu hören, dafür roch es nach Putzmitteln. Das ganze Haus atmete so viel Rock 'n' Roll aus wie ein gut gepflegtes Grab. Dennoch – an der Wohnungstür stand *E. Rasche* und nach einer kurzen Paniksekunde klingelte sie. Ein korpulenter Mann mit Stirnglatze, bekleidet mit einem Unterhemd und verwaschenen Cargoshorts, öffnete. Ecki. Oder besser gesagt, eine groteske Version von ihm, mit längerer Nase, größeren Ohren, schlafferer Haut und einem Bauch wie schwanger im achten Monat. Als würde man den Ecki von damals in einem Zerrspiegel betrachten. Er erkannte sie nicht.

»Ja?«, fragte er knapp.

»Ecki«, stammelte Frau Dürer, die nun ihre Tränen nicht zurückhalten konnte. »Mensch, ich bin's. Claudi. Deine Rockröhre.«

Eckis Mund öffnete sich leicht, eine Mischung aus Schock, Erkennen, Entsetzen und Unglauben flatterte über sein Gesicht. Und dann kam der Satz: »Claudia? Du lebst ja noch. Ich hab irgendwo gehört, du hättest dich totgesoffen.«

»Natürlich lebe ich noch«, wehrte sie sich bestürzt. Was hatte er da gerade gesagt? Wollte er sie denn nicht umarmen? Nein, wollte er nicht. Aber er ließ sie eintreten. Im Flur murmelte er etwas und ließ sie kurz stehen. Sie sah sich um. Wo waren seine Poster? Seine Erinnerungsstücke? Der Flur war in einem kränklichen Ockergelb gestrichen, an einer Garderobe hingen hellbraune Jacken.

Ecki, oder das, was von ihm noch übrig war, gewährte ihr schließlich Einlass in eine deprimierend biedere Küche, wo er die Reste seines Essens sorgfältig in eine Tupperdose verfrachtete und in den Kühlschrank packte, während er ihr in Kurzform die wichtigsten Stationen der letzten Jahre seines Lebens erzählte. Dass er sich völlig aus dem Musikgeschäft zurückgezogen hatte, wegen Susanne, die das nicht mochte. Und noch mal eine Umschulung zum Einzelhandelskaufmann gemacht hatte, in einem Elektroladen.

»Du verkaufst Radios?«, fragte Claudia Dürer fassungslos.

»Nicht nur.« Hier hob Ecki den Zeigefinger und zählte auf, was er sonst noch alles verkaufte. Er bot ihr nichts zu trinken an. Er fragte sie nicht, was sie all die Jahre gemacht hatte, aber das war ja offenbar auch nicht nötig, denn für ihn war sie ohnehin schon seit Längerem tot. Totgesoffen. Sie hörte ihm nicht mehr zu. Ecki ergab keinen Sinn mehr.

»Machst du noch Musik?«, unterbrach sie endlich sein endloses Gelaber.

»Manchmal.« Er lächelte verkrampft, als gäbe er ein schmutziges kleines Geheimnis preis. »Selten. Hab mir vor Jahren ein Keyboard geleistet, günstig im Laden bekommen und ...«

Sie driftete wieder ab, und ihr Blick fiel auf die ordentlich aufgeräumte Spüle, das zusammengefaltete Geschirrtuch, die Topflappen an der Wand. Die unbekannte Susanne hatte ganze Arbeit geleistet, sie hatte nichts mehr vom alten Ecki übrig gelassen, sondern ihn in sämtliche Einzelteile zerlegt und neu und komplett spießig zusammengesetzt und sich dann verpisst. Und dieser Trottel von Mann sehnte sich trotzdem noch nach ihr, das klang in jeder Silbe mit. Susanne hier, Susanne da. Claudia Dürer zog den Flachmann aus der Tasche, trank einen Schluck und stellte die Flasche dann auf den Tisch.

»Hier, Ecki. Da kannst du auf unseren Tod anstoßen. Ach halt, *ich* lebe ja noch. Verrückt, nicht?« Damit stand sie auf und ging, die Tür ließ sie krachend hinter sich zufallen. Als sie unten an den Rosen und den Schildern vorbeikam, wusste sie instinktiv, dass die von Ecki stammten.

Jetzt, nachdem sie sich erneut an alle qualvollen Einzelheiten dieses Treffens erinnert hatte, kam es Claudia Dürer vor, als ob sie aus einem jahrelangen Koma erwachte. Sie war einem Phantom hinterhergejagt, sie hatte sich jeden Abend, ach was, jeden Vormittag, Nachmittag *und* Abend wegen eines Phantoms volllaufen lassen und dann heulend die alten Videos angeguckt, und diese Spießer-Lusche hockte die ganze Zeit drei Straßen weiter mit seiner drögen Frau in einer Küche, die jede Lebensfreude erstickte, und malte Verbotsschilder.

»*Fuck you,* Ecki!«, sagte sie laut und schmiss das Weinglas wütend an die Wand. Es blieb ganz, dafür klingelte es an der Tür. Falls das jetzt Ecki war, der aus irgendeinem Grund hier auftauchte, dann würde sie, so wahr ihr Gott half, das erste Mal in ihrem Leben handgreiflich werden.

Es war nicht Ecki, sondern Gregor.

»Hallo, Frau Dürer, wie war denn das Date?«, fragte er ohne große Vorrede.

»Zum Kotzen«, gab sie zurück. »Eins kann ich dir sagen – ich hab verdammtes Glück gehabt, dass ich den Waschlappen nicht geheiratet habe. Danke, dass du mir dabei geholfen hast, das zu erkennen. Ich stehe ewig in deiner Schuld, ehrlich.«

»Hat er die Hose noch?«, erkundigte Gregor sich gespannt.

Hose? Einen Moment lang wusste sie nicht, wovon er redete, dann fiel es ihr wieder ein. »Nein. Die knackige Hose von damals hat der hundertprozentig nicht mehr. Der trägt nur noch hellbraun. Innen und außen.«

»Da haben Sie wirklich Glück gehabt«, meinte Gregor. »Wo Sie ja gern so schöne Sachen anziehen wie ich.« Er deutete auf ihr glänzendes Kleid, das sie vor lauter Schock gestern Abend gar nicht ausgezogen hatte.

»Trinken wir was?«, fragte er jetzt. Das hatte sich so eingebürgert. Er wusste, dass sie ihr Weinchen brauchte, benutzte aber immer ein »wir«, obwohl er nie mit ihr trank. Ein eigenartiger Junge, dieser Gregor.

»Lass mal. Heute nicht«, erwiderte sie. Wenn Gregor überrascht war, dann ließ er es sich nicht anmerken.

»Soll ich dann wieder ein bisschen Klavier spielen?«, fragte er stattdessen.

Sie zögerte einen Moment lang. »Weißt du was? Heute spiele *ich* mal. Soll ich dir meinen Lieblingssong von damals vorspielen?«

»Ja, bitte.«

Sie setzte sich ans Klavier, ließ ihren Blick einen Moment lang über die Tasten schweifen, schlug die Anfangsakkorde von »Für immer verloren« an, und dann schmetterte sie den Song so wie früher, nur dass er in diesem Moment, wie ihr bewusst wurde, eine ganz neue Bedeutung bekam. Als sie fertig war, klatschte Gregor höflich.

»Das war sehr laut.«

Claudia Dürer prustete los. »Und ob das laut war. Ich kann noch lauter. Willst du noch eins hören? Oder willst du mitsingen?«

»Ich kann leider nicht singen. Meine Mama kann gut singen. Aber nicht so laut wie Sie. Aber wer am besten von allen singen kann, das ist die Mutter von Jonas. Die Frau Regner.«

»Meine Nachbarin?« Claudia Dürer runzelte die Stirn. Ja, da drüben klimperte immer mal jemand auf dem Klavier, aber mehr gewollt als gekonnt. Gesungen hatte da noch nie jemand, aber vielleicht war sie ja auch immer viel zu bedröhnt gewesen, um mitzukriegen, was da drüben so abging. Hatte die Regner sie nicht sogar mal gefragt, ob sie noch Kontakte in der Musikbranche habe? Ja, jetzt fiel es ihr wieder ein. »Kennen Sie da noch irgendwen?«, hatte Frau Regner verschämt gefragt, als ob sie sich nach dem lokalen Crack-Dealer erkundigte. Frau Dürer wusste erst gar nicht, was die Frau meinte. Aber dann ging ihr ein Licht auf und sie schmetterte sie sofort ab. Natürlich kannte sie noch eine Menge Leute in der Branche, aber für Lieschen Müller von nebenan würde sie ganz gewiss nicht zum Hörer greifen.

»Hast du die denn singen gehört?«, fragte sie jetzt verwundert.

Gregor nickte eifrig. »Ja, und ich hab eine CD von ihr eingetauscht, gegen ein Gebiss. Mit sehr schönem Muster auf der Hülle, schauen Sie mal. So muss eine CD aussehen, nicht?«

Sie warf einen belustigten Blick auf die psychedelischen Kreisel auf der CD. Gott, wie laienhaft! Aber Gregor schien es zu mögen.

»Wir können sie mal zusammen anhören«, schlug er vor.

Eigentlich verspürte sie keine Lust darauf, sich die stümperhafte Aufnahme einer Möchtegernmusikerin zu Gemüte zu führen. Aber Gregor sah sie erwartungsvoll an.

»Niemand will sie nämlich«, verriet er ihr. »Sie wird einfach nicht berühmt. Jonas meint, sie hat keine Konnektschn.«

»Also gut, dann mal her mit dem Ding.« Wenn es unerträglich wurde, blieb ja immer noch die Box mit dem Lambrusco als Rettung. Obwohl sie seit gestern nach dem unseligen Besuch keinen Tropfen mehr angerührt hatte, zu tief schmerzte der Stachel der angeblich Totgesoffenen.

Behutsam legte sie die CD ein und nahm neben Gregor auf der Couch Platz.

»Klingt das nicht schön?«, fragte er wenig später leise.

Frau Dürer antwortete nicht, sie nickte nur. Verdammt

noch mal, der hatte recht. Die Frau hatte eine gute Stimme. Keine Röhre wie ihre, aber rauchig und warm und genau zu diesen Mollballaden passend, die sie da sang. Warum wollte das denn keiner? Das war eine Perle im Dschungel der ganzen Pop-Äffchen auf YouTube. Sie drehte die CD-Hülle in der Hand und entdeckte auch sofort den Grund: Die Frau verkaufte sich viel zu sehr unter ihrem Wert. Die war zu bescheiden und zu unauffällig. So lief das nicht im Musikgeschäft, das wusste sie selbst am besten.

Entschlossen stand sie auf. »Komm mit. Ich werde mal mit Frau Regner reden.«

26

Judith betrat den Dachboden. Hier oben stand die Hitze regelrecht, es roch nach Staub, alten Büchern und altem Holz. Sie war schon ewig nicht mehr hier gewesen, aber irgendwo musste der Krempel aus Franks Zimmer ja hin. Die juristischen Bücher, die Poster, die Schultrophäen, die Modellflugzeuge aus Kindertagen. Sie stellte die Kiste mit dem ganzen Kram ab und schloss ihre Bodenkammer auf. Gregor war irgendwo spielen oder was auch immer er mit dem Sohn von Frau Regner anstellte, nachher wollten sie beide noch schwimmen gehen, und Judith hatte spontan beschlossen, Franks Zimmer endlich in ein vernünftiges Gästezimmer zu verwandeln. Eine neue Schlafcouch würde sie da hineinstellen und eine Wand sonnengelb streichen, neue Rollos anbringen und die uralten karierten Vorhänge endlich wegschmeißen. Vielleicht würde sie sogar eine Staffelei dort unterbringen, und wenn Gregor dann irgendwann in nächster Zeit nicht mehr bei ihnen war, könnte das ihr kleines Atelier werden, es war das hellste Zimmer in der ganzen Wohnung. Marlene hatte heute angefangen, die Augen zu öffnen, auch wenn sie nichts wahrzunehmen schien und auf nichts reagierte. Aber das war ein gutes Zeichen. Sie atmete schneller, und ihre Lider zuckten.

Judith öffnete den alten Kleiderschrank, der hier oben auf

dem Dachboden stand. Darin war alles aus Franks Kindheit verstaut. Seine Babysachen, die sie aufgehoben hatte, weil sie ein sentimentales altes Huhn war, seine Zeugnisse, seine Kinderbücher, seine Briefe aus dem Ferienlager. Sie wischte den Staub von den Buchrücken. Das kleine Gespenst, Jim Knopf, Janosch. Daneben haufenweise Kassetten von Benjamin Blümchen, dieser quäkenden Nervensäge, und von TKKG, deren Titelsong hätte sie noch problemlos mitsingen können, so oft hatte der durch die Wohnung geschallt.

Aber was war das? Ein Haufen Blätter mit Bildern. Franks Wunschzettel zu Weihnachten. *Ich mechte gern einen Hund. Und was schöhnes zum malen. Wenn ich kros bin wert ich Künsdler.* Ihr Herz zog sich zusammen. Seine Rechtschreibung mochte unterirdisch gewesen sein, aber sein Zeichentalent war deutlich zu erkennen. Ein perfekt dreidimensional gemalter Farbkasten, ein imposanter, nahezu lebensechter Hund. Frank hatte definitiv ihr Talent geerbt, nein, er war noch tausendmal besser als sie. Vielleicht wäre er tatsächlich ein großer Künstler geworden – wenn sie ihn nicht davon abgehalten hätten.

Judiths Eltern hatten sie selbst damals nicht abgeblockt, aber das war auch gar nicht nötig gewesen, denn Judith wäre niemals auf die absurde Idee gekommen, ihr Hobby zum Beruf machen zu wollen. Das war etwas für Tagträumer wie Micha, den Freund, den sie vor Achim gehabt hatte. Der wollte mit seiner Musik groß rauskommen, er verdiente nichts, er war unzuverlässig, schwang große Reden, die nie zu etwas führten.

Achim war da ganz anders. Er hatte sie nie enttäuscht, er war pünktlich und vertrauenswürdig, er führte alles zu Ende, was er anfing. Aber er war auch ein Gefangener seiner eigenen Regeln und Vorstellungen, aus denen er nicht ausbrechen konnte. Er war, im wahrsten Sinne des Wortes, sein eigener Gefängniswärter. Und nur Gregor, ausgerechnet Gregor hatte es in den letzten Wochen geschafft, an Achims Panzer der Vernunft zu kratzen. Das war schon fast kurios.

Ihr Blick fiel auf eine staubige Folie ganz hinten im Schrank. Ach Gott. Ihr Hochzeitskleid, eingepackt in eine Hülle, mumifiziert und konserviert. Aber wofür eigentlich? Damit die eigene Schwiegertochter es vielleicht noch mal zu ihrer Hochzeit trug? Beinahe hätte Judith laut aufgelacht. Sie zog den Kleiderbügel heraus. Rüschen, glänzender Stoff, Puffärmel, jungfräulich weiß natürlich. Als ob ... Dazu Korkenzieherlöckchen und Spitze. Die Achtzigerjahre waren doch an Lächerlichkeit wahrlich nicht zu toppen gewesen. Jede Frau wollte damals wie Lady Di aussehen. Na ja, außer vielleicht Frau Dürer. Judith grinste. Nächstes Jahr waren sie dreißig Jahre verheiratet. Perlenhochzeit. Hieß das so? Sollten sie das groß feiern? Nach Vegas fliegen und ihr Eheversprechen erneuern, wie es jetzt modern war? Doktor Huber und seine Frau hatten das letztes Jahr gemacht und hinterher eine zweite Hochzeit gefeiert. Brauchte man das? Reichte es nicht, dem anderen zu verstehen zu geben, dass man froh war, ihn immer noch an seiner Seite zu haben? Die Frau von Doktor Huber hatte sogar für ein Foto noch mal ihr Brautkleid von damals angezogen und vorher zehn Wochen lang nur Proteinshakes getrunken.

»Auf gar keinen Fall, ich liebe dich auch so, Achim«, sagte Judith laut und schob das Kleid zurück in sein Verlies, leerte die Kiste mit dem ganzen Kram aus Franks Zimmer aus und wandte sich zum Gehen. Doch dann drehte sie sich noch einmal um und griff nach dem Packen Briefe aus Franks

Ferienlagerzeit. Das Papier roch schon ein wenig alt, hoffentlich konnte sie die Schrift noch lesen. Aber es würde wie ein kleiner Ausflug in die Vergangenheit sein. In eine Zeit, in der die Welt noch in Ordnung war. Oder sich wenigstens so angefühlt hatte.

27

Lars lauschte. Frau Dürer sang schon wieder, unglaublich. Vor zwei Tagen war das urplötzlich losgegangen, als hätte jemand einen Schalter umgelegt. Und es klang, ja, er konnte es nicht anders sagen, es klang absolut top. Wer hätte gedacht, dass so eine geile Stimme in diesem Kloß mit den Zuckerwattehaaren steckte? Aber warum kam sie erst jetzt damit aus ihrem Schneckenhaus heraus? Vor zwei Tagen ... Moment mal. Ein Geistesblitz durchzuckte ihn. Vor drei Tagen hatte die doch Onkel Eckhardt aufgesucht, das hatte Gregor ihm gesteckt. Mensch, das musste es sein! Da lief was zwischen den beiden, natürlich! Frau Dürer war wieder in seinen Onkel verknallt, zweiter Frühling und so weiter. Beinahe hätte Lars laut aufgelacht. Deswegen sah die auch so anders aus. Erst gestern war ihm das aufgefallen – statt der üblichen schwarzen Goth-Gewänder trug sie auf einmal einen weißen Kaftan mit blauer Kreuzstickerei, ihre Turmfrisur war kollabiert, und die Haare fielen ihr glatt und entspannt auf die Schultern, als wären sie erleichtert darüber, nicht mehr in eine der Schwerkraft entgegengesetzten Form geknechtet zu werden. Dazu trug Frau Dürer jetzt knöchelhohe Schnürstiefel. Sie sah aus wie eine Abgesandte des letzten Zaren, aber eindeutig besser als vorher.

»Mein lieber Schwan, Onkel Eckhardt.« Lars grinste vor

sich hin. Das hätte er seinem piefigen Onkel gar nicht zugetraut. Und außerdem sollte man nicht nach dem Äußeren gehen, denn wenn man die Dürer singen hörte, vergaß man, wie die aussah, weil es toll klang, auch wenn sich mittlerweile garantiert das ganze Haus darüber aufregte, vor allem der Walter, der zerknautschte alte Zausel. Der hatte doch neulich tatsächlich den ganzen Abend lang Lars' Grillparty beobachtet, dilettantisch hinter einer Gardine versteckt. Ein James Bond für Arme. Wahrscheinlich hatte er darauf gewartet, dass etwas Spektakuläres passierte, aber da musste Lars ihn leider enttäuschen. Nichts war passiert. Nichts, was man sehen konnte, jedenfalls. Aber in ihm drin war an diesem Abend eine ganze Menge passiert. Die erste Stunde lang hatte er vor Wut und Schock fast gar nichts sagen können, weil da auf einmal dieser Typ an Lauras Seite hockte, sie abknutschte und befummelte und weil Laura sich diesem langhaarigen Primaten mit einer Inbrunst widmete, die ihresgleichen suchte. Nie hatte sie Lars so angesehen. Nie hatte sie so glockenhell über seine Witze gelacht, die nebenbei bemerkt tausendmal intelligenter waren als die von Damian. Damian! Wer hieß denn überhaupt so? Das war garantiert nicht sein echter Name. Der hieß doch in Wahrheit Ulf oder Torsten.

Aber nach einer Weile war Lars etwas Seltsames widerfahren. Seine Wut flaute ab, die Blase seiner Verliebtheit platzte mit einem lautlosen Knall, der Zauber brach, und in der untergehenden Sonne, von Herrn Walter mit Argusaugen beobachtet und von Mücken umschwirrt, sah er Laura das erste Mal so, wie sie wirklich war. Ein hübsches Mädchen mit einer etwas zu quietschigen Stimme, einer nicht besonders guten Allgemeinbildung und einer Art über andere Leute zu lästern, die ihn abstieß.

Überhaupt traten ihm ihre unangenehmen Eigenschaften, von denen er gar nicht gewusst hatte, dass sie existierten, mit einem Mal deutlich vor Augen. Warum machte er eigentlich immer allein die Wohnung sauber? Warum sagte er nichts, wenn sie seit drei Monaten keinen Cent Miete zahlte, wenn sie einfach seinen Joghurt futterte, seinen Kaffee aufbrauchte, das Bad überflutete und sich mit all ihrer Kosmetik dort ausbreitete, sodass nur noch Platz für seine Zahnbürste blieb? Etwas musste sich ändern, das wurde ihm an diesem Abend klar, und zwar nicht nur in Bezug auf Laura, die im Übrigen tatsächlich nicht so außergewöhnlich schön war, genau wie Gregor gesagt hatte. Auch der schönste Mund wurde hässlich, wenn er blödes Zeug quatschte. Man sollte eben nicht nur nach dem Äußeren gehen, genau wie bei Frau Dürer, womit er wieder beim Thema war.

Gern hätte er jetzt seiner Mutter von Frau Dürer und Onkel Eckhardt erzählt, die diese sensationelle Neuigkeit mit Begeisterung aufgenommen und in der Verwandtschaft weiterverbreitet hätte, aber wenn er sie anrief, stand wieder die Frage nach seinen Prüfungen im Raum, und die konnte und wollte er jetzt nicht zur Sprache bringen, weil sie mit etwas Größerem zusammenhing. Er hatte endgültig begriffen, dass BWL niemals sein Lebensglück verkörpern würde, und wollte nach diesem Semester, zu dessen Abschluss ihm nur noch das Praktikum fehlte, die Studienrichtung wechseln. Er hatte Sozialmanagement für sich gewählt – Familienhilfe, Altenhilfe und Behindertenhilfe. Er hatte sich erkundigt, man würde ihm sogar zwei Semester seines BWL-Studiums anrechnen, vorausgesetzt er absolvierte dieses Praktikum.

Er würde endlich etwas studieren, was mit Menschen zu tun hatte, was Menschen half, Menschen wie den Junescus.

Denn der Witz war, dass er jetzt endlich einen Praktikumsplatz hatte und dass ausgerechnet Frau Junescu ihm dazu verholfen hatte, natürlich ohne dass sie selbst davon wusste. Nein, genau genommen war es Gregor gewesen. Gregor hatte ihn auf Frau Junescu aufmerksam gemacht und damit indirekt den Stein ins Rollen gebracht. Ein Kind. Ein pummeliges, linkisches, zu groß und zu breit geratenes Kind mit einem Faible für wild gemusterte Klamotten und einem Gehirn, das irgendwie anders tickte als der Rest der Welt. Ein Kind, dem das Leben übel mitspielte, das geduldig darauf wartete, dass seine Mutter aufwachte, und das dennoch nicht den Mut verlor, hatte ihn dazu gebracht, sein Leben endlich in den Griff zu bekommen. Und zwar über ein paar Hühner. Das war schon irgendwie kurios.

Vor einigen Tagen hatte er gemeinsam mit Frau Junescu die Hühner, die übrigens sein ganzes Auto verdreckt hatten, aber Schwamm drüber, in ihre behelfsmäßige neue Behausung in die Parzelle der Hoffmanns geschafft. Lars fand ja heimlich, dass das Grundstück zugewuchert und irgendwie düster wirkte, ganz zu schweigen von der gruseligen Kate, die da mittendrin vergammelte, aber Frau Junescu gebärdete sich, als hätte man ihr die Gärten von Versailles vermacht.

»Schön!«, schrie sie glücklich. »So schön! Wie zu Hause!« Immer wieder klatschte sie in die Hände und stieß entzückte kleine Jubelschreie auf Rumänisch aus. Mit einer Kraft, die man ihr gar nicht zugetraut hätte, riss sie einzelne Pflanzen heraus, von denen sie zu wissen schien, dass es sich um Unkraut handelte, und legte auf diese Weise in Windeseile einen Busch frei, an dem Stachelbeeren wuchsen. Sie pflückte die Beeren so begeistert, als ob es sich um Goldnuggets handelte, und berichtete ihm von irgendeinem Rezept, das sie damit zubereiten würde, wovon er aber nur die Hälfte verstand. Anschließend holte sie eine Thermoskanne aus der Tasche und zwang ihm eine Tasse Kaffee auf, der erstaunlich stark und gut war, und erzählte ihm mit Händen und Füßen von irgendeiner Freundin namens Yula, der sie helfen musste, weil Yula kein Deutsch verstand. Ganz im Gegensatz zu ihr selbst natürlich.

Lars nickte grinsend und hob den Daumen hoch, um die exzellenten Deutschkenntnisse von Frau Junescu zu bestätigen.

»Yula muss also zu Amt«, sagte sie und verdrehte entnervt die Augen.

»Amt nervig«, stimmte Lars ihr zu und nickte. »BAföG-Amt voll nervig.« Warum redete er jetzt eigentlich genauso wie Frau Junescu?

»BAföG-Amt?«, fragte Frau Junescu verwirrt.

»Amt für Studenten.«

»Ah, Studenten. Yula ist keine Student.« Frau Junescu sah ihn einen Moment lang sinnend an. Dann schien ihr eine Idee zu kommen. »Du fährst uns zu Amt?«, erkundigte sie sich. »Yula treffen? Kannst uns helfen?«

»Ich nicht helfen wissen«, setzte Lars an, doch dann hielt er inne. »Ich weiß nicht, ob ich da helfen kann. Aber ich kann Sie gern hinfahren.«

»Gute Junge«, jubelte Frau Junescu. »Ich leg dir Karten, ich verspreche!«

»Oh, das ist nicht nötig, wirklich nicht«, wehrte Lars sie verlegen ab. Aber Frau Junescu ließ sich nicht beirren.

»Karten legen ist gut«, sagte sie streng.

Und so kam es, dass er an einem sonnigen Nachmittag mit

Frau Junescu, mit der er bis vor einer Woche noch kein einziges Wort gewechselt hatte, in der Ausländerbehörde saß, umgeben von Menschen mit Problemen, gegen die sich seine eigenen völlig lächerlich ausnahmen. Yula entpuppte sich als stämmige Person mit traurigen Augen, die an Frau Junescus Lippen hing und schließlich in einem der vielen endlosen Zimmer mit ihr verschwand. Lars sah auf seine Uhr. Er hätte etwas zu lernen mitbringen sollen, denn das hier dauerte offensichtlich länger. Er spielte mit seinem Handy herum, aber die Umgebung lenkte ihn immer wieder ab. Was für ein Chaos hier herrschte. All diese Menschen aus sämtlichen Ecken der Welt, die ergeben auf ihren Stühlen hockten, in der Hoffnung, dass irgendjemand ihnen half.

Ihm gegenüber saß ein großer, kräftiger Mann, der unentwegt seine Mütze in der Hand knetete. Ab und zu nahm er seiner Frau neben sich mal das Baby ab und schaukelte es auf den Knien, wenn es zu quengelig wurde. Lars fragte sich unwillkürlich, wo die beiden herkamen, und er war schon kurz davor, den Mann danach zu fragen, einfach weil ihm so langweilig war, als dieser plötzlich aufstand und mit der Frau verschwand. Dort, wo sie gesessen hatten, kam jetzt eine Infotafel an der Wand zum Vorschein. Lars ließ seinen Blick gleichgültig darüberschweifen, als er plötzlich stutzte, aufstand und näher trat. *Praktikum in der Ausländerbehörde?* Er kniff ein Auge zusammen, weil er ein bisschen kurzsichtig war. *Wir suchen Studenten, die ... Menschen helfen ... vielseitig ...*

Und da machte es auf einmal klick.

Das war vor einigen Tagen gewesen, seitdem hatte er mit neu gefundener Energie seine Praktikumsbewerbung abgeschickt und seinen Studienwechsel angekurbelt, und nun musste er nur noch hoch zu Frau Junescu gehen, die ihm immer noch die Karten legen wollte und nicht lockerließ, sie hatte ihn bereits zweimal angerufen.

»Sonst ich komme runter«, hatte sie sogar schon gedroht. Pfeifend begab er sich hoch in den dritten Stock. Herr Walter trat dort gerade aus seiner Tür, zwei kleine Päckchen im Arm, die er offenbar zur Post bringen wollte.

»Tag, junger Mann«, rief er gut gelaunt. Das kam so unerwartet, dass Lars sich vor Schreck am Geländer festhalten musste. Herr Walter war wohl von Außerirdischen ausgetauscht worden. Oder er gab sich nur freundlich, um ihm im nächsten Moment eins reinzuwürgen. Vernachlässigter Brandschutz am Grillabend oder so. Oder Herr Walter war verrückt geworden und in den Paketen befanden sich die zerhackten Einzelteile irgendeines bedauernswerten Hausbewohners.

»Tag«, krächzte Lars überrascht zurück.

Frau Junescu riss die Tür auf. »Schöne Tag, Herr Walter!«, brüllte sie überlaut, als ob sie von einem Flussufer zum anderen hinüberriefe, und schwenkte dabei einen Packen bunter Tarotkarten. »Karte legen, Herr Walter?« Sie zwinkerte Lars komplizenhaft zu.

»Nee, danke. Aber schönen Tag, Frau Junescu«, grüßte Herr Walter zu Lars grenzenlosem Erstaunen zurück. »Ein wirklich schöner Tag heute. Ein Bombensommer dieses Jahr, was?«

»Herr Walter gut drauf«, rief Frau Junescu erfreut. »Kriegt er Hühnersuppe von mir. Bald.«

Herr Walter winkte ab. »Um Gottes willen. Das kommt doch alles aus Rumänien.«

»Genau«, rief Frau Junescu begeistert. »Alles Gute kommt aus Rumänien.«

Lars hatte keine Ahnung, wovon die beiden eigentlich redeten, außerdem schnüffelte Herr Walter jetzt demonstrativ. »Bei Ihnen brennt was an«, informierte er Frau Junescu. »Wahrscheinlich Ihre Hühnersuppe.« Er lachte.

»Ich riech nix.« Frau Junescu wedelte sich vor der Stirn herum, als Herr Walter die Treppe hinunterpolterte, und grinste Lars an. Der roch ebenfalls nichts, was seine Theorie bestärkte, dass der alte Walter irgendwie einen an der Waffel hatte.

Und dann durfte Lars endlich sein Schicksal durch die Karten erfahren. Er folgte Frau Junescu in ihr schrill mit Wandbehängen dekoriertes Wohnzimmer, wo noch die Rotlichtlampe von den Küken stand, die dem Ganzen die Atmosphäre eines Absinth-Salons aus dem letzten Jahrhundert verlieh, und nahm Platz.

»Zieh eine Karte«, befahl sie ihm.

Er gehorchte, und seine Karte zeigte ein nacktes Paar unter einer Art schwebendem Buddha. Sie sahen aus, als wären sie geradewegs aus einem Woodstock-Foto herausgetanzt.

»Aah.« Frau Junescu zwinkerte bedeutungsvoll. »Liebe. Viel Liebe. Lars findet gute Frau.«

Er schluckte. Bei Gregor hatte er ja noch gelacht, aber irgendwie war es anders, wenn Frau Junescu das machte. Fast als könnte da wirklich was dran sein.

»Ach ja?«, sagte er leichthin und dann, er wusste selbst nicht, warum und welcher Teufel ihn ritt, musste er einfach fragen, obwohl er es doch besser wusste. »Wohnt diese gute Frau hier im Haus?«

»Nein, wohnt nicht im Haus.«

Es war nicht Laura. Natürlich nicht. Das erleichterte ihn fast.

»Wohnt in großer Stadt mit Schiffen. Wo gute Job von Lars ist.« Frau Junescu tätschelte seine Hand. »Dann, wenn Lars richtigen Job macht. Nach Praktikum. Nach neue Studium. Was das Herz will.«

Woher wusste sie das? Ihm verschlug es einen Moment lang die Sprache. Große Stadt mit Schiffen …? Meinte sie etwa Hamburg? Ein kleines Flattern breitete sich in seiner Brust aus. Irgendwo in Hamburg wohnte also ein Mädchen, das für ihn bestimmt war? Auf ihn wartete? Und es gab dort auch einen Herzensjob für ihn, nach dem neuen Studium, das – und da hatte er jetzt keinen Zweifel mehr – mit dem Praktikum in der Ausländerbehörde seinen Anfang nehmen würde. Am liebsten hätte er die kleine drahtige Frau umarmt, aber das traute er sich nicht, und so beschloss er nur, dass er zum Zeichen des Neubeginns Laura endlich zur Kasse bitten und sich selbst von seinem Bart trennen würde. Irgendwie sah er doch ganz schön dämlich damit aus.

28

Judith ließ langsam das Blatt auf den Tisch gleiten. Erst hatte sie nur in Franks Zimmer gesessen, wo ja jetzt Gregor wohnte, und die Briefe aus dem Ferienlager gelesen. *Liebe Mutti, lieber Vati, heute waren wir schwimmen und dann haben wir Softeis gegessen. In meinem Zimmer sind zehn Jungs.* Nichtssagende Kindersätze und doch so wertvoll. Frank hatte noch mit ihnen kommuniziert. Ihnen Dinge mitgeteilt. Er hatte von Heimweh gesprochen, sich für die zehn Mark extra bedankt, die im letzten Brief beigelegt waren. Sie sah ihn wieder vor sich, zehn Jahre alt, breites Lachen, immer gut gelaunt.

Einen Moment lang hatte sie vor Erinnerungsschmerz gar nicht weiterlesen können. Und als sie sich dann im Zimmer umgesehen hatte, war ihr wieder diese ulkige Skizze von der Schokoladenfabrik aufgefallen, oder was immer das war, die Gregor unbedingt hatte behalten wollen. Das Blatt lag auf dem Tisch, sie hob es auf und sah den Artikel über Studienabbrecher, der auf der Rückseite stand. Den hatte sie ja schon lange mal lesen wollen. Erstaunlicherweise vertrat der Autor des Artikels die These, dass Studienabbrecher keine bemitleidenswerten Verlierer der modernen Gesellschaft waren, sondern ganz im Gegenteil, die Gewinner von morgen. Weil sie den Mut hatten, gegen den Strom zu schwimmen, und das Schicksal, in der falschen Studienrichtung dahinzudümpeln, nicht klaglos hinnahmen, um dann ein Leben lang im falschen Beruf zu versauern, sondern weil sie etwas dagegen unternahmen. Weil sie aktiv wurden, Initiative ergriffen und sich aus einem Zustand, der sie bedrückte, befreiten. Und wenn diese jungen Menschen dann etwas anderes fanden, etwas, was sie mehr ansprach, dann war die Wahrscheinlichkeit, dass sie sich im neuen Studium richtig bemühten, viel größer. Im Übrigen, so argumentierte der Artikel, musste es auch kein anderes Studium sein, sondern einfach ein Job oder eine Aufgabe, die sie erfüllte.

Abgesehen davon, dass ihr immer noch schleierhaft war, was Gregor mit der Skizze und dem Artikel wollte – so hatte Judith die ganze Sache überhaupt noch nicht gesehen. Sie war immer davon ausgegangen, dass Franks Studienabbruch den Grundstein für kommende Niederlagen gelegt hatte. Dass er jetzt einen Makel mit sich trug, den er sein ganzes Leben lang nicht mehr loswurde, ja vor allem dass er selbst unter dieser Schmach litt und sich deshalb in Australien versteckte. Aber vielleicht war das gar nicht der Fall? Unter Umständen war Frank dort tatsächlich glücklich? Und vielleicht waren Achim und sie in Wahrheit diejenigen, die ihr Leben lang mit einem eingebildeten Makel herumliefen, weil ihr Sohn das Jurastudium nicht geschafft hatte und nichts Ordentliches geworden war.

Doch wer entschied eigentlich, was etwas »Ordentliches« war? Wenn Frank mit seinen Freunden in Down Under vor oder nach seiner Arbeit am Strand Volleyball spielte oder auf einem Segelboot herumschipperte, dann war das doch toll. Und wahrscheinlich tausendmal beglückender, als im Nieselregen um sieben Uhr morgens im November in Deutschland im Stau zu stehen, sich in der Arbeit mit Klienten herumzuschlagen, die zu dumm waren, um die Aussichtslosigkeit ihrer eigenen Klage zu begreifen, sich im Gericht von irgendeiner Anwaltsschnepfe der gegnerischen Fraktion demütigen zu lassen, Überstunden zu schieben und selbst am Wochenende noch Akten zu lesen.

Sie musste den Artikel unbedingt mal mit Marlene besprechen, die immer eine ganz andere Sicht auf die Dinge hatte als sie, was Judith, seit sie Gregor besser kannte, als Bereicherung empfand und nicht mehr als absonderlich und seltsam. Judith bündelte die Briefe ordentlich. Sie würde ein andermal weiterlesen. Sie sah auf die Uhr. Nun sollten sie aber langsam los, sie wollten doch ins Schwimmbad. Ein perfekter Tag dafür – sengende Hitze draußen, all das badewütige Volk wälzte sich durch die Freibäder, und nur sie und Gregor würden wie glückliche Robben durch das leere Becken im Hallenbad gleiten. Und vielleicht, vielleicht stieß sogar Achim dazu. Er hatte so etwas angedeutet, und aus Gründen, die sie selbst nicht benennen konnte, drängte sich Judith der Verdacht auf, dass er es ernst gemeint haben könnte.

»Gregor?«, rief sie. Keine Antwort. Er hörte sie wieder nicht. Sie durchsuchte alle Zimmer der Wohnung, aber er war nirgends zu finden. War er vielleicht unten auf der Straße? Sie ging kurz auf den Balkon, aber die Straße erstreckte sich leer unter ihr, es war viel zu heiß, um sich dort aufzuhalten. Das Gras in dem kleinen Park drüben war schon ganz braun geworden, die Luft flimmerte vor Hitze, der Himmel war strahlend blau, nur ein Kondensstreifen war zu sehen. Ein Flugzeug voller glücklicher Menschen, die jetzt ans Meer oder in ferne Kontinente flogen. Ein Radio dudelte aus einem offenen Fenster, irgendwo brannte etwas an.

»Gregor?«, rief sie dennoch halb laut vom Balkon hinunter. Nichts. Hinten im Hof war er auch nicht. Wahrscheinlich steckte er bei jemandem aus dem Haus in der Wohnung – bei Jonas oder Frau Junescu, eventuell sogar bei Frau Dürer, an der er aus unbegreiflichen Gründen einen Narren gefressen hatte. Zuerst hatte Judith geglaubt, dass er vielleicht heimlich ein Bierchen oder Härteres mit Frau Dürer zischte, schließlich war er in dem Alter, in dem das losging. Aber als sie ihn darauf ansprach, hatte er sie so entgeistert angesehen, dass sie begriff, dass so etwas in Gregors Universum überhaupt nicht vorkam. Angeblich schauten sie Videos von früher an, von Frau Dürers Rockband. Und manchmal spielten sie Klavier. Neuerdings sang Frau Dürer auch immer unglaublich kraftvoll und beeindruckend, und sie schien sich ziemlich verändert zu haben. Ihre Konturen zerflossen nicht mehr, und sie wirkte fester und entschlossener.

Judith rief Gregor auf seinem Handy an. Es sprang sofort auf den Anrufbeantworter. »Guten Tag«, sagte Gregor da mit dem Ernst und der Würde eines Nachrichtensprechers. »Das ist Gregor. Ich rufe gern zurück.«

»Gregor, wo bist du denn? Wir wollten doch schwimmen gehen«, sagte Judith. Sie wusste selbst nicht, warum. Entgegen seiner blumigen Ankündigung, dass er gern zurückrufen werde, hörte Gregor sich in Wahrheit nie seine Nachrichten an. Es lag sicher daran, dass er so selten eine bekam.

Judith seufzte, packte die Tasche mit den Badesachen, allen voran die grünen Badelatschen, und sah dann wieder auf die Uhr. Sie beschloss, bei Junescus und Frau Dürer und Frau Regner nach Gregor zu suchen.

Im Hausflur roch es immer noch nach Angebranntem, diesmal stärker als zuvor. Mein Gott, merkte denn jemand nicht, dass sein Mittagessen verkohlte? Sie ging als Erstes eine Etage weiter hinunter, um bei Frau Regner zu klingeln, und dort stand aus irgendeinem Grund schon der Sohn von Hoffmanns vor der Tür. Was wollte der denn von Frau Regner?

»Hallo, Max«, grüßte Judith überrascht, als sie von irgendwoher aufgeregte Kinderstimmen hörte. Sie spitzte die Ohren. War Gregor dabei? Normalerweise konnte man ihn gut heraushören, seine Stimme war tiefer und er sprach viel langsamer. Plötzlich schossen die beiden Junescu-Jungs die Treppe hoch, ihre Gesichter merkwürdig verzerrt. Mein Gott, dachte Judith, das stank ja hier widerwärtig nach Verbranntem.

»Wisst ihr, wo ...?«, setzte sie an, aber da schrie einer von den beiden: »Schnell, der Gregor ... Schnell! Unten! Und die Anca!« Mit einem Mal brach er in Tränen aus.

Judiths Herz sauste wie ein kaputter Fahrstuhl in den Keller. Hier stimmte etwas nicht. »Was ist denn los?«

Der heulende Junge zog sie mit, während sein Bruder irgendetwas auf Rumänisch rief und nun ebenfalls anfing zu heulen. Judith rannte mit ihnen in den Keller hinunter. Schon auf der Treppe schlug ihr dichter Qualm entgegen, die Quelle des Gestanks. O Gott, hier brannte etwas!

»Wo ist er denn?«, schrie sie die Jungs an.

Stumm zeigten sie auf den Qualm, und sie begriff: Gregor war *hinter* dem Qualm, unten im Keller.

»Gregor«, rief sie wie von Sinnen. »Gregor, hörst du mich?«

»O Gott, was ist denn passiert?«, fragte eine Stimme hinter ihr. Es war Max Hoffmann, der ihr offenbar gefolgt war, neben ihm Frau Regner, die extrem schick aussah, fast als wollten die beiden zusammen ausgehen, aber Judith war zu benommen, um darüber nachzudenken.

»Es brennt da unten«, rief sie mit erstickter Stimme. »Und mein Gregor ist dort.« Sie machte Anstalten, durch den Qualm zu laufen, aber Max Hoffmann hielt sie zurück.

»Rufen Sie die Feuerwehr«, befahl er, dann hielt er sich ein Taschentuch vor den Mund und schritt selbst durch den Rauch.

»Sei vorsichtig, Max«, rief Frau Regner ihm nach.

»Anca?«, gellte es hinter ihnen. Frau Junescu stürzte die Treppe herunter, die Hände vor dem aufgerissenen Mund.

Judith wählte mit zitternden Fingern den Notruf, sie schluchzte, während sie die Frau in der Notrufzentrale anschrie, die schwer von Begriff zu sein schien, und gleichzeitig Frau Junescu davon abzuhalten versuchte, sich in den Rauch zu stürzen. Max Hoffmann kam wieder heraus und hustete wie verrückt.

»Da ist kein Durchkommen«, japste er. »Man sieht nichts.«

»Gregor«, schrie Judith nun außer sich vor Angst. »Gregor, Gregor!«

Hinter ihr stieß Frau Junescu Geräusche aus wie ein verletztes Tier. Mittlerweile hatten sich noch mehr Leute an der Kellertreppe versammelt, aber Judith erkannte niemanden, ihre Augen brannten, ihre Lunge brannte, ihr Herz raste.

»Komm mit«, rief da einer der Junescu-Jungen und zog an ihrem Ärmel. »Gregor und Anca sind am Fenster!«

Fenster? Welches Fenster? Judith quetschte sich durch die Menge und stolperte hinter dem Jungen hinaus auf die Straße.

»Da!« Aufgeregt zeigte er auf etwas, auf eins der Kellerfenster der Brunnerstraße, mehr eine Luke, durch die man früher die Kohlen von der Straße aus hineingeschaufelt hatte. Hinter der schmutzigen Scheibe war eine Bewegung auszumachen, ein helles Gesicht erschien. Dann öffnete sich das Fenster mit einem Knirschen und Gregor war zu sehen.

»Mein Gott, Gregor«, stieß Judith erleichtert und gleichzeitig entsetzt aus. »Was machst du denn da unten? Wo kommt das Feuer auf einmal her?«

Gregor antwortete nicht und verschwand wieder. Ein eisiger, ein entsetzlicher Verdacht durchzuckte Judith. Gregor hatte das Feuer gelegt. Ihr Neffe hatte in seiner phlegmatischen Art irgendetwas angestellt – genau wie damals bei dem Trockner, und dabei hatte er dieses verdammte Feuer entfacht. Sie stieß ein hilfloses Schniefen aus, in der Ferne röhrte jetzt die Sirene der Feuerwehr, die lauter und lauter wurde. In diesem Moment tauchte das Gesicht der kleinen Anca Junescu im Fenster auf. Sie heulte und war völlig verdreckt.

»Judith!«, erklang es dumpf von Gregor, der sich irgendwo hinter Anca befand. »Du musst sie rausziehen.«

»Natürlich.« Judith stürzte zu der Fensterluke, stolperte über einen losen Pflasterstein und streckte die Arme aus. Gregor wollte die Kleine durch das Fenster heben. »Ich bin da«, sagte sie. »Alles wird gut. Alles wird gut.« Beschwörend und immer wieder murmelte sie diesen einen Satz, während hinter ihr die Feuerwehr anhielt, ein Tumult losbrach, sich Leute aus den Fenstern der Nachbarhäuser hängten und Menschen von überallher neugierig angerannt kamen, weil Katastrophen anderer im wahren Leben eben tausendmal aufregender waren als im Internet.

»Alles wird gut«, stammelte Judith, während sie das kleine zarte Mädchen durch das Fenster zog, das so sehr schrie, dass

Judith schon glaubte, es sei verletzt. Endlich flutschte das Kind heraus und Judith fiel von dem Schwung rückwärts um. Jemand nahm ihr die Kleine aus dem Arm, es war ein Feuerwehrmann in einer schwarz-gelben Uniform.

»Alles wird gut«, redete Judith sinnlos weiter, diesmal galt es Gregor, der durch die Luke sah, sein Blick seltsam glasig und abwesend, die hellen Haare staubig. Er bebte am ganzen Leib und Judiths Herz krampfte sich zusammen. Egal was er da im Keller angestellt hatte, er war doch noch ein Kind, ein großes, kräftiges, unschuldiges Kind, das man beschützen musste und dessen Mutter ihn doch heil wiederbekommen musste. Sie schluchzte. Und dann dämmerte ihr etwas und die Erkenntnis ließ fast ihr Herz aussetzen. Gregor war groß. Zu groß. Und zu kräftig. Er würde nicht durch diese Luke passen.

29

Judith weinte haltlos. Sie weinte vor Erleichterung, weil die Feuerwehrleute das Feuer gelöscht und Gregor da herausgeholt hatten, und sie weinte, weil sie sich schämte. Sie war sofort davon ausgegangen, dass Gregor etwas mit dem Feuer zu tun hatte. Dass er allein schuld daran war, weil sie einfach noch in ihren alten, beschränkten Denkweisen feststeckte. Ich bin so schlecht, dachte sie verzweifelt. Ich denke sofort das Schlimmste von ihm, als ob Gregor das personifizierte Pech wäre, das dafür sorgt, dass grundsätzlich alles schiefgeht. Das war so ungerecht von ihr, denn diesmal war Gregor kein verrückter Asperger-Feuerteufel, kein Träumer und kein verwirrter Geist gewesen, sondern er hatte scharfsinniger gehandelt als sie alle zusammen – alle Erwachsenen und alle Kinder.

Es hatte eine Weile gedauert, ehe man aus den stammelnden zwei Zeugen Constantin und Lucian eine Art Geständnis und alle Zusammenhänge herausgepresst hatte. Die beiden beschuldigten sich ununterbrochen gegenseitig und brachen immer wieder in Tränen aus. Heraus kam letztendlich Folgendes: Sie hatten zu viert im Keller gehockt, Gregor und Anca und ihre Brüder, weil an diesem heißen Tag dort der kühlste Platz im ganzen Haus war. Irgendwann war es ihnen schlauerweise in den Sinn gekommen, ein Lagerfeuer zu entfachen. Nur ein winzig kleines Feuer wollten sie haben, weil sie da unten im Keller eine Burg gebaut hatten, die eben ein Feuer brauchte, um feindliche Armeen abzuwehren. Ratten und so. Andere Kinder. Oder Herrn Walter auf dem Kontrollgang zum neuen Trockner, der vor zwei Tagen angeliefert worden war. Nur dass Herr Walter ausgerechnet heute nicht da war, weil er seit Neuestem andauernd mit Päckchen unter dem Arm pfeifend irgendwohin marschierte.

Jedenfalls hatten die paar lächerlichen, von den Kindern aufgesammelten Zweiglein nicht ausgereicht, um das Feuer so richtig in Gang zu kriegen, und irgendeiner war auf die glorreiche Idee gekommen, den dort herumliegenden Verpackungsmüll des Trockners als Brennmaterial zu verwenden. Da war offenbar Styropor dabei oder Gott weiß was für Plastikkram, denn es fing sofort mörderisch an zu qualmen, woraufhin die Kinder vor Schreck schnell wegliefen. Constantin und Lucian sausten die Treppe hoch, Anca aber aus Versehen in die andere Richtung, tiefer in den Keller hinein. Das Feuer breitete sich weiter aus, erfasste den gesamten Verpackungsmüll und schließlich auch den Korb Wäsche neben dem brandneuen Trockner, Qualm entwickelte sich in Windeseile, wurde dicker und dicker, sodass man bald nichts mehr erkennen konnte. Gregor lief Anca hinterher, um sie wieder zurückzuholen, aber mittlerweile konnte er sich nicht mehr richtig orientieren, es stank, er hustete, und so war er mit Anca in den Keller von Hoffmanns geflüchtet, der Gott sei Dank offen stand, weil Frau Hoffmann in letzter Zeit immer wieder hinunterging, um heimlich irgendwelches uraltes eingewecktes Obst ihrer Schwiegermutter zu entsorgen, wie sie Judith völlig hysterisch und zusammenhanglos berichtete.

Zum Glück hatte der hoffmannsche Keller eine Fensterluke, die vorn zur Straße hinausging. Der Rest war Geschichte.

»Geht's Ihnen gut?« Ein junger Feuerwehrmann stand vor Judith. »Brauchen Sie einen Arzt?«

»Nein. Geht schon. Danke. Ich bin nur so …« Sie hob hilflos die Schultern. »Gott sei Dank ist ihm nichts passiert. Er ist das Kind meiner Schwester und ihr Augapfel, und ich …« Ihr fehlten die Worte.

»Dann sagen Sie Ihrer Schwester mal, dass sie stolz auf ihren Sohn sein kann. So schnell und klug handelt nicht jeder Junge in dem Alter.«

»Er ist …« Ihre Stimme war so heiser, als hätte sie sämtlichen Rauch eingeatmet. »Er ist was ganz Besonderes.«

Der Mann nickte und reichte ihr eine Wasserflasche, die sie gierig nahm und auf einen Schluck halb austrank. Sie hatte Gregor im Blick, der ganz still auf der Bordsteinkante saß und in den Himmel schaute. Eine junge Ärztin aus dem Notarztwagen redete auf ihn ein, aber er schüttelte nur den Kopf und starrte weiter hoch zu den Wolken.

Die ganze Straße war voller Leute, und Judith fiel in diesem Moment auf, dass sie noch nie alle Hausbewohner auf einem Haufen gesehen hatte. Sogar Herr Hoffmann war da, dann der Student von unten, jetzt wieder ohne Bart, daneben das hübsche Mädchen, das bei ihm wohnte. Frau Dürer im neuen Look, die Frau Junescus Hand hielt und völlig nüchtern wirkte, Max, der Sohn von Hoffmanns, der aus irgendwelchen Gründen bei Frau Regner stand und nicht bei seinen Eltern, und sogar der alte Herr Walter, der von der Post zurückgekehrt war und in ein fachmännisches Gespräch mit einem der Feuerwehrmänner verwickelt war. Judith mochte sich täuschen, aber sie sah keine Wut oder Schadenfreude in seinem Gesicht, sondern nur Bestürzung.

Der Einzige, der fehlte, war Achim, fiel ihr schlagartig auf. Sie musste ihn unbedingt anrufen. Sie war völlig mit den Nerven am Ende. Zuerst musste sie Gregor hier wegholen. Sie ging in seine Richtung, doch Frau Junescu kam ihr zuvor. Sie hatte Anca im Arm, die sich an sie klammerte wie ein kleines Äffchen, und stürzte sich jetzt so euphorisch auf Gregor, dass Judith unwillkürlich den Atem anhielt. Wenn sie ihn umarmte, würde er das nicht ertragen können. Aber Frau Junescu wusste das natürlich nicht. Sie umarmte ihn einfach, ließ ihn los und umarmte ihn erneut, wieder und wieder, wie eine rhythmische Geste der Dankbarkeit.

»Gregor«, sagte sie ständig. »Guter Junge. Danke. Meine Anca.« Von ihren Gefühlen überwältigt ließ sie von ihm ab, weinte ein bisschen, schnäuzte sich und machte Anstalten, sich erneut auf ihn zu stürzen. Doch Gregor legte den Kopf in den Nacken und starrte zum Himmel hoch. Frau Junescu hielt erschrocken inne, starrte nun ebenfalls in den Himmel und brach auf einmal in haltloses Schluchzen aus. Was war denn da nur?

»Gregor.« Judith näherte sich ihm. »Mein Schatz. Was ist denn?«

Gregor war komplett weggetreten, sie merkte es sofort. Er sah sie nicht an und fing an zu rucken. Aus dem Rucken würde über kurz oder lang ein Kreiseln werden, immer irrer und schneller, und irgendwann würde er auch noch anfangen zu wimmern. Er hatte eindeutig einen Schock. Kein Wunder, nach allem, was passiert war. Wo war die Ärztin?

Judith sah sich um. »Willst du was trinken?«, fragte sie, damit er weiter mit ihr redete und nicht völlig abdriftete.

»Die Mama hat mich angelächelt.«

»Was?«

»Die Mama hat mich angelächelt. Aus den Wolken.«

Nicht schon wieder so etwas. Vor ein paar Wochen war es noch Gott im Tunnel gewesen. »Gregor, wollen wir hochgehen? Uns ein bisschen ausruhen?«

Gregor antwortete nicht.

»Komm, wir rufen Achim an. Und nachher können wir ins Krankenhaus gehen und du kannst der Mama alles erzählen.«

Sie nahm Gregor behutsam am Arm, stoppte damit das Rucken und ging mit ihm ins Haus, wo es immer noch widerlich nach verbranntem Plastik stank. Die Kellertreppe war nass, die Wände waren verrußt wie nach einem Bombenangriff. Aber wozu gab es eine Versicherung. Wenn sie Glück hatten, sprang sogar noch ein zweiter neuer Trockner für sie alle heraus. Mit der linken Hand schob sie Gregor die Treppe hoch, mit der rechten hielt sie ihr Handy fest und schrieb unbeholfen mit einem Finger eine Nachricht an Achim. *Ruf mich sofort an. Keller hat gebrannt, aber alles ok. Gregor hat Anca J. gerettet. Brauche dich jetzt hier.* Sie schickte die SMS los und begab sich aufatmend in ihre kühle Wohnung, wo sie heute wohlweislich alle Jalousien heruntergelassen hatte. Selbst hier konnte man den Brandgeruch wahrnehmen, aber er war so schwach, dass es auszuhalten war.

»So«, sagte sie. »Jetzt machst du dich frisch und dann kommt bestimmt bald Achim und wir gehen ins Krankenhaus.«

Gregor schüttelte den Kopf und setzte sich auf einen Stuhl.

»Was denn? Willst du dich nicht frisch machen? Oder nicht ins Krankenhaus gehen?«

Er reagierte nicht.

Verflixt, sie hätte ihn doch unten bei der Ärztin lassen sollen. Er war so ... abwesend. Noch mehr als sonst.

»Das war heute ganz großartig von dir, Gregor«, sagte sie leise und griff nach seiner Hand. Er entzog sie ihr nicht. »Du hast Anca gerettet. Sie ist noch so klein, sie wäre von dem ganzen Rauch da unten sicher ohnmächtig geworden. Und wenn du ihr nicht hinterhergelaufen wärst, dann wäre sie wahrscheinlich in Panik ausgebrochen.«

Keine Reaktion. Was sollte sie nur tun? Warum meldete Achim sich denn nicht? Sollten sie ohne ihn ins Krankenhaus gehen? Judith spürte instinktiv, dass ein Besuch im Krankenhaus bei Marlene jetzt der einzige Weg war, um Gregor aus seiner Blockade zu lösen. Aber was, wenn er einfach nicht aufstand? Sie konnte ihn ja schlecht vom Stuhl zerren. Aber sie könnte dort anrufen, überlegte sie. Und vielleicht Doktor Lindig bitten, am Telefon mit Gregor zu reden. Unter Umständen konnte der ihn überzeugen. Ja, das würde sie versuchen.

»Also, dann rufe ich jetzt erst mal im Krankenhaus an«, entschied sie laut und wählte die Nummer des Krankenhauses, die sie mittlerweile auswendig kannte. Diesmal bekam sie irgendeine schnippische Schwester ans Telefon.

»Doktor Lindig, bitte«, sagte Judith.

»Moment.« Ein Tuten. »Da antwortet niemand.«

»Was? Versuchen Sie es noch mal.«

»Also, den kann ich jetzt nicht erreichen, der ist sicher beschäftigt, wenn Sie ...«

»Verbinden Sie mich augenblicklich mit Doktor Lindig«, fauchte Judith. Der ganze Stress der letzten Stunde entlud sich auf diese zugegebenermaßen unschuldige, aber nicht sonderlich hilfreiche Person am anderen Ende der Leitung.

Die Stimme der Frau rutschte eine beleidigte Oktave höher. »Moment, bitte.«

Es knackte, und einen Moment glaubte Judith schon, diese Tussi hätte einfach aufgelegt, doch dann erklang die ewige Warteschleifenmelodie von Vivaldi. Judith warf einen Blick auf Gregor, der immer noch regungslos auf seinem Stuhl saß, und ging in den Flur raus. Das musste er jetzt nicht mithören.

Nach einer Weile knackte es wieder im Hörer.

»Doktor Lindig hier.« Er klang müde.

Sie senkte die Stimme. »Doktor Lindig, hier ist Judith Krause. Wir hatten heute einen Hausbrand und es wäre gut …«

»Frau Krause …«

»… es wäre gut, wenn Sie Gregor am Telefon sagen könnten, dass es wichtig ist, dass er Marlene heute besucht, denn Gregor war bei dem Brand dabei und ist ein bisschen durcheinander, und ich weiß jetzt gar nicht, wie ich ihn ins Krankenhaus kriegen soll, denn er reagiert gar nicht, er hat den Brand aber nicht verursacht, sondern ganz im Gegenteil, er hat einem kleinen Mädchen aus dem Keller geholfen, und deshalb werden Sie sicher verstehen, warum ich …«

»Frau Krause«, ging Doktor Lindig wieder dazwischen, aber diesmal klang etwas anderes in seiner Stimme mit, etwas derart Trostloses, dass Judith innehielt.

»Was?«

»Hat Sie denn noch niemand benachrichtigt?«

»Was? Nein. Wer? Wovon benachrichtigt?«

Am anderen Ende der Leitung herrschte Schweigen, und dann sagte Doktor Lindig etwas, was ja nur ein Witz sein konnte, auch wenn es eine verdammt merkwürdige Art und Weise war, mit Leuten am Telefon solche Witze zu reißen.

»Wie bitte?«, fragte Judith deshalb konsterniert zurück. »Was haben Sie gerade gesagt?«

»Frau Krause, es tut mir leid. Es tut mir auch leid, dass Sie noch niemand benachrichtigt hat. Aber Ihre Schwester Marlene ist vor zwei Stunden gestorben.«

30

Vier Wochen später

Als Kind hatte Marlene exzentrische Kleidung geliebt, genau wie Gregor. Wie hatte Judith das vergessen können? Jetzt, wo sie sich die alten Fotoalben ansah, fiel ihr alles wieder ein. Marlene wirkte abwesend und verträumt, wie sie mit langem Blumenrock und Strohhut auf dem Kopf auf einem Stuhl saß und eine Katze streichelte, während die anderen Kinder um sie herum auf irgendeiner Geburtstagsfeier in abgeschnittenen Jeans und T-Shirts herumtollten und jemanden beim Topfschlagen anfeuerten. Sie wirkte älter als elf und weiser. Ein kleines Lächeln im Gesicht, aber nicht arrogant, eher als ob sie den wilden Vergnügungen ihrer Altersgenossen mit milder, erstaunter Distanz zusehen würde. Judith hatte keine Ahnung, wessen Geburtstag das gewesen war, es musste mindestens vierzig Jahre her sein und das Geburtstagskind sicher mittlerweile glatzköpfig oder mit einer Raucherlunge geschlagen – oder tot, so wie Marlene.

Ein Weinkrampf kündigte sich als heiße Welle in Judiths Brust an, stieg höher, verstopfte ihr die Nase und bahnte sich seinen Weg bis zu ihren Augen. Sie ließ die Tränen einfach fließen, wartete, bis sie abebbten, und blätterte dann weiter. Marlene im Parka mit aufgenähtem Peace-Zeichen, Marlene mit Palästinensertuch, Marlene im Faschingskostüm als Katze, Marlene im schwarzen Kleid zur Konfirmation, mit Blümchen in der Hand, daneben die Eltern. Zum Glück hatten die beiden das nicht mehr erleben müssen. Judith putzte sich die Nase und atmete tief durch. Die ganzen letzten vier Wochen hatte sie durchgehalten, funktioniert und organisiert, nicht zuletzt wegen Gregor, aber manchmal, wenn sie allein war, ließ sie ihrer Trauer freien Lauf.

»Irgendwann muss jeder Mensch sterben«, hätte Marlene wahrscheinlich lakonisch bemerkt. Ja sicher. Aber doch nicht so früh. Nicht jetzt, wo sie sich beide doch gerade wieder annäherten. Und wo es Gregor gab, diesen einzigartigen Jungen. Judith sah ihn wieder vor sich, wie er auf der Beerdigung seiner Mutter den Indianer-Poncho trug, wie er sich daran festhielt, wie er zum Schluss den Grabstein – eine Baumgruppe aus Basaltsteinen – streichelte.

Gregors Vater glänzte auch bei diesem Anlass durch Abwesenheit, aber wenigstens hatte er auf juristische Nachfragen reagiert. Nein, er habe kein Interesse am Sorgerecht für seinen Sohn oder überhaupt an dem Jungen. Du Arschloch, dachte Judith. Du weißt überhaupt nicht, welchen Schatz dir das Leben da anbietet, den du ausschlägst. Zwei Tage nach Marlenes Tod hatte Judith es für sich entschieden, von Schmerz und Hilflosigkeit überwältigt, und während Gregor in Franks Zimmer lag, das nun doch kein Gästezimmer werden würde, und laut weinte. »Ich will das Sorgerecht für Gregor, Achim. Ich schicke ihn nicht zu fremden Leuten. Auf gar keinen Fall.«

Achim hatte geschwiegen und Judith wappnete sich schon für alle möglichen Einwände und vor allem für ein »Lass uns das noch mal genau überlegen. Vielleicht gibt es noch eine andere Möglichkeit.« Aber Achim sagte gar nichts. Er sah sie an, sein Gesicht hagerer als noch vor kurzer Zeit, als sie ihn für Gregor gezeichnet hatte. Und dann hatte er nach ihrer Hand gegriffen und sie stumm gedrückt.

Sie blätterte weiter in dem Album, hielt gelegentlich inne, lächelte oder weinte noch ein bisschen. Da war Marlene mit dem neugeborenen Gregor, einem pummeligen Baby mit ernstem Gesichtsausdruck und einem Haarwirbel auf dem Kopf, und daneben stand sie selbst, Judith, mit dem vierzehnjährigen Frank, der schon einen Hauch genervter Langeweile im Blick hatte. Im Jahr zuvor war die Pubertät bei ihm ausgebrochen wie die Vogelgrippe und hatte sie alle in einen Strudel aus Streit und Missverständnissen geschleudert, dem sie bis heute nicht entkommen waren.

Judith legte das Album hin. Sie musste Frank anrufen, es war längst überfällig. Immerhin war Marlene seine Tante gewesen, auch wenn sie sich nie viel zu sagen gehabt hatten. Zweimal hatte Judith schon dazu angesetzt. Sie war bis zum Telefon vorgedrungen, hatte den Hörer abgenommen und kurz davorgestanden, Franks Nummer zu wählen. Aber jedes Mal verließ sie der Mut. Seit über drei Jahren gab es keinen Kontakt mehr zu Frank. Und da sollte sie jetzt mit ausgerechnet dieser Nachricht wieder in sein Leben treten? Es ging einfach nicht.

Sie stand auf, sie brauchte frische Luft. Draußen auf dem Balkon atmete sie tief durch. Es wurde Herbst. Die sommerliche Hitze war vorbei, geblieben war ein goldener Altweibersommer, mit Spinnweben überall und morgendlichem Nebel, der von zaghaften Sonnenstrahlen erlöst wurde. Ein Herbst zum Dahinschmelzen. Marlene hätte ihn geliebt.

Ein Männerlachen schallte von der Straße her hoch. Es war – man glaubte es kaum – Herr Walter, der neuerdings irgendein florierendes Internet-Business betrieb. Judith verstand nicht ganz, worum es da ging, doch die Schwiegermutter von Hoffmanns war wohl der Anstoß dazu gewesen, und was immer es auch war, es schien Herrn Walter gutzutun. Der Mann konnte offenbar tatsächlich noch lachen und Scherzchen treiben, und zwar ausgerechnet mit Frau Dürer. Judith beugte sich ein Stück vor, um besser sehen zu können. Die Dürer sah schlanker aus. Gepflegter. Ihr Blick war klarer. Sie machte jetzt auch irgendwas mit der Mutter von Jonas Regner zusammen, irgendwas mit Musik. Und das schöne Mädchen von dem Studenten unten war vor Kurzem mit säuerlicher Miene ausgezogen. Darüber war Lars seltsamerweise gar nicht traurig, obwohl sie manchmal den Eindruck gehabt hatte, dass er schwer in das Mädchen verknallt gewesen war. Aber Lars arbeitete jetzt in der Ausländerbehörde, er machte da ein Praktikum, hatte er ihr erzählt. Und dass es unglaublich interessant sei und ihm Spaß mache. Er wirkte gut gelaunt – fast so gut gelaunt wie Frau Hoffmann, von der eine Last abgefallen zu sein schien. Bei ihr gab es keinen Streit mehr über die unselige Laube, dafür frisch geerntetes Obst von Frau Junescu. Und die Schwiegermutter war viel friedfertiger geworden, sie konnte allein essen und stundenlang mit Frau Junescu über die herrliche Laube schwatzen.

So vieles hatte sich verändert. Alle Leute aus dem Haus hatten sich verändert, sie und Achim auch. Und komischerweise genau seit dem Zeitpunkt, seit Gregor zu ihnen gestoßen war, obwohl Judith nicht so richtig sagen konnte, warum. Er war doch nur ein Kind.

Unten fuhr jetzt ein Lieferwagen vor, irgendjemand bekam wohl ein Paket. Kurz darauf klingelte es. Doch statt dem Paketdienst stand Frau Hoffmann vor der Tür.

»Frau Krause«, keuchte sie, käsebleich im Gesicht. »Entschuldigen Sie, bitte. Ich weiß, Sie haben im Moment Ihre eigenen Probleme, aber jetzt schauen Sie sich doch um Gottes willen mal an, was vor meiner Tür stand!« Sie deutete auf einen Korb, aus dem eine Flasche Wein ragte und in dem zugedeckt noch etwas anderes lauerte. »Von den Junescus. Ich weiß, die meinen es gut, aber ...« Mit unverhohlenem Ekel riss sie das Geschirrtuch weg und Judith machte einen erschrockenen Schritt zurück.

»Du lieber Himmel!«, entfuhr es ihr. In dem Korb lag ein nacktes, gerade gerupftes Huhn, komplett mit Kopf und Füßen. »Herzlich Dank für kleine Paradies«, stand auf einer Karte. »Reicht für Suppe und Braten.«

»Mir wird gleich schlecht«, sagte Frau Hoffmann. »Ich kann das Ding nicht mal anfassen. Können Sie das rausnehmen?«

Judith zog die Ärmel ihrer Strickjacke über die Finger und versuchte, das Huhn aus dem Korb zu heben, aber es hing irgendwo fest. Wieso hatte ein Huhn so einen langen Hals, verdammt noch mal? Plötzlich schnippte es aus dem Korb, sodass der Hühnerkopf gegen Judiths Handgelenk schlenkerte. Sie ließ augenblicklich los und das Huhn klatschte auf den Boden.

»O Gott.« Frau Hoffmann hielt sich die Hand vor den Mund.

Eigentlich wollte Judith heulen. Aber dann – sie wusste selbst nicht, warum, vielleicht weil sie in den letzten Wochen schon viel zu viel geweint hatte und es nun langsam Zeit für etwas anderes wurde –, dann fing sie an zu lachen. Und als sie Frau Hoffmanns betreten-angewiderten Blick bemerkte, lachte sie noch lauter.

»Verzeihung.« Sie schnappte nach Luft. »Aber ich …« Sie wedelte kurz mit den Händen, um den Lachanfall zu verscheuchen, aber er blieb hartnäckig.

Jemand kam die Treppe hoch. Die beiden Frauen standen da, unfähig, sich zu rühren. Wer immer jetzt hochkam, würde die beiden erstarrten Frauen und das nackte Huhn auf dem Fußboden erblicken, sobald er um die Ecke bog.

»Vor… Vors…«, setzte Judith an, aber da war es auch schon zu spät. Es waren Achim und Gregor, die aus dem Fahrradladen kamen. Achim blickte auf das Huhn und dann zu Judith. Er runzelte die Stirn, aber noch ehe er ein Wort sagen konnte, kam Frau Hoffmann ihm zuvor.

»Würden Sie es bitte aufheben?«, bat sie.

Achim packte das Huhn ohne viel Federlesen mit der rechten Hand, in der linken hielt er einen Packen Briefe.

»Hier.« Er reichte das Huhn Frau Hoffmann, die panisch zurückzuckte und es in den Korb fallen ließ, dann gab er Judith die Post.

Schwere Schritte stapften die Treppe herauf, und der hochrote Kopf eines Mannes in Uniform tauchte auf, der einen riesigen Kasten schleppte. »Judith Krause?«, schnaufte er.

»Ja?« Judith sah ihm erstaunt entgegen.

»Bitte hier unterschreiben.« Der Mann wuchtete das Paket die letzte Stufe hoch, stellte es ab, wischte sich über die Stirn und reichte ihr einen Lieferschein und einen Stift.

»Was ist denn das?« Judith beugte sich über das Paket. »Ich habe nichts bestellt.«

»Davon weiß ich nichts. Auf jeden Fall ist es ein Grill. Das passende Grillfleisch haben Sie ja schon.« Der Postbote deutete auf das Huhn und lachte albern.

Ein Grill?

»Du hast den Grill gewonnen, Judith!« Gregor riss die Augen auf und dann lachte er das erste Mal seit Wochen wieder richtig laut auf.

Gemeinsam trugen sie den Grill in die Wohnung, wo Judith schnell ihre Briefe überflog. Es war keiner von der Anwältin dabei wegen des Sorgerechts. Da musste sie wohl noch etwas geduldig sein, aber sie würden das schaffen. Jetzt, wo sie Achim an ihrer Seite hatte, der ebenfalls mitzog. Achim, der alles zu Ende brachte, was er einmal anfing. Achim, auf den man sich hundertprozentig verlassen konnte. Ihr Achim.

Unter den Briefen befand sich nur Werbung und ihre neueste Telefonrechnung. Judith öffnete den Brief mit der Rechnung und schnappte entsetzt nach Luft.

»Was?«, stieß sie aus. »Um Himmels willen, sind die verrückt geworden?«

»Was ist denn?« Achim trat näher.

»Warst du das?« Judith hielt die Rechnung hoch. »Dreihundert Euro Telefongebühren für Gespräche nach Australien?«

»Wie bitte?« Achim rückte ungläubig seine Brille zurecht. »Das muss ein Fehler sein.«

»Nein, hier steht es doch. Alle Gespräche sind aufgelistet. Hast du Frank etwa heimlich angerufen?«

»Natürlich nicht«, erwiderte Achim.

Da meldete sich Gregor zu Wort. »Ich war das«, sagte er leise.

Sie fuhren beide herum und starrten ihn an. »Was? Aber du weißt doch seine Nummer nicht.«

»Doch. Es ist die erste in eurem Telefonspeicher.« Gregor deutete auf das Display des Telefons. »Die hab ich einfach gedrückt.«

»Und Frank hat geantwortet?« Judith schossen Tränen in die Augen.

»Ja. Auf einmal war Frank dran und wir haben geredet. Und danach haben wir uns noch öfter unterhalten.«

»Worüber habt ihr denn geredet?«, fragte sie perplex.

»Über das Leben. Und über Haifische und Kängurus. Und dass das Wetter in Australien verkehrt herum ist. Das liegt an der Weltkugel, wusstest du das?«

»Nein … Ja …« Judith fiel nichts ein, was sie hätte sagen können. Die beiden hatten miteinander telefoniert. Einfach so. Über Wochen hinweg. Sie betrachtete die Rechnung genauer. Die Gespräche hatten alle nachts stattgefunden. Deswegen hatten sie das nicht mitbekommen.

»Hast du …?« Ihre Stimme versagte. »Hast du ihm erzählt, dass Marlene …?«

»Nein.« Gregor sah an ihr vorbei. »Wir reden nur über schöne Sachen.«

Sie räusperte sich. »Gregor, wenn du … wenn du das nächste Mal mit Frank redest, könntest du uns dann Bescheid geben? Wir möchten nämlich auch mal wieder …« Sie suchte nach Worten. »Seine Stimme hören.«

An diesem Abend saß Judith lange im Wohnzimmer und starrte auf den Bildschirm des Fernsehers. Es lief irgendein Spätfilm, ein Krimi mit mürrischem Kommissar. Aber sie bekam sowieso nichts von dem Film mit, er war nur eine Lichtquelle. Judith war hellwach, sie stand regelrecht unter Strom und konnte auf keinen Fall ins Bett gehen, so wie

Achim, der vor einer Stunde gähnend im Schlafzimmer verschwunden war. Wie konnte er an einem solchen Tag ganz normal einschlafen?

Frank war ans Telefon gegangen, als Gregor ihn angerufen hatte. Obwohl er doch garantiert ihre Nummer erkannt hatte. Er war nicht pfeifend aus dem Zimmer gelaufen und hatte den AB anspringen lassen, nein, er hatte abgenommen. Verstand denn überhaupt jemand, was für fantastische Neuigkeiten das waren? Seine Eltern mussten ihm wohl doch noch etwas bedeuten, wenn er rangegangen war. Eine Träne rollte über Judiths Wange, obwohl sie doch geglaubt hatte, dass sie mittlerweile regelrecht leer geweint war. Aber diesmal war es keine Trauerträne. Auch noch keine Freudenträne. Eine Hoffnungsträne, wenn es so etwas gab. Sie wandte den Blick von der Verfolgungsjagd im Fernsehen ab und sah zum Telefon. Es war Mitternacht. Im Flur stand der ominöse Grill, den sie am Wochenende einweihen wollten, draußen regnete es, das Mondlicht schien durch die Ritzen der Jalousien in das Zimmer herein.

In Melbourne war es jetzt neun Uhr morgens. War Frank schon wach? Sollte sie einen Anruf wagen? Oder schlief er nach einer langen Arbeitsnacht in der Bar wie immer bis Mittag? Dann würde sie ihn wecken und er wäre gleich sauer auf sie. Lieber nicht. Oder vielleicht arbeitete er ja gar nicht mehr in der Bar, sondern hatte irgendwo einen Job tagsüber, für den er morgens zeitig aufstand. Dann war er entweder schon unterwegs oder auf dem Sprung, oder er rasierte sich gerade, bügelte sein Hemd, oder … Sie gab es auf. Schade, dass man aus Gregor nie so richtig schlau wurde. Worüber hatten die nur geredet? Na ja, worüber man mit Gregor eben redete, antwortete eine kleine Stimme in ihrem Kopf. Über das Leben. Genau, wie er ihr erzählt hatte. Sie lächelte unwillkürlich, dann schaltete sie den Fernseher aus, stand auf und beschloss, ins Bett zu gehen. Sie musste morgen ausgeschlafen sein, sie hatte jetzt ja eine Verantwortung, und die hieß Gregor.

Wenig später warf sie sich in ihrem Bett hin und her und fiel schließlich in einen wirren Traum. Eine Stimme weckte sie. Gregor stand in der Tür, den Telefonhörer in der Hand.

»Es ist jetzt das nächste Mal«, sagte er.

Judith war mit einem Schlag wach. Ein Blick auf die Uhr zeigte ihr, dass es drei Uhr nachts war. Sie rüttelte Achim, der leise schnarchte und sich dann ruckartig aufsetzte.

»Aber erzähl mir nachher weiter von der Spinne«, verlangte Gregor in den Hörer hinein, dann reichte er ihn Judith.

Sie tauschte einen Blick mit Achim. Der griff nach ihrer Hand, hielt sie ganz fest und nickte Judith aufmunternd zu.

Judith holte tief Luft. »Frank?« Es gab so viel, was sie ihm sagen wollte. Wo sollte sie nur anfangen? Sie entschied sich für das Wichtigste. »Frank, geht es dir gut? Bist du glücklich?«

***